お飾り王妃は逃亡します!

～美貌の修道士（実は皇帝）との七日間

無憂
illustration ウエハラ蜂

Ruhuna

Contents

Okazari ouhi
wa toubou shimasu!

Character
エンツォ
北の皇帝の命令で
イヴェットを助けに来た遍歴修道士。
皇帝と結婚する予定のイヴェットを
熱く口説いてきて…
コンラート
ベルーナ国の王。
イヴェットと結婚し、
アルノー国とパラヴィア国の
王位も手に入れようと
している
イヴェット
二国の王位継承権を持つ王妃。
両親の仇であり夫を殺した
コンラートから結婚を強要され
幽閉されてしまう。
なんとかして逃亡を図るが…
インノケンティウス7世
エンツォが飼っているフェレット。
よき相棒で賢く、いろいろサポートしてくれる。
定位置はエンツォの首元で
襟巻に扮している

お飾り王妃は逃亡します！
～美貌の修道士（実は皇帝）との七日間

第一章　囚《とら》われの王女

イヴェットは愛されぬ、お飾りの王妃だった。

アルノーの王女として生まれたイヴェットは、十二歳で父を殺され、母の兄であるパラヴィア王に保護された。母の死後、アルノー王位の唯一の継承者となったイヴェットは、パラヴィア王の息子カルロと結婚させられる。

従兄《いとこ》であるカルロは幼いイヴェットに興味を抱かず、指一本触れなかった。カルロが王位を継いだ後もそれは変わらず、ただ白い結婚であることは秘匿され、以来六年、イヴェットは高貴な囚人として王宮内に留《と》め置かれた。

愛されぬ妻、お飾りの王妃。名目的な結婚に縛られた自由のない日々が続く中で、夫カルロは刺客に襲われ死んだ。イヴェットは齢《よわい》十八にして、清い身のまま未亡人となったのだ。

庶子に継承権はなく、カルロに嫡子はいない。結果、パラヴィアの王位は王妃のイヴェットに受け継がれる。

つまり、イヴェットと結婚すれば、その夫は二つの王位を手にすることができるのだ。

イヴェットの父と夫を殺したのは、いずれもベルーナ王のコンラートであった。

大陸を南北に隔てるエルブルス山脈の南には、かつてフロランシアと呼ばれる比較的安定した王国が数百年続いていた。だがその王家も衰微して三つの小国、アルノー、パラヴィア、そしてベルーナに分かれた。三か国は互いに婚姻関係を結びつつ、フロランシア地方の覇権を争っていた。

コンラートはフロランシアの再統一を狙い、六年前にはイヴェットの父を、そして今度は夫カルロを殺した。

コンラートが軍を率いてパラヴィア王宮に乗り込んできたのは、カルロの死からわずか五日後のこと。名ばかりの王妃イヴェットは、コンラートの前に引き出された。

コンラートは、堂々たる体躯《たいく》の三十代半ばの男だった。

赤いマントには金糸の縁飾りがついて、金属鎧《よろい》の胸には銀色のグリフォンの紋章が光る。イヴェットの前に立つと、赤い羽根飾りのついた兜《かぶと》を脱ぎ、顔を露《あら》わにした。

燃えるような赤い髪に、琥珀《こはく》色の瞳。イヴェットはゴクリと唾を飲み込む。

父を殺し、夫をも殺した男が目の前にいる――

「アルノーの王女イヴェットか」

傲岸不遜に問いかけられ、イヴェットは硬い表情で軽く腰を落とす。

「……アルノー王ロタールの娘、パラヴィア王カルロの妻、イヴェットと申します」

お飾りの王妃とはいえ、イヴェットとカルロの結婚は教会が認めた正式なもの。

未亡人らしく黒いドレスに白いリネンの頭巾《ウィンプル》で髪を隠し、静かな青い瞳で侵略者を見据えた。

コンラートの琥珀色の瞳と目が合う。ジロジロと値踏みするような視線も何もかもが不快であった。心を強く持って、イヴェットは背筋を伸ばし、コンラートを睨《にら》みつける。

「人質同然と聞いてはいたが……気が強そうな女だな」

手甲を嵌《は》めた腕がイヴェットに伸び、顎を掴《つか》まれる。

「何を……」

「たしかに、ベルタの面影がある。その髪の色はベルタにそっくりだ」

顎を無理に上に引き上げられ、身長差のあるイヴェットの踵《かかと》が浮く。

ベルタ、と言われ、イヴェットは青い目を見開いた。ベルタはイヴェットの母。六年前、イヴェットの父が殺された時、イヴェットを逃して直後に死んだと聞いている。

イヴェットのストロベリー・ブロンドは、母譲り。つまり、この男は母を知っているのだ。

「……離してください！」

イヴェットは必死に身を捩《よじ》り、男の手を両手で掴んで振りほどこうとした。だが、コンラートの方が力は強く、そのまま首を絞められるのではと恐怖にかられる。

コンラートはイヴェットの顔を覗《のぞ》き込《こ》み、唇の端を上げ、不敵に笑った。

「俺と結婚しろ、イヴェット。お前は《フロランシアの化身》。フロランシアで一番強い男の妻となるにふさわしい」

「いやです、誰が……！　あなたなんかと！」

コンラートに持ち上げられるような体勢で身を捩るイヴェットを助けようと、脇に控えていたパラヴィアの司祭が一歩前に出た。

「お待ちください。王よ、あなたは六年前、亡きアルノー王妃ベルタ様との婚姻を理由に、アルノーの王位を要求なさった。ベルタ妃は直後に儚《はかな》くなられたが……もし、その結婚が成立しているならば、ベルタ妃の娘御であるイヴェット姫とは義理の父娘《おやこ》になります。血のつながりがなくとも、父と娘の婚姻は教会が禁ずるところでございます」

コンラートの手が緩み、イヴェットは解放されてケホケホと咳《せ》き込む。そのようすに、コンラートが少しだけ遠くを見るような目をした。

「ベルタとの結婚は成立していない。あの女は俺を拒み、食を絶って死んだのだ」

その言葉にイヴェットが息を呑《の》んだ。

父が殺され、母が連れ去られた混乱期、イヴェットは命からがらパラヴィアにたどり着き、カルロと結婚させられたのだ。母の死を知らされたのは数か月後で、死因も聞いていない。まさかそんな――

「なんてこと……嘘《うそ》でしょう？　そんな……」

衝撃に頽《くずお》れそうなイヴェットを気にも留めず、コンラートが続ける。

「本当だ。はじめ、塔から身を投げようとしたが、自殺は神の禁じるところだと周囲に止められて、それで食を絶った。たしかに昔から頑固なところがあったが、あれほどとはな」

イヴェットはカッとなって言い返した。

「何を！　あなたが殺したようなものじゃない！　人殺し！」

母が自ら死を選んでいた事実に、イヴェットは怒りで目の奥がチカチカした。

「お母様に拒まれたからって、今度はわたしと結婚しようだなんて……！　あなたは悪魔だわ！」

イヴェットは司祭に向き直り、言い切った。

「司祭様、わたしイヴェット・フォン・アルノーはアルノー王ロタールの娘として、そしてパラヴィア王カルロの妻として宣言します！　ベルーナ王コンラートとは、死んでも結婚いたしません！」

イヴェットの宣言に、周囲の者たちがざわざわと顔を見合わせる。イヴェットの気の強さを面白そうに見ていたコンラートも、さすがに不快げに顔を歪《ゆが》めた。

「お前の意志など聞いておらん。所詮、お前は非力な女。アルノーとパラヴィアの二国を統治することなどできまい。おとなしく我がもとに来れば悪いようにせぬ」

怒りで煮えたぎる胸を押さえ、イヴェットが声を絞り出した。

「たとえどんな仕打ちを受けようと、わたしはあなたのような悪魔とは結婚しない！　アルノーとパラヴィアの王位が欲しければ、わたしの首を刎《は》ねて死体と結婚すればいい！」

だがコンラートは鼻で嗤《わら》った。

「ふん、気の強い女は嫌いではない。ベルタも、昔はそんな一本気なところが悪くないと思っていたが、身の程をわきまえぬ頑固さはむしろ迷惑だ。女のくせに！」

そしてコンラートは周囲の者たちに向けて宣言した。

「ベルーナ王コンラートは宣言する。アルノー王女イヴェットと結婚し、ベルーナ、アルノー、パラヴィアの三国の王位を手にし、フロランシアを統一する！」

そしてイヴェットをまっすぐに見つめニヤリと笑った。

「生意気な小娘だが、見かけは十分に美しい。何よりお前は《フロランシアの化身》。お前が生む子はさぞや、女神の加護を得るにふさわしかろう。……早速にも今宵《こよい》……」

コンラートが厚みのある唇を舌で舐《な》め上げるのを見て、イヴェットはゾッと背筋に悪寒が走った。

「やめてっ……！　最低！　あなたなどに指一本触れさせてなるものですか！」

思わず後ずさりするイヴェットに、コンラートが声を上げて笑う。

「ハハハ、強がる女が怯《おび》える姿もまた一興よな！」

恐怖と屈辱に顔を歪めるイヴェットに同情した司祭が、再び助け舟を出す。

「お待ちくださいませ。パラヴィア王カルロ陛下の突然の崩御よりまだ五日。寡婦の再婚は夫の死後百日を経なければ、認められておりません」

妊娠が発覚した場合、子供の父親を確定するために、寡婦の再婚は一定期間、制限される。

イヴェットとカルロは白い結婚だったが、そんなことは公にされていないので、傍《はた》から見ればイヴェットがカルロの子を孕《はら》んでいる可能性は十分にある。内実を知らない司祭の提案に、コンラートもまた、眉を顰《ひそ》めつつも納得したらしかった。

「それもそうだな」

コンラートは肩を竦《すく》め、家臣たちに命じた。

「今から百日というと、夏の終わり……八月か。四か月もお預けはつらいが、結婚の正統性を得るためなら、俺は我慢できる」

コンラートは八月十五日の聖母生誕祭の後に結婚式を執り行うと決め、イヴェットは結婚式まで王宮内の一室に幽閉された。


名ばかりの王妃だったイヴェットは、パラヴィア王宮では高貴な囚人のような扱いだった。側仕えもアルノーからついてきた乳母《うば》と、従者が一人だけ。乳母が亡くなってからはパラヴィアが侍女を付けたが、こちらはしょっちゅう、交代した。

だからイヴェットが信頼できるのは従者のトーニオただ一人。

彼は従者とはいえ、実はイヴェットより二か月だけ早く生まれた異母兄である。

トーニオの母親はイヴェットの母に仕える侍女だったが、息子を生んだ直後に死んでしまった。父ロタールが認知を拒んだため、同情した母ベルタがトーニオを引き取り、イヴェットとともに王宮で育てたのである。身分は平民ながら、トーニオはパラヴィアでも孤独なイヴェットを支えた、ただ一人の家族とも言うべき存在であった。

死んでもコンラートと結婚したくないイヴェットは、王宮の一室で密《ひそ》かに逃亡の計画を練った。

「本気で言っているのか？　どうやって、どこに逃げると？」

計画を打ち明けられ、トーニオは当たり前だが反対した。

「フロランシアの北部一帯はコンラートの支配下に入っている。逃げる場所なんてない」

「わたしは、エルブルスの峰を越えるわ！」

決意を籠めたイヴェットの言葉に、トーニオが絶句する。

大陸の中央部には、夏でも雪を戴《いただ》くエルブルスの山塊が連なり、大地は南北に分かたれていた。

四月の半ばのエルブルスの山中は、まだ春浅く、峠道には雪も残る。

「姫、無茶《むちゃ》を言わないでくれ。エルブルスの頂は万年雪に覆われて山道は険しく、簡単には越えられない。危険すぎる」

イヴェットと同じ青い瞳は、アルノー王家の血を引く証《あかし》。よく似た面差しの二人は顔を見合わせ、深刻な表情で話し合った。

「危険は承知の上です。でも、他に道がない。このままでは、あの男と結婚させられてしまう。お父様を殺し、お母様を死に追いやった相手と結婚するぐらいなら、死んだ方がマシだわ！」

「姫。……自殺だけはどうか……」

「わかっています。だから逃げるのよ」

イヴェットの言葉に、トーニオが眉を顰める。

「でも、エルブルスを越えるなんて」

「北の帝国に助けを求めるわ」

帝国と言われて、トーニオはしばらく無言で瞬《まばた》きを繰り返してから、絞り出すように尋ねた。

「……帝国？　まさかハインリヒ皇子に？　でもあの婚約はもう――」

イヴェットは幼いころ、エルブルスの北のザイフェルト皇帝の甥《おい》、ハインリヒ皇子と婚約を結んでいた。

フロランシアの覇権を狙う父ロタールが、帝国から武力による後押しを得ようと目論《もくろ》んでの、政略的な婚約である。

ハインリヒに会ったのは一度だけ。

婚約のためにエルブルスを越えてきたハインリヒは、輝く黄金の髪とエメラルドの瞳を持つ美少年で、イヴェットの初恋の人だ。年に数回、手紙や贈り物をやり取りする程度だったが、イヴェットは彼に嫁ぐ日を夢み、再会を待ち望んでいた。

しかし父の死とともにイヴェットの幸福な子供時代は終わり、ハインリヒとの婚約も潰《つい》えてしまった。カルロとの望まぬ結婚を余儀なくされた後も、イヴェットは婚約の証にもらった指輪を、肌身離さず大切にしてきた。大粒のルビーの周囲に蔦《つた》の模様が彫り込まれ、いかにも由緒ありげな、イヴェットの指には大きすぎる品。鎖に通して首にかけ、ドレスの下に隠してきた指輪を引っ張り出し、両手で握り込む。

「もう、十年も昔のことだもの。ハインリヒ様だって、とっくに奥様を迎えていらっしゃるに違いない。でも、わたしには他に頼る相手もいない。わたしがコンラートの妻になれば、フロランシアはあの男の手に落ちる。北の皇帝だってそんなことは望まないはずよ」

囚人のような暮らしのイヴェットの耳には、エルブルスより北の情勢など入ってこない。ハインリヒが今、どうしているかすら知らないが、もはや彼との想い出にすがる以外なかった。

「トーニオ、わたしは逃げる。もうこれ以上、誰かの言いなりになる人生なんてウンザリなの。今逃げなかったら、一生このままだわ。そんなのは絶対に嫌」

指輪を握りしめて宣言するイヴェットの固い決意にトーニオが折れ、二人は王宮を抜け出す機会を待った。

この六年間、イヴェットは反抗らしい反抗もせず、あくまでも従順な妻を演じてきた。カルロが何人、愛人を囲おうが、文句一つ口にせず、お飾りの王妃として暮らしてきたのだ。パラヴィアの人間も、そしてコンラートも、イヴェットが逃亡するなんて予想もしていないのか、警備は驚くほど緩かった。

王宮の侍女と下働きの下男に身をやつし、見張りの交代の隙をついて幽閉された一角を抜けだせば、夜陰に乗じて王宮を脱出するのはそれほど難しくはなかった。

トーニオがあらかじめ準備した馬に相乗りし、パラヴィアの街の門を出て街道を北へ、一路エルブルス山脈の麓を目指した。

四月の末、イヴェットの一度目の逃亡である。

さすがに翌朝にはイヴェットの逃亡は察知されたのだろう。当然ながら追手がかかった。

トーニオは護衛も兼ねた従者だが、身分は平民で騎士ではない。乗馬や剣術の技量はどうしても劣り、二人乗りの騎行はただでさえ目立つ。エルブルスの麓にあるレツ湖のほとりで、追いつかれそうになった。到底、逃げきれないとイヴェットは悟る。

たとえ捕まっても、イヴェットは連れ戻されるだけだ。待遇は今よりも悪くなり、監視は厳しくなるだろうが、殺されることはない。コンラートが王位を得るには、イヴェットとの結婚が条件だからだ。

だが、トーニオは――

トーニオはイヴェットの異母兄だが、それは公に認められておらず、表向きは単なる王女の従者にすぎない。コンラートに捕まったら、トーニオは殺されてしまうかもしれない。

――何としてもトーニオを助けたい。どうしたら……

イヴェットは、ドレスの下に隠した指輪を取り出し、トーニオに託して言った。

「トーニオ、ここで別れましょう。あなただけでも、帝国に向かって」

「姫?」

トーニオがイヴェットと同じ、青い瞳を見開く。

「俺は、姫のお側を離れるつもりはない」

「もし捕まったら、あなたは殺されてしまうわ。足手まといのわたしがいなければ、あなた一人ならエルブルスを越えられるでしょう？　この指輪を帝国の皇帝陛下に渡して、イヴェット・フォン・アルノーが助けを求めていると伝えてちょうだい」

イヴェットの差し出すルビーの指輪を見て、トーニオが顔色を変えた。

「これは……」

「帝国の皇子との婚約の証だから、これを見せれば、わたしの身元は証明できるはず」

ハインリヒから贈られた婚約の証。大粒のルビーには、北の森の賢者アンブローズの祝福がかかっていると、彼は言っていた。悪《あ》しき者から守るという加護の指輪だと。

――きっと、トーニオを守ってくれる。

だが、トーニオは承服しない。

「姫はいったいどうする？　俺がいなかったら、誰が姫を守る？」

イヴェットは強いて笑顔をつくり、気丈に断言した。

「わたしは殺されない。コンラートはわたしと結婚しなければ、王位を継げない。でも、トーニオ、あなたは違う。捕まったらどんな目に遭わされるかわからない。わたしはあなたに生き延びて欲しい。だから……」

「姫……」

風が、複数人の馬蹄《ばてい》の音とざわめきを運んでくる。イヴェットは口調を変え、指輪をトーニオに押しつけた。

「トーニオ、これは命令よ！　行きなさい！」

強い調子で言えば、トーニオはハッとして唇を噛《か》む。指輪を通した鎖を首にかけ、上着の下に隠した。そして一人馬に跨《また》がり、一瞬、イヴェットを振り返った。

「姫、必ず戻ってくる！　だから、命だけは――」

「ええ、約束するわ。トーニオ、どうか無事で」

トーニオが馬腹を蹴り、北へと駆け出すのと入れ違いに、イヴェットの耳にははっきりと追手の馬蹄の音が聞こえてきた。

イヴェットはことさらに自身の存在を示すように、ベールを外してストロベリー・ブロンドをなびかせ、別の方角に走り始めた。追手の目を惹《ひ》きつけ、トーニオが逃れる時を稼ぐために。

ただ、トーニオの無事だけを祈って――

† ‡ †

追手に捕まったイヴェットは、モリーニ湖畔の城に移送され、塔《キープ》の上の一室に閉じ込められた。

城はエルブルスの北側を睨んだ軍事的要衝でもあり、守りが強固で脱出は困難。窓から遠くエルブルスの白い峰を眺めて、イヴェットはため息をつく。

――トーニオは、無事に逃げおおせたのかしら。

もしコンラートの軍に捕まったなら、イヴェットの耳にも何らかの形で報《しら》せが入るだろう。便りがないのは彼がうまく逃げられたしるしだと、イヴェットは信じるしかなかった。

トーニオの無事を祈りつつ、八月の婚礼まで四か月に及ぶ監禁生活が始まった。

塔《キープ》の一室は簡素な造りではあったが、牢獄《ろうごく》というほどではない。一つしかない窓には鉄格子が嵌まり、入り口のドアには常に鍵がかけられ、廊下に見張りの騎士が立つ。複数の侍女と護衛騎士がつき、食事や着替えその他の世話もされる。長い日中は時祷書を読むか刺繍《ししゅう》やレース編みをして過ごし、夕刻、夕べの祈り《ヴェスパー》のために礼拝堂に降りることだけは許された。もちろん、侍女と護衛騎士がピッタリと張りつき、監視の視線は常に絡みついて、自由はまったくなかった。

イヴェットにできることは、ただ毎夕、礼拝堂の聖母像に祈りを捧《ささ》げるだけ。

――トーニオが北の帝国に辿《たど》りつけますように。どうか無事に……

苛立《いらだ》ちと絶望、無力感を聖母への祈りで押し込め、イヴェットは幽閉生活をやり過ごす。

夜、侍女が部屋を下がってようやく一人になると、イヴェットは密かに残しておいた夕食の塩味のきいたスープを、窓の鉄格子に擦《す》り込んで腐食を促進させてみたりした。

無駄なあがきとわかってはいても、何かしなければ気が済まない。

諦めたら最後、生きる気力さえ折れてしまいそうだった。

そうして迎えた八月十五日の聖母生誕祭。五日後には結婚式が迫っていた。

カラン、カラン……

夕べの祈り《ヴェスパー》の時を知らせる鐘の音に、イヴェットは日課となっていた礼拝のために部屋を出た。

万年雪を戴く山々の峰に、夏の陽《ひ》が沈もうとしていた。空をオレンジ色に、雪の峰をバラ色に染めながら、太陽はゆっくりと姿を隠しつつあった。東から紺青の夜が侵食し、夜と昼が混じりあって紫色へと変わっていく。藍色の夜空に宵の明星がひときわ輝いていた。

大陸を分断し、天高く聳《そび》えるエルブルス山脈の麓、谷を穿《うが》つように細長いモリーニ湖は雪解け水を湛《たた》え、夕暮れの空を映して西側は茜《あかね》色に輝き、湖面もまた東側から漆黒へと色を変えていく。湖岸には堅牢な石の城が聳え立ち、尖《とが》った塔《キープ》が夕暮れの空を突きさしていた。

カラン、カラン……

鐘の音を聞きながら暮れなずむ湖を眺めて、イヴェットは追い詰められた気分だった。

あと数日で結婚式を迎え、イヴェットはコンラートの妻となる。イヴェットが持つ二つの王位継承権は夫に譲渡され、イヴェットの優位性は失われる。

――あの男は、両親の仇《かたき》。

あんな男のものになるくらいなら、いっそ死んだ方がマシ。

イヴェットは中庭に向かう城壁上の小径《こみち》から遥《はる》か下方の、湖面のさざ波を見下ろして思う。

波は穏やかだが底は深く、泳いだことのないイヴェットが落ちたら最後、助かる道はなさそうだった。身を乗り出して湖面を覗き込んだところで、背後から肩を掴まれ、引き戻される。

「イヴェット姫、お危のうございます」

監視役の騎士に感情の籠もらない声で言われ、イヴェットは薄く笑った。

「あそこ、何かいるのかしらと気になっただけよ。ほら、水鳥だったわ。……いやね、わたしが身投げでもすると思って？」

「それならばよろしいのですが」

「死んだりはいたしません。……少なくとも一人では」

イヴェットはそう言うと、くるりと向きを変え、再び歩き始める。

「なんだか騒がしいのね。お祭りでもあるのかしら」

イヴェットがわざとらしく尋ねれば、お付きの侍女が説明した。

「本日の聖母生誕祭から結婚式まで、城の中庭を解放して市が開かれていますので」

「まあ、素敵！　わたしも見に行きたいわ」

「それは……」

さっき、イヴェットを止めた騎士が無言で首を振った。

「ダメなの？　なんだつまらない。珍しい品物を見たかったのに。……でも、どのみちお金がないから買えませんわね。こんな囚人みたいな身の上では」

「イヴェット姫、お館様は……」

何か言いかけた侍女を無視して、イヴェットは中庭へと向かう。

「礼拝堂にはいつも通り出入りしても構わないのよね？」

「はい、そう聞いております」

イヴェットはちらりと、湖とその向こうに聳える白い尾根を見る。

大陸を南北に隔てるエルブルスの峰。トーニオは、あの険しい山道を越えられたのだろうか。

彼を危険な旅に送り出した以上、自分だけ安易な死を選ぶことなど許されないのだ。

もう一度残照に輝く湖を眺めてから、イヴェットは踵《きびす》を返して石造りの階段へと向かった。護衛騎士が先に立ち、二人の侍女があとに続く。狭い螺旋《らせん》階段を下りて中庭に出れば、黄昏時《たそがれどき》の淡い光の中、槌《つち》打つ音と人々の喧騒《けんそう》がイヴェットの耳に流れ込んできた。

結婚式までの五日間、城の跳ね橋を上げ、中庭を開放して祝いの市を開くのは、結婚の正統性を広く周知する目的も兼ねているのだろう。あるいはコンラートの人気取りか。イヴェットは冷静に、活気に満ちた中庭を観察した。

北方からの羊毛や毛織物、南方の海辺の街からは外国の珍しい絹、金銀細工に蜂蜜酒、エールに葡萄《ぶどう》酒……商人たちは屋台や露店を組み立て、商品を並べて商売に余念がない。婚礼までの数日間、城は祭りのような賑《にぎ》わいに包まれるだろう。

群衆でごった返す中庭を見て、イヴェットは考えていた。

——この機会を利用して逃げ出せないかしら。

一度、パラヴィアから逃亡した前科があるので、最大限の警戒態勢が敷かれて、蟻《あり》の這《は》い出る隙間もなさそうだった。

四か月間、毎日欠かさずスープをかけてきた鉄格子は、錆《さ》びたようには見えたが、少々腐食した程度では、非力なイヴェットの腕ではびくともしなかった。

石畳の広場には簡易の屋台が作られ、茣蓙《ゴザ》が敷かれ、麻布でできた日よけの天幕が張られている。荷車も運び入れられ、商談している行商人たちの姿も見える。

商人や近隣の農民だけでなく、吟遊詩人《トルヴァドール》や大道芸人、托鉢《たくはつ》修道士なども市の人出を目当てに城に集まってきていた。城内には辻《つじ》楽師のフィドルの音色に、鈴や太鼓の軽快なリズムが響きわたる。

人々の自由さと逞《たくま》しさが、イヴェットには眩《まぶ》しく思われる。

王女に生まれたばかりに王位目当ての結婚を強いられ続けてきた。

せめて、自分とトーニオの性別が逆だったなら。男なら、自らの脚でエルブルスを越えたのに。女に生まれたばかりに、踏みつけられる人生を送ってきた。このままコンラートの思惑通りになるなんて、我慢がならない。

絶対に諦めない。必ず、いつかはあの峰を越えてみせる――

時祷書を胸に抱き、護衛騎士の先導で中庭を横切り礼拝堂に向かっていたイヴェットは、ふと耳に入ってきた説教に足を止める。

「天の国は、商人が探す一粒のよき真珠のようなもの。商人は一粒のよき真珠を見つければ、持ち物をすべて売り払い、その真珠を買うのです」

低く艶があり、朗々と響く魅力的な声に、つい耳を傾けてしまう。

イヴェットが声のする方向に目を向けると、人の輪の中、背の高い托鉢修道士が、片手をあげて説教をしていた。フード付きの粗末な僧衣に腰紐《ひも》がわりの藁縄《わら》を結び、素足に藁で編んだサンダルを履いている。

都市に出て人々に説教をし、代わりに喜捨を受ける宗派。街から街を渡り歩き、祭りや祝いの場で余興代わりに説教や神を讃《たた》える即興詩を詠み、節をつけて歌う。遍歴修道士《ゴリアール》とも呼ばれる彼らは、一種の吟遊詩人《トルヴァドール》でもあるのだ。

擦り切れた僧衣は一切の染色を施さない自然の灰褐色で、清貧を尊ぶ彼らの思想を体現していた。だが、彼の首元から真っ白な毛皮の襟巻が覗いていて、イヴェットは違和感を覚える。

僧衣に、豪華な毛皮。あまりにちぐはぐだ。

「真珠こそが天の国であれば、それを得るために他を惜しんではなりません。天の国にくらべれば、他の富など何の価値もない。一粒の真珠を得るために売り払い、すべてを捨てるのは当然のことです。天の国に至るために、不要なものは捨て、富は天に積むべきです」

イヴェットの視線を感じたのか修道士がこちらを見た。フードの陰から覗く、エメラルド色の瞳と目が合い、とっさに目を背けることもできず、しばし見つめ合う。

折しも、湖から吹く風でイヴェットの白い頭巾《ウィンプル》がめくれ上がる。耳の後ろで編み込んでまとめたストロベリー・ブロンドが露わになり、耳元の小さなバロック真珠の耳飾りが揺れた。

その時、修道士の首元の白い襟巻がもぞりと動き、黒くつぶらな瞳が二つ、ぱちりと開いた。

驚いたイヴェットが青い瞳を見開く。白い襟巻がしゅるしゅると動いて修道士の僧衣から抜け出し、胸から足元へと素早く伝い降りる。ネズミのような尖った顔と小さな耳、細い身体《からだ》に長いしっぽ——

イタチに似たその生き物を、イヴェットは以前に見たことがあった。記憶にあるそれは純白ではなく、背中側は黒っぽい艶やかな毛並みをしていた。あれは、どこで見たのだったか……

イヴェットが記憶を辿るうちに、白い生き物はするりと地面に降り立ち、説教を聞く聴衆の足元をくぐり抜けてイヴェットの方に駆け寄ってくる。

「イヴェット様！」

「待って」

護衛騎士が追い払おうと足を踏み出すのを、イヴェットがとっさに止める。

白い生き物はイヴェットの足元をクルクルと回り、後ろ脚ですっくと立ち上がると、つぶらな瞳でじっとイヴェットを見つめた。真っ白でふさふさした毛皮を纏《まと》った姿には、どこか高貴な印象すらある。

飼い主の修道士は行方を目で確認しただけで、何事もなかったかのように説教を続けている。

「天の国に至るために、なぜ欲を捨てなければならないか。なぜ神は清貧を嘉《よみ》し給《たま》うか。簡単なことです。我々の手は二つしかないからです。我々が持てるものには限りがあり、余計なものを手にしていては、神の救いの手を取ることはできないからです」

修道士の説教は佳境を迎え、両手を大きく振り上げ、熱を帯びていく。篝火《かがりび》に照らされて、彼の影が細長く伸び、揺れる。

「求めるべきはただ一粒の真珠であります。それこそが天の国。一粒の真珠の価値を信じ、他を捨てる者だけが、神の救いの手を取ることができる。欲を捨て、迷いを捨て、ただ一心に神の救いを求めること。ただ神の存在と救いを信じること。信じ、すべてをなげうつ者には、主は必ず救いの手を差し伸べてくださいます。救われたい者は天の国へと旅立つべきなのです！」

――わたしも救われたい。ここを逃れてどこかに行きたい。できればあの、白い峰の向こうに……

イヴェットは修道士の言葉に耳を傾ける。

説教が終わり、聴衆が祈りの言葉とともに銅貨を投げる。イヴェットもなにがしかの寄進を、と思うものの、あいにく小銭の持ち合わせがない。

――小銭どころか。わたしには何もない。自由も、力も、未来も……

イヴェットは両耳の真珠の耳飾りを外し、白い生き物に差し出す。彼は器用に口に含み、長いしっぽを振りながらチョロチョロと修道士のもとに駆け戻っていった。

素早く修道士の僧衣を上って首元に巻きつくと、飼い主の手の中に真珠を吐き出したらしい。修道士がフードを下ろして顔を露わにした。まだ二十代半ばの若さで、ハッとするほど整った容貌だった。艶のある黒髪がうねって顔を取り巻き肩にかかっているのは、自然のままを尊ぶ宗派の習

いに従っているのだろう。この宗派は剃髪《トンスラ》もしないと聞いている。

修道士はイヴェットに向かい、胸に手を当て、深く頭を下げた。

「イヴェット様、夕べの祈り《ヴェスパー》が始まります。参りましょう」

背後の侍女に急《せ》かされ、イヴェットは視線を前に向けて礼拝堂へと向かう。

夕べの祈り《ヴェスパー》の聖歌が聞こえ始めた。

聖母は涙に濡《ぬ》れて立ち給いぬ
愛《いと》し子《ご》の骸《むくろ》の傍《かたわ》らに
ああ、聖母よ、愛の泉よ
汝《なんじ》の苦しみを我もまた受け　　汝とともに哀悼せん

薄暗い身廊の向こう、内陣の祭壇中央に聖母像が安置されている。両側の銀の枝付き燭台《しょくだい》には、それぞれ三本の蝋燭《ろうそく》が灯《とも》され、聖母像をほんのりと照らしている。わずかな空気の流れで火影が揺れ、聖母の慈愛に満ちた微笑《ほほえ》みに深い影を刻む。

夕べの祈り《ヴェスパー》で聖母像に祈りを捧げることだけが、イヴェットに許された唯一の自由。だがこのわずかな自由も、五日後の結婚式を終えれば泡と砕け散る。

イヴェットはすべての権利も自由も未来も、完全に失うことになるだろう。

――聖母よ、お救いくださいませ。どうか……

長い睫毛《まつげ》を伏せ、集中して祈っていたイヴェットの脳裏に、ふとさきほどの修道士の言葉が甦《よみがえ》る。

――信じ、すべてをなげうつ者には、主は必ず救いの手を差し伸べてくださいます。救われたい者は天の国へと旅立つべきなのです！

彼は、聴衆にではなくわたしに、呼びかけているような気がした。

彼は、いったい――

イヴェットは聖母を讃える聖歌を聞きながら、ずっと黒髪の修道士のことを考えていた。

第二章　脱出〔一日目〕

翌八月十六日の午後、城主で花婿でもあるベルーナ王コンラートが入城した。

この日も早朝から市は活況を呈し、塔《キープ》の上のイヴェットの部屋にまで華やぐ空気が伝わってきていたが、城主の入城に興奮は高まり、華やかな行列を迎えて喧騒がさらに大きくなる。

イヴェットの部屋にはコンラートが注文したらしい、婚礼用の衣装が運び込まれた。

赤い豪華な織物に金糸の刺繍を散らし、襟元には繊細なレースが施されている。エルブルスの北から流行の織物やレースを取り寄せ、金に糸目をつけずに仕立てたものだとわかる。

コンラートにとって、イヴェットとの結婚の正統性とフロランシアの覇権のありかを喧伝するための、一種の見栄《みえ》なのだろう。

華麗な婚礼用のドレスを着てコンラートの隣に立つと想像するだけで、不快な思いがこみ上げる。

――まさかこんなもので釣られるとは思ってないでしょうね？

贈り物でごまかせる安い女だと思われているなら、心外であった。

コンラートが連れてきたお針子が、袖丈や裾の長さなどの細かい調整を行う間、イヴェットは人形のように無表情で立っていた。襟元の凝ったレースが顎に触れてくすぐったくても、イヴェットは身動き一つせず虚空を見つめていた。お針子はピンと躾《しつ》け糸で印をつけたあと、婚礼衣装を脱がし、続いて別の、鮮やかな青色のドレスを着せた。

「今宵の晩餐《ばんさん》はこちらをお召しになるようにと、お館様が」

イヴェットの眉が寄せられ、初めて反応した。

「少し、派手ではないかしら」

「いいえ、とてもお似合いです」

お針子が答えながら、同様に袖丈と裾丈を調整する。ウエストはそれほど絞らずとも、艶やかな赤いサッシュベルトを締めれば、自然に女性らしい曲線が出る。襟元の銀糸刺繍の縁飾り《ブレード》が豪華であった。ドレスの調整が終わると、今度は侍女がイヴェットの髪を整える。

普段、イヴェットはストロベリー・ブロンドを二つに分けて編み込みし、耳の上で輪を作るコルネットと呼ばれる髪型にした上で、未亡人らしく白い頭巾《ウィンプル》を被って髪を隠している。侍女は結い上げていた髪を解《ほど》き、水で濡らしてうねりを伸ばしてから、上半分だけ、細い編み込みと三つ編みを作り、頭の後ろで丸めて、真珠のついた金のネットに押し込んだ。下半分の髪は薔薇《ばら》の香油で丹念に梳《す》いて、自然に背中に垂らす。

この部屋には鏡がないので、イヴェットは自分の姿を見ることができない。だが、背中を覆う髪型から、イヴェットは侍女の意図に気づき、思わず眉を寄せた。

この髪型は、未婚女性のものだ。コンラートはイヴェットが未亡人だという事実をなかったことにして、自身の花嫁だと家臣らに紹介するつもりなのだ。

それはコンラートこそがイヴェットの夫を殺した事実と、イヴェットのこれまでの人生を消し去ることに他ならなかった。

イヴェットは広間に連れ出され、晩餐の席でコンラートの隣に座らされる。コンラートの家臣や客人たちの好奇の視線を浴びて、屈辱的な気分で唇を噛んだ。

「我が花嫁の、腹は決まったか？」

コンラートにニヤニヤと話しかけられ、イヴェットはプイと横を向く。それに対してコンラートが大声で笑い、ご機嫌取りの道化が囃《はや》し立てる。

「これはこれは、姫君は照れ隠しでいらっしゃる！　さすがは《フロランシアの化身》、花の女神の申し子、なかなか気難しいようですな、殿様」

「なに、女など寝台の上では素直になるものだ」

下品な冗談に男たちはどっと沸き、イヴェットは耐えがたくなった。

こんなところで、大勢の目にさらされるのも不快極まりない。

食卓の上にはコンラートの権勢を誇示するかのように、豪華な料理が並んでいた。

鹿肉のロースト、ウズラ、野ウサギ……贅沢《ぜいたく》な食材は料理人の手により、季節のハーブや南方渡りの香辛料で味付けされ、盛り付けも洗練されている。銀の食器が燭台の明かりを反射して、溢《あふ》れる光に目がチカチカする。

城代が手際よく料理を切り分け、イヴェットの前にも皿が置かれるが、イヴェットは果実水にしか口をつけなかった。

フロランシアは比較的、女性の地位が高く、宴席に出ることも許されるが、男性と同様に酒や料理を口にしたり、談笑に興じるのははしたないこととされる。それでなくとも食欲などなかった。

隣に座るコンラートは、そんなイヴェットをニヤニヤと見ながら、豪快に料理を口に運ぶ。

「おい、酒だ！」

装飾の入った錫《すず》のゴブレットを掲げれば、従者の少年が慌ててワインの壺《つぼ》を持って走ってくる。

イヴェットはさりげなく周囲を観察した。城主の席に近い場所には主だった家臣や高位の騎士たちが並ぶ。少し遠い場所には中堅以下の家臣の他、ゴテゴテと豪華な衣装を身に着けた太った男たちが、それぞれ値踏みするような目でイヴェットを見上げていた。贅沢な服装だが、立ち居振る舞いに品がない。おそらく領内の商人たちだと見当をつける。下座になるにつれ、身分もそして経済状態も下がっていき、入り口近くには地べたに車座になって、けばけばしい衣装を着た吟遊詩人《トルヴァドール》や、流浪の芸人たちが固まって料理のおこぼれにありついていた。

城お抱えの楽団では足りず、下賤《げせん》な芸人たちをも宴席の余興として引き込んでいるのだ。彼らもまた、チラチラと自分を見ていることに気づき、イヴェットはゾッとした。

身分で差別をするつもりはなかったが、深窓育ちのイヴェットは庶民の不躾《ぶしつけ》で物見高い視線に慣れていない。とにかく居心地が悪く、一刻も早く逃げ出したい思いで、じっと息を殺して座っていた。

やがて吟遊詩人《トルヴァドール》の歌に始まり、卑猥《ひわい》で滑稽な寸劇なども催され、周囲で沸き起こる哄笑《こうしょう》にますますすいたたまれなくなる。

「気分がすぐれませんので、今宵は失礼させていただきます」

我慢の限界に達したイヴェットは、城代を介して隣のコンラートに告げた。コンラートは何か言いたげにちらりと視線を向けたが、無言で手を振った。イヴェットはそれを退出の許可だと解釈し、宴の途中でそっと中座した。

侍女と護衛騎士の先導で広間の端を通り過ぎる。城主から離れれば離れるほど、宴は無礼講の体をなし、酔って醜態をさらす者も多い。広間の入り口近くでは護衛騎士が大道芸人たちに道をよけさせ、ようやく歩く場所を確保するありさまだ。

その時、イヴェットの視界を一瞬、何か小さな白いものが掠《かす》めた。

フワフワした白い毛皮に包まれた、妙に細長い——毛皮のある蛇のような印象の動物が、なんとイヴェットのスカートの中に入り込み、足元にまとわりついた。

「!!」

イヴェットはギョッと息を呑んだ。だが、ここでスカートをめくり、捕まえて追い出すようなことはできない。貴婦人として、男に足首を見せるなんて許されないからだ。

スカートの中で足に触れる毛皮の感触に、昨日、中庭で見かけた白いイタチだと思い出す。

では飼い主の遍歴修道士《ゴリアール》もここに——？

イヴェットは視線だけで周囲を見回す。だが飼い主の黒髪の修道士の姿は見当たらない。結局、イタチはイヴェットのスカートの中に潜ったまま、塔《キープ》の上の部屋までついてきてしまった。

部屋の前まで送ってきた護衛騎士が言う。

「廊下におりますので、何かありましたらお声がけください」

扉が閉まり、侍女たちはイヴェットの着替えと就寝準備にかかる。侍女が離れた隙に、イタチはスカートの下から抜け出して、目にもとまらぬ速さでベッドの下に潜り込む。

「どうか、なさいまして？」

目でイタチの行方を追っていたイヴェットに、侍女が問いかけるので、慌てて首を振った。

「いいえ？　何でもないわ」

派手なドレスから寝間着代わりの麻のシュミーズに着替え、就寝の準備を済ませて侍女が出て行く。背後で、ガチャリと鍵がかかり、コツコツと靴音が遠ざかっていく。

この後、翌朝に侍女が起こしに来るまで、扉が開くことはない。

ようやく一人になったイヴェットはホッと安堵《あんど》の息をついてから、さて、とイタチに小声で呼びかけてみた。

「ねぇ、そこにいるんでしょ？　出ておいで」

イヴェットの呼びかけに応え、ベッドの下から白いイタチが三角形の顔を覗かせる。

「おいで……お前の飼い主が探しているんじゃないの？」

イタチはするりと出てきて、イヴェットの周囲を一周し、尖った鼻先をイヴェットの足元に擦《こす》りつけ、フンフンと匂いを嗅ぐ。そっと撫《な》でてやると、柔らかな毛皮が心地よい。

——ずいぶんと大事に飼われていて、よく馴《な》れているのね。

しばらく撫でていると、イタチはするっと身を翻してぴょんと窓に飛び乗り、細い身体で鉄格子の隙間を通り抜け、長いしっぽを一振りして、夜の中に消えていった。

「いっちゃった……」

イヴェットは残念な気持ちで、しばらく鉄格子の向こうの暗闇を見つめていた。


深夜。微《かす》かな物音に、イヴェットは目を覚ます。

その日は雲が多く、雲が切れるたびに十六夜《いざよい》の青い月の光がほのかに射《さ》し込み、そしてまた曇る、そんな夜だった。

イヴェットは音を立てないように起き上がり、寝台を出て窓に近寄る。

鉄格子の向こう、たまたま顔を出した月の光に照らされ、青白く光る何か小さいものがちょろちょろと行き来している。イヴェットが目を凝らせば、それはさっきの白いイタチだった。

「!!」

驚きに息を呑むと、イタチは二本脚で窓枠に立ち上がって、鼻先でフンフンと匂いを嗅ぐ。

その首には丈夫なロープが結びつけられていた。月光を浴びて、滑らかな毛並みを銀色に光らせ、細長い身体でしゅるりと鉄格子の間から中に入ってきた。

「お前、また来たの？」

白い生き物は甘えたようにキキと鳴いてすり寄ってきた。撫でてやると、うれしそうに鼻と毛皮を擦りつける。細長い首筋に結ばれたロープに、大ぶりの金の指輪が嵌まっていた。

「お前、何を持って――」

月の光を浴びて鈍く光るそれを、見間違えるはずがない。

イヴェットが、トーニオに託したあの指輪――

心臓がドクンと大きく脈打った。

これは、つまり、トーニオが――

イタチはイヴェットの前を通り過ぎて再び鉄格子から出て行ってしまう。ちょうど、鉄格子にロープを引っかける状態になっていた。

何が起こるのかと息を殺して見つめていると、ロープがピンと張って、フードを目深に被った人物が音もなく窓の外に貼りつき、両手で鉄格子を掴んで石造りの窓枠に顎を乗せ、中を覗き込む。その肩に、さきほどのイタチが乗っていた。

一瞬、窓が覆われて月光を遮断し、室内が暗くなる。イヴェットが声も出せずに見守るうちに、少し身体をずらしたため、月光がその人物を照らしだし、端麗な顔の輪郭が露わになった。

「……あなたは！」

「しぃ。……アルノーのイヴェット姫、だね？」

フードを少しずらした顔に月光が射し、瞳がきらりと光った。

「あなた、中庭で……」

説教していた修道士だと気づき、イヴェットが尋ねれば頷《うなず》いた。

「やっと、部屋の場所がわかったよ」

広間でイタチがイヴェットのスカートの中に入り込んでついてきたのは、部屋を突き止めるためだったのだ。

「俺はエンツォ、北の皇帝《カイザー》の命令で、あなたを迎えに来た」

「――皇帝」

イヴェットがゴクリと唾を飲み込む。男はイタチを窓枠に乗せ、首からロープを外しながら言った。

「こいつは俺の相棒で、フェレットのインノケンティウス七世」

「え？　なんですって？」

「だから、フェレットの、インノケンティウス七世」

長い名前に思わず聞き返すうちに、当のフェレットは、するすると鉄格子の間から再びイヴェットの側にやってきた。

「すごい名前……」

「俺の家で代々飼っているんだ。こいつは七代目だから七世。教皇と同じ名前だけど、偶然だ」

教皇と同じ名前のフェレットは、つぶらな瞳でじっとイヴェットを見ては、さかんにフンフンと匂いを嗅いでいる。

「あなたは、帝国の人なの？」

「そう。……この指輪を持った男が帝国に来て、イヴェット・フォン・アルノーが助けを求めているって」

男が摘んで示す指輪が、月光に煌《きら》めいた。イヴェットの声が喜びに上ずる。

「トーニオ！　トーニオは無事でしたのね！」

イヴェットがホッと息をつくと、エンツォと名乗った男がからかうように言った。

「しい！　廊下には見張りがいる。静かに」

イヴェットは慌てて両手を口元に当て、声を抑える。

「……ごめんなさい。彼が、無事に山を越えられたってわかって……」

トーニオは生きてエルブルスを越えた。それだけでイヴェットの肩の荷が半分降りた、そんな気分だったが、男の表情が少し翳《かげ》った。

「ずいぶん、大事な男なんだな。あなたの恋人？」

鉄格子から覗く瞳がきらりと光った気がして、イヴェットが首を振る。

「……その、従者よ。彼は元気なの？　トーニオもこちらに？」

男は首を振り、黒い前髪が揺れた。

「いや。彼は怪我《けが》をしていて、再びの山越えは無理だった。……もちろん、命に別状はない。休養が必要なだけだ」

イヴェットの不安げなようすを解消するために、男が早口で付け加えた。

「とにかく、あなたを連れてここを出る。突然だけど、俺を信じてついてきてほしい」

真剣な目で尋ねられ、イヴェットは頷く。

「……信じます。たとえあなたが悪者で、攫《さら》われて奴隷として売り飛ばされたとしても、コンラートの妻になるよりはうんとマシだと思えます」

「そんなことはしないと誓う。必ず、あなたを皇帝《カイザー》のもとに連れていく。……話は決まったな！　インノケンティウス七世！　始めるぞ！」

エンツォの呼びかけに、チュッとひと声鳴いて、フェレットは軽い足取りで部屋の中を走りまわり、あちこちの匂いを嗅ぎ始めた——

「……何を、しているの？」

イヴェットが尋ねれば、エンツォが言った。

「この窓は小さすぎて、ここから脱出するのは無理だ。だから、入り口のドアを破るつもりだ」

「ドアを……」

エンツォは部屋の中を覗き込み指示した。

「マントを着て逃げる支度をして。宝石とか、どうしても持っていきたいものだけ持ち出して」

イヴェットは部屋の隅に置いてある、衣装の入った長櫃《ながびつ》をかき回し、フード付きの毛織のマントを引っ張り出した。それを羽織って首元の紐を結ぶと、イヴェットは言った。

「もう支度は済みました。持ち出したいものもありません。宝石も、あなたに差し上げた真珠が最後だったので」

金に換えられそうな装身具類は、パラヴィアを出る時にすべてトーニオに預けていた。彼がエルブルスを越える際の、旅費の足しになっていればいいと思う。

エンツォはイヴェットの姿を上から下まで眺めて、一瞬、何か言いたげに首を傾《かし》げたが、気を取り直したように鉄格子越しに頷いた。

「窓とドアから離れて。危険だからロープには絶対近づかないように」

そうして鋭い口笛を吹く。フェレットがいったんエンツォのもとに戻り、再び首にロープを結びつけられて、部屋を横切ってドアの方に駆けていく。白いしっぽを大きく揺らしながら、フェレットはドアをよじ登り、ドアノブの周囲をくるりと回ってロープを巻きつけると、そのまま上に駆け上がり、ドアの上に開けられている通風孔をくぐって部屋の外に出て行く。一瞬姿が消えたものの、すぐに戻ってきて通風孔から部屋に入り、さらに壁を上って天井近くで交差する太い梁《はり》を伝い、ロープが梁を跨ぐように巻きつけ、再び窓へと飛び移る。

「よしよし、よくやったぞ、インノケンティウス七世！」

エンツォはフェレットの毛皮を撫で、首からロープを外すと言った。

「しばらく、お姫様のところにいてくれ。すぐに戻るから」

エンツォはフェレットに結びつけていたロープの先を鉄格子に結びつけて固定すると、ドアノブから窓の外へ延びている方のロープを握って、イヴェットに言う。

「ロープから離れて！　すぐ戻る！」

言うや否や、エンツォの姿が窓から消える。イヴェットがぎょっとするまもなく、ピンと張られたロープがギリギリと引っ張られて、メキメキ、バキッという音とともにカギが壊れ、ドアが開く。

――エンツォが自分の体重を利用して、ドアを壊したのだ。

イヴェットが呆然《ぼうぜん》としていると、ドタドタと荒々しい足音とともに、見張りの騎士が部屋を覗いた。

「これは何事ッ……」

だが次の瞬間、ガンッという鈍い音がして、騎士はガシャンとその場に崩れ落ち、その背後にエンツォが立っていた。エンツォは意識を失った騎士を室内に蹴り入れると、イヴェットに向けて手を伸ばす。

「いくぞ！　早く！」

イヴェットが我に返り、エンツォの伸ばした手を取った。

第三章　湖

廊下は薄暗く、壁に穿たれたニッチ（くぼみ）にオイルランプが一つ置かれているだけだった。

白いフェレットが道案内するように先行し、微かな明かりに白い毛並みがチラチラと光る。

狭い塔《キープ》の中なので、すぐに螺旋階段に出る。天窓から淡い月明かりが射すだけで、壁際は光も届かず真っ暗だった。

フェレットが二人の足元を駆け、暗がりを壁沿いに降りていく。四か月通い慣れた階段とはいえ、イヴェットは暗闇に不安を覚える。そんなイヴェットに、エンツォが耳元で囁《ささや》いた。

「ゆっくりでいい。落ち着いて」

あの中庭の説教の時も思ったが、エンツォの声は低く艶があって、心の奥にしみ込むような深みがある。

螺旋階段の下方には黒々とした闇が広がっていたが、エンツォの大きな手がイヴェットの手をしっかり握ってくれて、その温かさにホッとする。

初めて会って、言葉を交わしただけの人の言うままに、飛び出してきてしまったけれど――

イヴェットはごくりと唾を飲み込み、覚悟を決めて暗闇を見下ろした。

たとえこの先、何が起きたとしても希望は捨てないし、後悔もしない。

――わたしは逃げる。この脚で。必ず……

螺旋階段を数階降りて、城壁上の小径からさらに回廊へと出た。月明かりに照らされた四角い中庭を、足音を立てないように走り抜ける。城のどこか遠くから、宴会が続いているらしい微かな声が響いてくる。

「今夜は無礼講で、あいつら油断している。だから千載一遇のチャンスだ」

エンツォが耳元で囁いた。そして次の瞬間、力強い腕がイヴェットの腰に回され、柱の陰に引き込まれる。同時にフェレットがイヴェットの首筋に巻きついて、モフモフのしっぽで口をふさいだ。

「っ……!!」

背中にはエンツォの身体が密着し、ごわごわの僧衣を介して硬い胸板を感じる。腰を抱きしめられて、イヴェットの心臓がドキンと跳ねた。

その時、石造りの床にカツカツと足音が響く。

「おい、早くしろ、料理が足りないとお館様がご機嫌斜めだぞ」

「わかってるわよ！」

暗がりに紛れた二人の目の前を、料理の大皿を頭に乗せた女と、酒樽《さかだる》を担いだ男が通り過ぎていく。彼らが曲がるのを見送って、エンツォがイヴェットの手を取って走り出した。

イヴェットはエンツォが城内の抜け道を知悉《ちしつ》しているのに驚いた。

「ずいぶん、詳しいのですね」

エンツォがこともなげに言う。

「昨日、今日と、あちこち彷徨《さまよ》ったからね」

イヴェットの部屋を探し、城内を歩きまわったらしい。

この城はそれほど大きくはないが、それでも城主が滞在して結婚式も間近。だが宴の最中ということもあって、使用人が時折行き交う以外は、巡回する騎士もいない。エンツォが睨んだとおり、抜け出すには最高の一夜だったのだ。

城の内部の裏道——使用人が行き来するための通路を通って、小さな木戸をくぐると、裏庭に出た。そこは洗濯場なのか、ロープの張られた物干しと井戸があり、洗濯物を煮る大鍋が転がっている。

フェレットが道案内よろしく裏庭を突っ切り、しっぽを振って振り返った。ちょうど、月が雲に隠れて、あたりは闇に近い。裏庭を横切れば、湖の桟橋につながる石造りの階段の手前に出た。

ここを抜ければ桟橋から湖に出られる。

さすがに篝火が焚《た》かれ、見張りの騎士が二人、手持ち無沙汰に座っていた。

——どうするのかしら。

イヴェットが、エンツォの横顔を見上げる。

視線に気づいたエンツォは形のよい唇の端を少しだけ上げ、不敵に笑ってみせる。そして素早く屈《かが》んで足元の小石を拾うと、遠くの石垣に向かって投げた。

カツン……

響いた音に、見張りが一人立ち上がる。

「なんだ?」

すると白いフェレットが飛び出して、石垣の上をこれ見よがしに走っていく。

「動物? ウサギ? 厨房《ちゅうぼう》から逃げたのか? ちょっと見てこいよ」

「あ、ああ……」

エンツォはもう一つ石を拾い、今度は別方向に投げる。

カツン……

「なんだぁ?」

もう一人の見張りも立ち上がり、数歩、音のする方に歩いて、遠くを眺める。

その隙に、エンツォはイヴェットを抱き上げるようにして走り出す。見張りが城壁から身を乗り出し、湖の方を覗く間に、エンツォは桟橋に続く階段を数段飛び降り、途中の石垣の陰に身を潜めた。

イヴェットは悲鳴を上げるのを我慢するだけで精いっぱい。ドキドキと心臓がやかましく鳴り、緊張で吐きそうになる。

「なんだ? 何か通ったのか?」

持ち場を離れていた見張りが戻ってきたところに、再びフェレットがわざと白い身体をさらして、シュタタタ……と軽い足取りで逆方向に走っていく。奇妙な物体に興味を惹かれ、見張り二人の注意はそちらに向いていた。

「いまだ」

エンツォが再び階段を飛び降り、真っ暗な桟橋を音もなく駆け、もやってあった木製の小舟の一つに飛び込んだ。

ギイ、ギイッと小舟が揺れる音と、船端を波が叩《たた》く水音が響く。小舟の底に這いつくばって、二人身を潜め、息を殺す。

「なんか物音がしなかった？」

「風だろう」

見張りがちょっとだけ身を乗り出して桟橋を覗く。

「おい、それ以上、持ち場を離れるなよ」

「わかってるよ」

キョロキョロと見回していた男だが、呼び返されて顔を引っ込めた。やがて、音もなく戻ってきた白いフェレットが小舟に乗り込んだのを確認し、エンツォが綱をほどき、櫂《かい》で桟橋を押しやった。

小舟は静かに桟橋を離れる。エンツォは見張りからは死角になる方向に舵《かじ》を向け、音もなく静かに漕《こ》ぎ出した。

イヴェットは小舟に身を伏せていたが、顔を上げて城を見上げる。

いくつもの篝火に照らされ、宵闇に浮かび上がる石の城。

雲間から顔を出した十六夜の月がさっと一瞬、城を照らし、また雲に隠れて影は黒い塊になる。

城が遠ざかっていくさまを、イヴェットは物も言えずに見送っていた。

「もう、大丈夫だ」

小舟が城から十分に離れたころ合いを見計らって、エンツォがイヴェットに声をかける。

船底に身を伏せていたイヴェットがそろそろと起き上がり、座ってマントのフードを外す。

「本当に、出られましたのね！」

「ああ、よく頑張った」

エンツォにねぎらわれ、イヴェットは両手を上に上げて伸びをする。

「んー！　四か月ぶりの自由！」

頭上に広がる夜空が爽快であった。

もう、忌々しい城は遥か遠くに、小さく見えるだけ。周囲は茫洋《ぼうよう》とした黒い水に囲まれて、彼方にエルブルス山脈の、黒い影が連なる。

ザザン……と波の音がして、時折顔を出す十六夜の月が、白い三角波を照らす。

エンツォは櫂を漕ぎながら、それでも周囲を注意深く観察していた。

「……方角はわかりますの？」

「ああ、だいじょうぶ……そろそろ仲間が……」

エンツォが暗がりに目を凝らす。月が雲から出ると、遠くに人影のようなものが微かに見えて、エンツォがそちらに舟を向ける。近づいていくと小さな明かりが灯り、クルクルと回転した。

「仲間の合図だ」

エンツォが言い、舟を漕ぐスピードを上げた。

薄い雲から覗く月の光の下で、一艘《そう》の小舟がカンテラを掲げている。エンツォがその小舟に近づくと、乗っていた人物がカンテラを回して合図していたのだ。

「首尾よくいけましたか」

「ああ」

舟を近づけると、向こうの舟の男が立ち上がり、足でイヴェットらの舟を固定して素早く顎をしゃくる。エンツォが櫂を置いて立ち上がり、イヴェットに促す。

「乗り移るぞ」

イヴェットが呆然と見守るうちに、エンツォはひらりともう一つの舟に飛び乗り、イヴェットに向けて手を差し出す。

「早く、だいじょうぶだから」

こんな揺れる小舟から別の小舟へと乗り移るなんて、とイヴェットは戸惑う。

エンツォが差し出す手に縋《すが》り、一歩を踏み出すが、そこでバランスを崩して舟が大きく傾いた。

「きゃあ」

もう一人の男が舟をまたいでバランスを維持する間に、エンツォが力任せにイヴェットを舟に引っ張り上げた。その勢いでエンツォが尻もちをつき、イヴェットが彼の膝の上に倒れ込んでしまう。

揺れる小舟の中でイヴェットの体重を軽々と受け止め、エンツォががっちりと抱きしめる。

「だいじょうぶか」

「ご、ごめんなさい！」

ちょうど雲が切れて月の光が射し、互いの顔がくっつきそうなほど近づいているのに気づき、イヴェットが慌てて飛びのこうと身を起こす。再びぐらりと舟が揺れ、エンツォが片腕でイヴェットを抱え込んで動きを抑えた。

「急に動いたらダメだ。舟が転覆するぞ」

「あ……」

舟の揺れが収まるのを待って、イヴェットがそっと身を離す。

「ごめんなさい……」

気まずい思いでイヴェットが俯《うつむ》くその視界の端を、身軽に乗り移ってきた白いフェレットが、舟べりを縦横無尽に走りまわる。

「インノケンティウス七世、お前も無駄に動くな。湖に落ちるぞ」

エンツォに窘《たしな》められ、フェレットは「キキッ」と後ろ脚で立ち上がる。月光を浴びて長いしっぽがブルンと揺れた。

「必要なものはそこの袋の中にあります」

イヴェットたちが乗ってきた舟に飛び移った仲間の男が、自分の乗ってきた舟を指差し、長居は無用とばかりに櫂でイヴェットらの舟を押し出した。

「ああ、ありがとう、ヨナス」

ヨナスと呼ばれた男が暗がりで手を振ったのか、黒い影が動いた。夜の湖の上で、二つの小舟がゆっくり離れていく。

「あの人が、仲間？」

「ああ、協力者がいないとさすがに難しいからな」

遠ざかる小舟に手を振り返してから、エンツォが言った。

「さ、夜が明ける前に岸に上がらないと」

櫂を手にして舟を漕ぎ始めてから、エンツォはイヴェットに向けて顎をしゃくる。

「舳先《へさき》の方に、袋がある。何が入っているか見てくれないか」

ヨナスが置いていったカンテラを手に、イヴェットが舳先へと慎重に這っていくと布袋があった。中身は――

「布と……あとは食べ物？」

「布は、あなたの着替えだろう。その格好じゃあバレてしまうからね。食い物は何がある？」

イヴェットはカンテラのわずかな明かりを頼りに袋の中を手探りする。

「暗くてよく見えないけど……固焼きのパンと干し肉、干した果物とナッツかしら。あとは革袋の水筒があります。中身は……」

イヴェットがカンテラを舟底に置いて水筒の口を開け、匂いを嗅ぐ。

「ワインですね」

「いいね。今のうちに何か摘んでおいて。今日はこの後、上陸したら休みなしで動くから。水筒はこっちにくれないか。俺は喉が渇いた」

イヴェットは言われるままに革の水筒をエンツォに渡してから、ナッツを口に含む。そして、舟を走りまわるフェレットを見て思いつく。

「ねえ、あの子……名前なんだったかしら」

エンツォが首を傾げる。

「ああ、インノケンティウス七世のこと？」

「そう！　今の教皇様と同じ名前ね。本当に偶然なの？」

「偶然だよ。俺の飼ってるフェレットの、七代目なんだ。……寿命がそんなに長くないからね」

エンツォは舟の中を全速力で走りまわるフェレットを目で追いながら言う。

「そう……。いっぱい働いてもらったから、何かあげてもいい？」

「普段は、ネズミや昆虫を勝手に捕食してるけど……そうだなあ、じゃあ干し肉をやって」

「干し肉を？　ナッツじゃなくて？」

イヴェットは意外に思った。

――ネズミやウサギや、リスに近いのかとばかり。

聞き返すイヴェットに、エンツォが注意する。

「フェレットは肉食だ。ナッツや野菜果物を食べるとお腹を壊してしまう。肉しか食べさせちゃだめ」

「そうなのね！」

イヴェットはふと、遠い記憶を呼び覚まされる。昔、誰かに同じ話を聞いたことがあるような……

あれはまだ子供のころ、アルノーの王宮の庭で――

「イヴェット？」

呼びかけられ、イヴェットはハッと我に返り、袋を探って干し肉を取り出す。パキッと割ってからフェレットを呼んだ。

「ケンティー！　おいで！　今日はありがとう！」

「ケンティー？」

「だってインノケンティウスなんて長ったらしいわ。舌を噛んじゃう」

自分が呼ばれたと気づいた白いフェレットがシュタタタタと駆けてきて、イヴェットの膝に乗る。その口に干し肉を咥《くわ》えさせてやると、手を添えてコリコリと齧《かじ》り始めた。

「可愛《かわい》い！」

「見かけより凶暴だから気をつけろよ」

エンツォは肩を竦めると、櫂を舟底に置いて、革の水筒に口をつける。一口、二口飲んで、イヴェットに手渡そうとしたが、イヴェットは首を振った。

「まだだいじょうぶ、ありがとう」

イヴェットが断ると、エンツォは自分でもう二口飲んで蓋をきっちりと閉めた。

「じゃあ、行くぜ」

エンツォが改めて櫂を手にし、気合を入れて漕ぎ始めた。

「どうして、わざわざ舟を乗り換えたのです？」

イヴェットの問いに、櫂を漕ぎながらエンツォが答える。

「一つは、逃亡に必要な品物を城から持ち出すのは難しいから。城から脱出するまではうまくいっても、湖を越えるには協力者が必要だ」

エンツォが続ける。

「あの小舟にはあの城の印がついている。あなたの不在に気づけば、すぐに桟橋から舟が一艘なくなっているのがわかり、そこから舟の所在を捜索する。舟が乗り捨てられた場所が上陸地点だと思うはず。だから、敢《あ》えて舟を乗り換えた。ヨナスはこの後、まったく別の場所に上陸し、舟を放置する。奴らは、舟の周辺から見当違いの捜索を開始するだろう」

イヴェットはさっきの男が去った方向を見る。

「あの城から一番近い東岸に放置する予定だ。それで奴らの目を少しはごまかせる」

エンツォの答えにイヴェットは感心しながら、さらに尋ねた。

「じゃあ、わたしたちはどこから上陸するの？」

「モリーニ湖は南北に細長い。南の、キエザの街から上がって、そこから南へ逃げる」

「南へ？」

イヴェットが驚いて、思わずエンツォを振り返る。

「あなたは、北の皇帝のもとにわたしを連れて行ってくれるのではないの？」

イヴェットは当然、エルブルス山脈を越えて帝国に逃げるのだと思っていた。

「皇帝《カイザー》の軍は、もう出発して山越えの街道に入っている」

「ええ？」

一瞬、意味がわからなくてもう一度エンツォを仰ぎ見る。

「皇帝の、軍が？」

「皇帝《カイザー》はエルブルスの南の混乱に終止符を打つつもりだ。ついでに教皇から戴冠を受ける」

北の皇帝が軍を動かしたと聞いて、イヴェットは絶句した。

「そんな……まさか、わたしのために？」

エンツォがクスリと笑う。

「そのためにあの男……トーニオと言ったっけ、あいつに山を越えさせたんだろう？」

「それは……」

イヴェットが少しばかり俯く。

「そこまで大事になるとは思わなかったから……」

自分の身柄をめぐってエルブルスの南北を跨ぐ戦争が起こるかもしれない。イヴェットはその事実に今さらながら気づいて、唇を噛み締めた。

淡々と舟を漕いでいたエンツォが言う。

「あなたは二つの王位を受け継ぐ《フロランシアの化身》だ。あなたと結婚した男がフロランシアの覇権を握る。皇帝が確保に動くのは当たり前だよ」

皇帝に救援を求めるということは、《フロランシアの化身》として、皇帝にこの身とフロランシアを献上するということだ。

イヴェットは沈黙し、エンツォの櫂の音と、舟べりに水がぶつかる音だけが響く。

しばらくして、エンツォが思い出したように言った。

「そうだこれ、返しておくよ」

僧衣の中をごそごそとやって、エンツォが何かを取り出す。ちょうど、雲の切れ間から月が顔を覗かせ、手の中のものがキラリと光った。

「ホラ、あのトーニオという男が持ってきた指輪」

イヴェットは慌てて手を伸ばし、指輪を受け取る。ごってりと重く古い、ルビーの指輪。

「ありがとう。大事なものなの」

「……それ、婚約の証だろう？」

「ええ、そうよ。……父が殺されて、婚約自体がなしになってしまったけど」

イヴェットは手の中の指輪を見下ろした。

「でも帝国の人が見れば、この指輪の持ち主がイヴェット・フォン・アルノーだとわかるだろうと思って」

「ああ……」

エンツォは何か言いたげにじっと、イヴェットを見ていた。

「その……昔の婚約のことは憶えているのか？」

イヴェットは大きく頷く。

「ええ！　もちろん！　でも、十年前にお会いしたっきりだから、申し訳ないけどハインリヒ様のお顔は思い出せないわ」

イヴェットが長い睫毛を伏せる。

「お父様が殺された時、エルブルスを越えてハインリヒ様にも救援を求めようとしたけれど、事態が切迫していて間に合わなかった。それで、お母様がわたしをパラヴィアに逃したのです」

隣国パラヴィアは母の祖国、当時のパラヴィア王はイヴェットの伯父でもある。

「六年前、あなたの父のアルノー王が死んだ時、ちょうど帝国でも内乱が起きて、エルブルスを越えて軍隊を出せる状態ではなかった」

エンツォが気まずそうに言うのに、イヴェットが首を振る。

「ええ……もともと、お父様が政略のために結ばせた婚約ですもの。国がなくなりそうな状況で、エルブルスを越えてまで救援は頼めません」

イヴェットは視線をそらし、真っ暗な夜の湖に一瞬、目をやってから、両手で指輪を握りしめ、意を決してエンツォを見た。

「アルノーの存続のためと言われて、カルロと結婚するしかなかった。でも、勝手に婚約を反故《ほご》にした上に、今さら助けを求めたわたしのこと、帝国の人は図々しいと思っていらっしゃるでしょうね？」

ずっと舟を漕いでいたエンツォが、驚いたように手を止めた。

「そんなことは、ない！　あの頃は帝国も混乱して……たぶん、その隙をコンラートに狙われたんだ。だから……ハインリヒはイヴェットのことは恨んでない」

その言葉を聞いて、イヴェットは少しだけホッとして微笑んだ。

「よかった……そうなら、いいけど」

受け取った指輪をしばらくのあいだ、月の光に照らして大事そうに眺めてから、それを紐に通して首にかけ、服の下に隠した。

「……ずっと大事に持っていてくれたんだな、ってハインリヒは喜んでいた」

エンツォの言葉に、イヴェットは首を傾げる。

――この人、ハインリヒ様を呼び捨てにするなんて、ずいぶん親しいのね？

皇帝の命令でイヴェットを迎えに来たというこの遍歴修道士《ゴリアール》、皇族と対等に接する特別な許可でも得ているのだろうか？　いったい、何者？

イヴェットは月明かりの下で、エンツォをそっと観察する。

今はフードも外し、肩を過ぎるほどの髪を自然に下ろしている。少しうねりのある黒い髪が、月の光を浴びて青く煌めいていた。

灰褐色の粗末な僧衣を着ているが、すっきりと伸びた姿勢やしなやかな身のこなしには気品があり、袖口から覗く腕は鍛えられている。さきほど、イヴェットを塔《キープ》から脱出させる手際も手慣れていて、本物の修道士とは思えなかった。やはり貴族か騎士階級の出身なのだろう。

ギイ、ギイ……規則正しく水を掻《か》きながら、エンツォが尋ねる。

「そういえば……パラヴィアでは虐げられていたと、あの、指輪を持ってきた男が言っていた」

イヴェットは顔を上げ、エンツォの顔をまじまじと見た。

やや面長で頬骨の高い整った顔立ち。月光に照らされて深い影が差している。

「トーニオが、そんなことを？」

「パラヴィア王のカルロは、従兄だったよな？」

「ええ」

イヴェットが頷く。

「母方の従兄だから、子供のころから面識はあって……少し年は離れていたし……でもその……」

イヴェットは言いよどむ。カルロと結婚した時、イヴェットはわずか十二歳。当時、カルロにはすでに恋人がいたし、カルロはイヴェットのことを妹にしか見られないと言った。

アルノーの王位をもたらすためのお飾りの妻。

イヴェットの身を護《まも》るためという名目で行動は制限されていたが、庭を散歩したりは許されたし、衣食住も不自由はなく、虐げられていたと言うほどひどい目には遭っていない。

——たしかに、夫カルロからは愛されなかったけれど……

トーニオはカルロに不満を抱いていたから、大げさに言っているのかもしれない。

——でも、わたしもカルロを愛していたわけではないから……

イヴェットはカルロとの関係をどう、説明すべきか迷った。

後継ぎを切望されていたがカルロにその気はなく、真の夫婦になる前にカルロは殺された。

イヴェットはアルノー王の唯一の嫡子であり、さらにパラヴィア王カルロにとっては、教会が認めた正式な妻であったため、カルロの死後、二つの国の王位を継承することになった。

だがその王位ゆえに、ベルーナ王コンラートに結婚を迫られる羽目になり、さらにまた、ザイフェルト皇帝が山脈を越えてまでイヴェットの身柄を確保し、フロランシアを手に入れようとしている。

万が一、白い結婚であることが露呈して、カルロとの婚姻が無効にされると、少々厄介なことになる。

――本当の夫婦じゃなかったことは、黙っておいた方がいいかもしれない……

イヴェットは慎重に考えながら、カルロとの結婚について説明する。膝の上のフェレットがイヴェットの手からするりと逃げるように膝から下りた。

「トーニオが言うほど酷い扱いではなかったわ」

イヴェットがそう言って目を伏せれば、エンツォが複雑そうに眉を曇らせた。

それからはしばらく無言の時が続く。エンツォが黙々と舟を漕ぐ櫂の音とさざ波の音だけが響いて、イヴェットは寒さを覚えて身震いし、無意識に自分を抱きしめる。エンツォが、フェレットを呼んだ。

「インノケンティウス七世！」

フェレットは舟の隅の暗がりに潜り込んで、何かをカリカリと引っかいていた。

「おいおい、舟に穴を開けるなよ？　イヴェット姫が寒そうだから温めて差し上げろ」

「キュピ！」

フェレットが顔を上げると、するするとイヴェットの側に寄ってきて膝に乗り、マントの下に潜り込む。フワフワで滑らかな毛皮と、体温が心地よい。

「ケンティー、ありがとう。温めてくれるのね」

イヴェットはフェレットを抱きしめたことで、暗闇と未来への不安を少しだけ、忘れることができた。

第四章　遍歴修道士《ゴリアール》〔二日目〕

夜が白むころ、小舟はモリーニ湖の南岸、キエザの街外れの湖岸に着いた。

「急いで！　漁師はもう、仕事を始める！　見つからないように！」

エンツォがイヴェットに指示を飛ばし、仲間の置いていった布袋を掴んで舟を降りる。フェレットは身軽に舟ばたから湖岸に飛んだ。

イヴェットは部屋着のシュミーズの上にマントを羽織っているだけだが、足首まである裾をたくし上げ、室内履きのまま、石ころだらけの湖岸に降り立つ。

室内履きはなめし皮の底がついているだけだから、砂利と石ころの浜はとても歩きにくい。

「あの小屋まで頑張ってくれ！」

エンツォが灌木《かんぼく》の陰に立つ小さな木の小屋を指差し、イヴェットの手を引きながら走る。

「え、ええ！」

イヴェットが頷き、必死に走る。東の山から夜明けの光が差して、周囲が明るくなる。朝もやが白くけぶるなかで、何とか小屋まで走りきることができたが、イヴェットはすっかり息が上がってしまった。

「はあ、はあっ……」

「だいじょうぶか？　無理させたな？」

四か月にも及ぶ幽閉生活で、体力は予想以上に衰えていた。最後はフラフラになって、エンツォに支えられて小屋に転がり込んだ。背後で木戸が閉まる音を聞きながら、イヴェットは土間に膝をついて蹲《うずくま》る。

そこは湖の漁師の仮小屋らしい粗末な造りで、使われなくなって長いのか半ば朽ちかけていた。屋根の梁からは穴の開いた漁網が垂れ下がり、厚く積もった埃《ほこり》が舞い上がって、イヴェットは咳き込んでしまう。

「ゲホッゲホッ」

「イヴェット、これに着替えてくれ」

差し出されたのは、エンツォとお揃《そろ》いの無染色の灰褐色の僧衣。

「これは……」

「これでイヴェットは俺と同じ、托鉢修道士に化けるんだ」

「……それ、犯罪では」

聖職者を騙《かた》るのは犯罪である。ためらうイヴェットに、エンツォが呆《あき》れた表情になる。

「何を今さら。捕まりたいのかよ？」

「わかっていますけど……ただ……！　わたしは托鉢修道士なんてちゃんと見たことがないから。見たこともない相手に化けるのは……」

「あなたが見たことのある人間なんて、王宮のお姫様か侍女か。つべこべ言わずに早く！」

イヴェットは諦めて、エンツォの手から僧衣を受け取った。マントを脱いで部屋着のシュミーズの上からぶかぶかの僧衣を被る。袖も裾も長い。エンツォが袋の中から藁縄を取り出し、それをイヴェットの腰に巻いて腰紐の代わりにし、裾をたくし上げて長さを調整した。袖をまくり上げれば、ぶかぶかの僧衣を着た、いかにも新入りの見習い修道士っぽくなる。

「問題は髪だよなあ……」

エンツォがイヴェットの、豊かで艶やかなストロベリー・ブロンドに触れながら言う。

「切っちまうにはもったいないしなあ……」

「でも、髪が長かったら、女だってバレてしまうわ」

イヴェットはエンツォの肩にかかる長さの黒髪を見ながら言う。

「剃髪《トンスラ》はしない宗派って言い張れるけど……」

イヴェットの視線に気づいたエンツォが自分の後頭部に触れる。

「まあ、俺も偽の修道士だからさ」

——やっぱりニセモノ……

「偽物の割には、説教は上手でしたわね」

イヴェットが思わず言えば、エンツォが笑った。

「最初は、吟遊詩人《トルヴァドール》のふりをしようとしたんだ。でも、歌はともかく楽器が壊滅的にダメで。さすがにそのレベルの演奏技術じゃあ、偽物とバレると言われて諦めた」

エンツォはイヴェットのストロベリー・ブロンドを惜しそうに撫でていたが、意を決してナイフを取り出した。まっすぐイヴェットの青い目を見て言う。

「本当に、切ってもいい？」

イヴェットも正面からエンツォの碧《あお》の瞳を見返し、頷いた。

「ええ。バッサリやってください。髪なんてすぐに伸びるわ」

エンツォがイヴェットの髪をぎゅっと握り、肩のところで切り落とした。


変装が整い、長居は無用とばかりに二人は小屋を出た。ともに無染色の灰褐色の僧衣に、藁縄の腰紐、足元は藁で編んだサンダル履きで、フードを目深に被った。干し肉などのわずかな携帯食料はエンツォが懐に入れ、革の水筒を腰紐に吊《つ》るす。フェレットはエンツォの首にまきついた。

「いいか、堂々とするんだ。あと、あなたは声で女性だってバレるから、極力喋《しゃべ》るな」

「わかりました」

「それから、名前はイヴェットじゃなくて……そうだな、イーヴォ。見習いの托鉢修道士イーヴォで、托鉢は初めてってことにする」

イヴェットが頷く。

「基本的に、托鉢は二人組でするんだ。俺があなたの教育係。俺のことはエンツォ兄さんと呼んでくれ。修道士は、お互い《兄弟》って呼び合うのが普通だから」

「わかりました、エンツォ兄さん」

イヴェットがもう一度頷けば、エンツォは満足そうに微笑んだ。

朝日を浴びながら、田舎道をひたすら南へと歩く。王宮育ちのイヴェットにとってはすべてが目新しく、物珍しくてたまらない。

石造りの壁に藁葺《わらぶ》きの屋根。窓には花が飾られ、煙突からは煙が立ち上って、朝食のいい匂いがする。道端には野の花が咲き、緑の生垣の向こうには青々とした葡萄畑が広がる。

わくわくしながら周囲をキョロキョロ見回しているイヴェットに、エンツォが注意した。

「歩くのに慣れてないから、つらくなったらすぐに言うんだぞ?」

たしかに、普段履いている柔らかな布靴と違い、藁で編んだサンダルは軽いけれど地面の感触が直接感じられる。何より、イヴェットは深窓育ちで、土の上を歩くことも、長い距離を歩くことにも慣れていない。しばらく行くと、早くも足が痛くなってきた。

でも逃避行は始まったばかり。簡単に弱音を吐くべきではないと痛みをこらえていると、二人の横を干し草を満載した荷馬車が通り過ぎた。エンツォが御者に声をかける。

「よう、兄弟！　神の御恵がありますように！」

馬車を御していた、人の好《よ》さそうな農夫が振り返り、エンツォに応える。

「よう、修道士さま方、神の御恵がありますように！」

農夫が手綱を引いて荷馬車を止め、言った。

「おらはこの三つ先の村に帰るんだども、乗っていきなさるかね？」

「助かるよ！　連れが旅に不慣れでね！」

「そのかわり、村でちょっくら面白いお話でもしてくだされ」

「もちろん！　お安い御用だ」

早速話がまとまり、エンツォがイヴェットを促して荷台の隅に乗せ、自分も隣に乗ってきた。

山盛りの干し草に埋もれるように倒れ込むと、イヴェットは昨夜《ゆうべ》眠っていないせいで急激に疲労が押し寄せてきた。

「じゃあ、動きますよ、しっかり乗っててくだせぇ」

ガラガラと車輪の音を響かせ、田舎のひどいデコボコ道を揺られ、イヴェットは舌を噛みそうになる。

エンツォの首元からフェレットがするっと出てきて、イヴェットの首元に丸くなる。滑らかな毛皮の肌触りと、温かさにホッと息を吐く。

ミツバチやアブが周囲を飛びまわる羽音と荷馬車の揺れが、イヴェットを眠りに誘ってくる。

隣に座るエンツォが囁いた。

「俺にもたれかかって寝てもだいじょうぶだから。少しでも眠れる時に眠っておけ」

「ん……」

エンツォの硬い身体と体温を感じて、イヴェットは不思議と安心感に包まれる。

干し草と彼の肩にもたれかかって、イヴェットは瞬く間に眠りに落ちた。


ブンブン……

羽虫の羽音と、目の前を舞う色とりどりの蝶《ちょう》、そして鳥の鳴き声……

イヴェットは幼いころの夢を見ていた。

花の都とたたえられた、温暖なアルノーの王宮。かつて、古代の華やかな都のあった場所で、栄光の跡を留《とど》める遺跡を囲んで庭園が造られていた。

列柱の並ぶ円形の広場の中央には噴水があり、今なお豊富な水をくみ上げて、古代の建築技術の高さを伝える。泉の周囲を取り囲む神々の像はそれぞれ水甕《みずがめ》を手にして、果てなく水を注ぎ込んでいる。色鮮やかな花が咲き乱れ、緑が滴り、小鳥が歌い、蝶が舞う。

楽園のような美しい場所、それがイヴェットの生まれ育った場所だ。

庭に出した丸テーブルには三段のトレイに焼き菓子や果物を並べ、天然に湧き出る炭酸水で割った果実水、薔薇水、外国の商人が遠く東の国からもたらしたという、香り高いお茶――

『どうぞ、召し上がってくださいませ、ハインリヒ様』

いっぱしの淑女の顔で、幼いイヴェットが飲み物を勧める。

『ありがとう』

ハインリヒ皇子が微笑む。黄金の髪が陽光を反射し、エメラルドのような瞳が印象的だった。

――顔はもう思い出せないが、綺麗《きれい》な少年だったのは憶えている。

彼の肩には、黒っぽいイタチのような小さな生き物。黒い二つのつぶらな瞳に、腹側だけが白い毛皮でしっぽが細く長い。イヴェットが果物をやろうとしたら、ハインリヒが優しく止めた。

『この動物は、ナッツや果物を食べるとお腹を壊してしまいます。だから代わりにこれを――』

ハインリヒが取り出したのは、干し肉だった。イタチはそれを咥えると、どこかに行ってしまう。

『あいつは少し気難しいので――』

困ったような表情で弁解してから、ハインリヒは思いついたように言った。

『そうそう、婚約の証に渡そうと思っていたものが』

ハインリヒは、懐から革張りの小さな箱を取り出す。中には大粒のルビーが嵌まった古い指輪が――

『森の賢者アンブローズに祝福してもらった指輪です。賢者の祈りの魔術で持つ者を不幸から守ります』

エルブルスの北はまだ異教の伝統を残していて、魔術を使う賢者がいるのだと聞き、イヴェットはまだ見ぬ遥か山の向こうの地に思いを馳《は》せる。

黒く深い森には賢者や魔女や妖精が棲《す》み、魔術や神秘の技が生きている。

とりわけ、賢者アンブローズは皇帝家と関わりが強く、ハインリヒの守護聖者であり、名づけ親でもあるという。

ハインリヒの碧の瞳は、きっと北の森の奥に眠る湖の色だ。

——あの色、どこかで見たような……？

幸福だった幼い日の、遠い記憶の中で揺蕩《たゆた》いながら、イヴェットは思う。

胸元で揺れる赤い宝石が、北の皇帝にイヴェットの窮状を伝えてくれた。

エルブルスの彼方《かなた》から、イヴェットを助けに山を越えて——


「イーヴォ、起きろ」

肩を揺すぶられて、イヴェットがハッと目を開ける。目の前にはフードを被ったエンツォの顔。

慌てて飛び起きると、首元に巻きついて一緒に寝ていたらしいフェレットも驚いて膝の上に落ち、「フーッ」とエンツォを威嚇した。

「着いたぞ」

そこは小さな村の広場だった。片隅に井戸があり、その周囲で女たちが洗濯をしたり野菜を洗ったりしている。

「今日はこの村で一泊して、明日、また乗せてもらう約束ができた」

イヴェットが眠い目を擦る。頭上に広がる青空を、鳥が旋回している。

広場ではしゃぐ子供たちの声。プラタナスの樹《き》が木陰を作り、吹いてくる風は心地よい。

空を旋回する鳩《はと》を見上げていたエンツォが、イヴェットの耳元に顔を寄せ、小声で言った。

「まだ、城の方に特別な動きはない。俺たちの脱出には気づいたろうが、城の内部を捜索しているか、手引きした者の洗い出しをしているか、そんなところだろう」

イヴェットもまた小声で尋ねる。

「結婚式はどうするつもりなのかしら？　花嫁が不在じゃあ……」

エンツォがニヤリと笑う。

「ギリギリまで伏せるだろうな。花嫁に逃げられた、なんて、みっともなくて公表できまい」

コンラートの追跡がどうなるのか、イヴェットは不安に駆られる。膝の上のフェレットがイヴェットの頬に顔を伸ばし、鼻を擦りつけた。イヴェットは細長いその体に沿って毛並みを撫でてやり、フードを被り直した。

荷台から降り、荷下ろしを手伝っていると、荷馬車の持ち主である農夫がこちらに向かって手を振りながらやってきた。

「オーイ、こっちだ！　今夜はおらん家の納屋《ち》に泊まってくだせえ」

人の好さそうな笑顔で、イヴェットたちを手招きする。

「おらん家には足の悪いばあさんがいるんだ。来世のお勤めに余念がないから、ありがたーいお話の一つも聞かせてやってけろ」

男がそう言って、村の中の小さな家に連れていく。

石と漆喰《しっくい》でできた藁葺き屋根の家から、赤ん坊を背負った女が出てきて胡散臭《うさんくさ》そうにエンツォとイヴェットを見た。部屋の中にはもう一人、五歳くらいの子供がいて、ぼーっと二人を見ている。

「ずいぶんお若い修道士様がただね」

「俺は五年目、こっちのイーヴォは今年入った見習いで」

イヴェットが小さくなって頭を下げる。

「まだ子供みたいな体つきじゃないのさ。出家するなんて可哀想《かわいそう》に」

女はこの家の女房らしく二人を屋内に招き入れ、奥の部屋に向かって声をかける。

「旅の修道士様だよ、ありがたいお話が聞けるよ！」

イヴェットは説教などしたことはないから、この後の成り行きが不安で、ハラハラしていた。一方、エンツォは慣れたようすでずかずかと家の中に上がり込み、通されるまま、奥の部屋を覗いた。

粗末な木の寝台に横たわっていた老婆が、うっそりと彼を見る。

「おや、修道士さま、わしのお迎えはいつじゃろうかの？」

「天の国の門はいつでも開かれていますよ」

エンツォはフードを外し、黒髪を露わにして老婆に笑いかける。

現れた整った顔に老婆もそして案内してきた女房も一瞬、見惚《みと》れたらしい。エンツォがイヴェットに目配せするので、イヴェットも慌ててフードを外し、ぺこりとお辞儀をした。

肩の上でざっくり切られたストロベリー・ブロンドがばさりと揺れるのを見て、老婆が言った。

「最近の修道士様は剃らないのかね？」

「俺たちの宗派は自然派なので……生まれたままの髪を大事にするんですよ。神様からの授かりものですのでね」

エンツォがイヴェットの頭に手を置いてワシャワシャとかき混ぜる。そんなことされたのは初めてで、イヴェットはギョッとして固まってしまった。


お布施として出されたライ麦のパンと野菜くずのスープの質素な食事を終えるころには、村人が続々と集まってきた。

娯楽の少ない村にあって、時々訪れる遍歴修道士《ゴリアール》の説教は、非常に魅力的な楽しみなのだ。

老婆の部屋だけでなく、扉を開け放って入れるだけの人が詰めかけ、足の踏み場もない。みな土間に直接腰を下ろし、エンツォを見上げている。

エンツォが立ち上がり、老婆の寝台の横に立って声を張り上げた。

「それでは放蕩《ほうとう》息子と正直者の息子の話をしましょう。一人は放蕩の末に神の罰を受け、一人は正直を貫いたことで、天国に至った、そんな物語です」

丁寧に聖印を切ってから、エンツォはよく通る声で話し始めた。

低く力強く、そして艶のある美声はうっとりと耳に心地よい。それらしい文句をペラペラと並べるエンツォの、やたら滑らかに動く口元をイヴェットは感心して見ていた。

聖典は丸暗記しているのか、警句を引きながら立て板に水と語り続ける。

豊富なたとえ話を交え、面白おかしく神の道を語る姿に、いつの間にか聴衆は惹きつけられていく。こういった素朴な語り物は、宮廷育ちのイヴェットにはなじみがなく、新鮮であった。

正直者の苦難にはすすり泣きが漏れ、放蕩息子が罰を受けるところでは、村人はやんやの喝采を贈る。だが最後は善良な心を取り戻して神の赦《ゆる》しを得、放蕩息子にも天国への道が開けるのだ。

「神よ、汝の御言葉は我が道しるべ。我が道の灯《ともしび》。我は誓う、汝の示す正しき道を歩むことを」

最後、聖句を引用して重々しく締めた時には、老婆をはじめ皆涙を浮かべ、感動のあまり鼻をすする音が部屋中に満ちていた。

「説教はどこで覚えたのです？」

夜、その家の納屋でフェレットも狩りに行ってしまい、二人だけになってからイヴェットが尋ねた。

偽の修道士のくせに、説教がうますぎる。生来、口がうまいのかもしれないが、それにしたって村人からあそこまで称賛を受けるなんて。

イヴェットの問いかけに、隣に寝転がっているエンツォが身じろぎする気配がした。

干し草の中は暖かいけれど、火事が怖いからと火の気は厳禁だ。だから明かりはなく、壁板の割れ目から覗く十七夜の月の光だけが頼りだった。

「いろんな町で辻説法を聞いて、研究した。あとは聖典を丸暗記して、出たとこ勝負で乗り切る」

いけしゃあしゃあと答えるエンツォの言い草に、イヴェットはやっぱりと思う。

「……わたしはあんな、人前で喋るなんて無理ね……」

つくづく感心したように呟《つぶや》いたイヴェットに、エンツォが笑った。

「まあそこは、慣れとハッタリだよ。俺は人前で演説するのに慣れているから」

干し草の山の中で、イヴェットは考える。

エンツォは、皇帝の命令でわたしを城から救いに来た。皇帝はすでに大軍を率いて、エルブルス越えに入っている――

「あなたは皇帝陛下の命令で動いているのですよね？　これから、わたしをどうする予定なのです？」

「どうするって？」

「なぜ、南に逃げるの？」

皇帝は北からエルブルス山脈を越えてくるのだ。北に逃げた方が近いのでは……

イヴェットの率直な問いに、エンツォは言う。

「皇帝《カイザー》の軍はもうそろそろ、エルブルスを抜けてフロランシアに入る。皇帝《カイザー》はパラヴィアの街を目指して南下するから、俺たちも南に向かった方がすれ違いにならなくていい。それに……エルブルス越えの峠道は険しい。はっきり言えば、お姫様の脚じゃあ、無理だよ」

「……無理、でしょうか」

イヴェットはため息をついた。

「そうですね……トーニオ一人でも怪我をしたなんて。わたしがいたら、共倒れだったわ」

弱い自分にはもう、ウンザリだった。捕らえられて、閉じ込められるしかなくて、自力では脱出もできない。

「よく頑張ったよ。パラヴィアから逃げ出した話を聞いた時は驚いた」

エンツォに慰められて、イヴェットは苦笑する。

「コンラートと結婚するのは死んでも嫌だったの。だって、お父様を殺した上に、カルロまで殺されて。あんな人の妻になって、みすみすフロランシアを統一させてしまうなんて、絶対に許せないと思って。――無謀だとわかってはいたけれど、あのまま何の抵抗もせずに、コンラートの妻にされるのだけは、我慢がならなかった」

イヴェットの答えに、今度はエンツォがため息をついた。

「自分でエルブルスを越えるつもりだったって聞いた時は、なんというか……」

暗闇の中で、何かがイヴェットの頭に触れ、髪を梳く。エンツォの手だと気づいてイヴェットは無意識に息を詰めた。

こんな暗い場所で男の人と二人、身を寄せ合っている事実に、今さらながら頭に血が上って、心臓がドキドキし始める。

エンツォの手が、ゆっくりとイヴェットの髪を撫でていく。カサカサと干し草が音を立てる。優しい仕草に戸惑い、どうしていいかわからない。

「あの……エンツォ……」

「イヴェット……コンラートとの結婚が嫌だったのは、奴が夫の仇だから？　……夫を……カルロを愛してた？」

暗闇の中で響くエンツォの声が、なんとなく尖っているような気がする。

「愛……してはいないわ」

「本当に？」

「ええ……だってカルロには他に好きな人がいたもの」

「イヴェット以外に？」

エンツォの声がさらに低くなる。

「そうだ……愛人がいたって言ってたな。こんな教皇のおひざ元で愛人を囲うなんて、よくやるよ」

「貴族なら普通のことよ。わたしのお父様だって――」

イヴェットの父は母の侍女に手を付けて異母兄のトーニオが生まれた。だがそれを説明する前に、エンツォが尋ねる。

「平気だったのか？　カルロを愛していないから？」

「ええ。好きでもない相手だから、好かれなくても気にならなかったわ」

エンツォが、暗闇の中で考えているらしい間があった。

「カルロは愛してなかった。……じゃあ、他に本命がいたのか？」

「本命？」

干し草に埋もれた状態で、イヴェットが首を傾げる。

「例えば、あの従者の男とか。あいつのこと、すごく気にしてたし」

「たしかに、トーニオはとても大切な人よ。パラヴィアで信用できる唯一の人だったし――」

「つまり、カルロとは愛のない結婚で、その実、密かに従者のトーニオと……」

「エンツォ、あなたはいったい、何の話をしていらっしゃるの？」

エンツォが干し草の中でごそりと動いて、イヴェットの顔に息がかかる。顔が、かなり近い。

「あいつはあなたのために、命がけでエルブルスを越えた。ただの従者じゃない、特別な相手なんだ」

「そりゃあ、トーニオはわたしのただ一人の――」

兄だと言おうとするイヴェットを、エンツォが遮った。

「ああ！　やめてくれ、聞きたくない！　わかってるんだ、どうせ俺は北の野蛮人だし！」

干し草の中でゴソゴソと身悶《みもだ》え始めたエンツォに、イヴェットは戸惑うばかりだ。

「……エンツォ？　どうしたの？　お腹でも痛いの？」

と、そこでエンツォがピタリと動きを止め、しばしの沈黙の後に言った。

「でも――皇帝《カイザー》に助けを求めた。婚約の証の指輪をあいつに持たせて。つまり、覚悟はできてるっってことなんだよな？」

「覚悟？」

　さきほどからの理解不能な会話に、イヴェットは目を瞬く。

「なんの覚悟？」

「指輪を託して皇帝《カイザー》に助けを求めた。それは要するに、その身ごとフロランシアを皇帝《カイザー》に献上するって意味だろう？」

　エンツォの言葉に、イヴェットの息が止まる。

「え……その身ごと、皇帝に？」

　思考停止したイヴェットのようすに、エンツォが干し草の中からガサリと起き上がる。

「もしかして……何も考えてない？」

　イヴェットも、つられて起き上がる。

「待って、それってもしかして、皇帝陛下と結婚するってこと？」

「もしかしなくても、そうだろ」

　暗闇の中で、呆れたようなエンツォの声がする。

「え、でも皇帝陛下はおいくつ？　いえ、年齢や外見なんかはどうでもよろしいのよ。でも、奥様がいらっしゃるでしょう？　もしかして後妻になるの？」

「……もしかして、北の皇帝《カイザー》が何者か、ぜんぜん、わかってない？」

イヴェットは気まずそうに身を縮める。

「だって……パラヴィアでは王宮から自由に出られなかったし、外の情報はほとんど入ってこなかったから……」

「ザイフェルトの皇帝《カイザー》の名前、誰だか言ってみろ」

「それくらい知ってます！　オットー陛下です。その弟がハインリヒで、その息子が元婚約者のハインリヒ様。家族の半分くらいがハインリヒで、さらに半分がオットーだって、冗談めかして言っていらっしゃったもの」

自信満々のイヴェットの言葉に、エンツォがバサッと、音を立てて干し草に倒れ込む。

「うわあああ……」

イヴェットは慌てて、声のする方に身を寄せる。

「え、エンツォ？」

干し草の中から手が伸びイヴェットの肩を掴む。力強く抱き寄せられて、イヴェットはエンツォの上に倒れ込んだ。

「きゃあ」

布目の粗い僧衣のゴワゴワした手触りの下に硬い男の肉体の存在を感じて、イヴェットは戸惑う。エンツォがイヴェットの耳元で囁くように言った。

「オットーは六年前に死んだよ。今の皇帝《カイザー》は《黄金の獅子《しし》》ハインリヒ。まだ、結婚していない。

フロランシアとあなたを手に入れるために、エルブルスの山を越えてきている。ハインリヒのものになる覚悟をしておけ」

――ハインリヒのものになる。

その言葉に、イヴェットの頭に血が上り、頬が熱くなる。

皇帝に救援を求め、皇帝の保護下に入る。それはつまり、イヴェットが皇帝自身か、皇帝の命ずる誰かと結婚するということだ。

今の皇帝が《黄金の獅子》ハインリヒということは、それはもしかして――

記憶にある元婚約者ハインリヒの、黄金の髪を思い描き、ドクドクと心臓の鼓動が激しくなる。

エンツォの大きな手がイヴェットの肩からうなじを辿って、さらにイヴェットを引き寄せる。その掌《てのひら》の熱を僧衣越しに感じて、イヴェットはぎゅっと目を閉じた。

暗がりでは、すぐ目の前に顔があることしかわからない。こつんと額に何かが当たり、イヴェットの顔に息がかかる。エンツォが額と額をくっつけているのだ。

「わかっているのか、イヴェット？」

エンツォが確認するように問いかけて、イヴェットが微かに頷いた。

「……覚悟……、します」

「ならいい……」

エンツォの熱い息が唇に近づき、柔らかな感触が唇を掠めた、その時――

「キイ！」

いつの間に狩りから戻ったのか、フェレットが二人の顔の間をすり抜け、強制的に引き離されてしまう。

「インノケンティウス七世！　なんだよ！」

ふさふさの毛皮が二人の顔の間をするすると通り抜けて、イヴェットは顔に触れるくすぐったい感触に緊張を解いて、エンツォから離れて干し草に倒れ込む。

「お前、ネズミかなんか食ってきたな？　顔の側をうろつくなよ……ったく」

エンツォがぶつぶつ言うのを無視して、フェレットはイヴェットのお腹のあたりを寝床に決めたらしく、するりと丸くなった。じんわりと温かい熱が伝わり、ホッとしたせいか急激な眠気が襲ってきた。

「エンツォ、わたし、もう寝ます……明日もいっぱい逃げないと……」

「ああ、お休み、イヴェット姫」

暗闇の中はすぐに、静かな寝息だけが聞こえた。

第五章　花の女神〔三日目〕

翌朝、荷馬車の主である農夫が南隣の村まで用足しに行くとかで、二人も便乗させてもらった。モリーニ湖に発するコレッティ川という小さな川の流域に、数珠つなぎに村が連なっているのだ。

八月半ばの昼の日差しはまだ強烈だが、朝晩は風が過ごしやすい。

今日の荷馬車の荷は村で採れた野菜。木樽や麻袋の間に埋もれて、ガタガタと荷馬車に揺られつつ、イヴェットはフードの陰から田舎の風景を楽しんだ。

路傍の樹々の枝が日差しを遮り、合間から覗く青空はどこまでも澄んでいた。

小鳥の声を聴きながら、「こんなにも優雅でいいのかしら」と、イヴェットは内心思う。

隣ではエンツォが野菜の樽にもたれて、腕を組んで目を閉じ、ウトウトしているようだった。

エンツォの襟元からフェレットが顔を出し、キョロキョロと周りを見回すと、するりとイヴェットの膝の上に乗る。

「ケンティー、どうしたの？　お腹空いたの？」

イヴェットが小声で尋ねれば、フェレットは首を伸ばしてイヴェットに顔を近づけ、フンフンと匂いを嗅ぐ。それから膝の上でくるりと回転し、馬車の荷台の上から飛び降りたかと思えば、目にも留まらぬ速さで街路樹の幹に上り、枝から枝へと飛び移っていく。

「あ、ケンティー！」

イヴェットの声にエンツォが目を開いて身を起こし言った。

「狩りに行ったんだ。大丈夫、ちゃんと戻ってくるから」

「狩り……」

「餌を自分で獲《と》ってくるのはいいんだが、ネズミの死骸とか持ってくるんだよな……」

エンツォがフードの下で眉を顰める。それから、んーっと伸びをして、荷馬車の進行方向を覗き込んだ。

「あと少しかな？　この二日間は楽ができたな」

そうして、イヴェットの足を見て言った。

「足、まだ痛むか？」

「ええっと……」

数時間歩いただけで、イヴェットの歩き慣れない白い足には、痛々しい傷ができてしまった。エンツォは昨日の村で清潔な麻布を入手し、イヴェットの足に麻布を巻いてからサンダルを履かせてくれたのだ。

「やっぱり、馬か馬車かを用意するべきだったかな？　でも追手の動きが読めなかったし……」

ブツブツと呟くエンツォに、イヴェットが首を振る。

「だいじょうぶ、歩けます！　きっと、すぐに慣れるから……！」

エンツォが緑色の瞳でじっと、イヴェットを見つめる。

「ごめん、俺、イヴェットがお姫様だってこと、わかってるつもりでわかってなかった」

「ごめんなさい、足手まといになってしまって……」

エンツォが慌てて否定する。

「そういう意味じゃない。……その、つらくないか？　無理はさせたくないんだ」

「ううん、すごく楽しい。ずっと、閉じ込められていたから、解放された気分」

微笑んだイヴェットに、エンツォがホッとしたような表情になる。笑うと、整った精悍《せいかん》な顔に優し気な雰囲気が生まれて、イヴェットはドキリとする。

「エンツォは、旅に慣れているのね？」

それから声を落として尋ねる。

「偽の修道士なんでしょう？　普段はどうしているの？」

「普段は――」

エンツォが視線をめぐらす。

「俺はその――騎士、なんだ。だから戦争に行っていた」

「戦争……」

イヴェットはその言葉にぐっと胸がふさがるような気持ちになる。六年前に父が死んだ時、アルノーの街にはコンラートの軍が迫っていた。母がイヴェットを脱出させ、その後は――

あの後、何が起きたのか、イヴェットは聞かされていない。アルノーを守るためにイヴェットはカルロの妻となり、パラヴィアの王宮の奥に囚われて過ごした。お飾りの妻として――

「戦争に行くような、野蛮な男は嫌い？」

突然尋ねられて、イヴェットは驚いてエンツォを振り返る。不安そうな緑の瞳にじっと見つめられて、イヴェットはどぎまぎした。

「野蛮ってことはないでしょう？　エンツォは説教も上手だし……」

「でも、所詮、エルブルスの北の野蛮人だ。俺は――」

イヴェットは昨夜、エンツォが野蛮人だのなんだのとブツブツ言っていたのを思い出す。エンツォが周囲を見回しながらしみじみと言った。

「フロランシアは、本当に綺麗だ……花の女神の恵が溢れている」

路傍の家々は白い漆喰の壁に日差しが眩しく、小さな窓辺には色とりどりの花を飾って、道端の草むらには可憐《かれん》な野菊が揺れている。抜けるような青空に白い雲が流れ、八月の風が心地よかった。鳥の囀《さえず》りと葉擦れの音、そして馬車の車輪の音が賑やかで、たしかに、どこまでも美しい土地が広がっている。

「初めて来た時、こんな美しい場所があるんだって感動した……」

エンツォの横顔が、昔を懐かしむように遠くを見つめている。ふと、イヴェットは進行方向とは逆の、北側に連なるエルブルスの峰に目をやる。夏でも白い雪を戴く山々を見て言った。

「でも、エルブルスの北には神々の住まう森があると聞きました。……いつか見てみたい。あの、山の向こうも」

エンツォがハッとして、イヴェットの顔を見て、それからそっと、イヴェットの手を握る。

「そう思う？」

「ええ。綺麗なところだって聞いたわ。どこまでも続く針葉樹の森と、森の奥の湖……行ってみたい」

幼いころ、その話をしてくれたのは——

エンツォが微笑んで、イヴェットに囁く。

「ザイフェルトの皇帝《カイザー》は、北の森の王だ。皇帝ハインリヒは、エルブルスの北にあなたを連れて行くだろう」

イヴェットはその言葉に思わず胸を押さえる。

「……皇帝が」

イヴェットは、かつての婚約者の縁にすがって、トーニオに指輪を託した。

イヴェット自身が望んだことではないが、結果として、イヴェットは婚約を反故にし、裏切って別の男に嫁いだ。にもかかわらず助けを求めるなんて、ずいぶんと図々しいと思われているかもしれない。

——でも、フロランシアの覇権を握るために、皇帝は目を瞑《つぶ》ったのかしら。

結局、皇帝ハインリヒが求めるのも、王位目当ての愛のない結婚だ。

それでも両親の仇と結婚するよりは……

「イヴェット……？」

黙り込んでしまったイヴェットを、エンツォが覗き込んだ。

「その……」

イヴェットが、心配はかけまいと急いで顔を上げ、笑顔を作る。

「なんでもないわ！　だいじょうぶ！　それより、わたしが逃げて一日経つけれど、コンラートの追手はまだなのね」

話を変えようと、イヴェットが声を潜めて尋ねれば、エンツォも周囲を見回して言った。

「結婚式は明後日の予定だ。花嫁の逃亡は、ギリギリまで伏せるだろう」

花嫁の失踪を隠しての捜索には限界がある——それが、エンツォの読みであった。


「じゃあな、修道士様がたも気をつけて」

「ありがとう。神の御恵を！」

エンツォがそれらしく農夫に祝福を与えて、村の広場で別れ、二人は歩き始める。

次の村までだいたい徒歩で半日。夕刻前には着けそうだった。

イヴェットの足を気遣いながらのゆっくりな歩みに、イヴェット本人の方が不安になる。

——こんな暢気《のんき》で大丈夫なのかしら……

「ねぇイヴェット、昨夜の話の続きだけど、今の皇帝ハインリヒに向けて、指輪を託したわけじゃなかったんだね」

突然話しかけられて、イヴェットは顔を上げる。

「ええと……まだオットー陛下が御存命だとばかり……」

「婚約指輪を託したのは、じゃあ……」

イヴェットは上目遣いにエンツォを見上げた。

「その……それ以外に縁はないし……あの指輪は特別なものだと聞いていたので、わたしの身分を保証できるし、その……賢者の祝福の加護がトーニオを守ってくれると思ったから……」

トーニオの名を聞いてエンツォが露骨に顔をしかめ、イヴェットが慌てて付け足した。

「その、もしかして、今の皇帝陛下のハインリヒ様って……」

恐る恐る尋ねるイヴェットに、エンツォが向き直り、心持ち胸を張った。

「皇帝ハインリヒは先帝オットーの甥にあたる。つまり——」

「じゃあ、わたしの婚約者だったハインリヒ様が、今の皇帝陛下なのですね！」

驚いた顔をするイヴェットに、エンツォは呆れたらしい。

「てっきり、知っていて託したとばかり思ったのに……」

無知を咎《とが》められた気分でイヴェットは俯いた。

「すみません……」

エンツォは少し考えて言った。

「説明しておいた方がよさそうだ。先帝オットーは甥のハインリヒをアルノーに婿入りさせて、フロランシア進出の橋頭堡《きょうとうほ》にするつもりだった」

イヴェットは頷く。イヴェットはまだ子供だったけれど、エルブルスを挟んだ大同盟だと父が言っていたのを憶えている。

「帝国にとって、南下は昔からの目標だ。エルブルスの南で教皇から戴冠を受け、名実ともに大陸の覇者となる。あの婚約はオットーの南下政策の要だった。だが――」

エンツォがまっすぐ前を睨みながら歩いていく。

「南下そのものに反対する者も多かった。反対派の最右翼が、先帝の息子アルヌルフだ。南下政策への反発から皇帝父子の対立は次第に深まり、ついに、息子が反旗を翻した。それがちょうど六年前。先帝が息子に殺されて、内乱が勃発した。ほぼ同時に、ベルーナ王コンラートはアルノー王ロタールを殺害して、フロランシアにも混乱が広がった。アルノーからは救援を求められたが、内乱鎮圧に忙しいハインリヒたちには、エルブルスを越える余裕はなかった」

「そう、だったのですね……」

エンツォが、顔を歪めてイヴェットを見た。

「ハインリヒが帝国内を転戦している隙に、あなたはパラヴィアに逃れ、カルロの妻にされてしまった。……ハインリヒ様が？　ウソ！

「ハインリヒはそれを引きずって、いまだに結婚してない」

イヴェットは意外な気分で目を瞠《みは》った。

「……もう、わたしのことなどお忘れだとばかり……」

「ハインリヒは忘れていない。忘れているのは、あなただろう？」

エンツォに頭を小突かれて、イヴェットは身を縮める。

「……ハインリヒ様、怒っておられます？」

下から上目遣いにエンツォを見上げれば、エンツォが困ったように眉尻を下げた。

「怒っては、いない。……むしろ、その……」

エンツォは極めて言いづらそうに視線を彷徨わせる。

「……ハインリヒが気にしているのは、カルロとの、夫婦仲はどうだったのか、とか……」

その問いに、イヴェットの眉が曇る。

「カルロは、あなたの従兄だろう？　政略結婚のハインリヒより、カルロの方がよかったかも、とかそっちを気にしていた」

イヴェットは足元に視線を落とす。

「昨夜も言いましたが、カルロとはアルノーを守るために仕方なく。夫婦仲も別によくはなかったです……」

よくはなかったどころか白い結婚だったのだが、それは口にできない。何度も同じことを説明するのは正直苦痛だったけれど、それだけハインリヒが気にしているということなのだろう。

「じゃあ、ハインリヒとの結婚は嫌ではないんだね？」

エンツォに念押しされ、イヴェットはおずおずと頷く。

「コンラート以外なら、だれでも。……ハインリヒ様はもうとっくに結婚されているとばかり、思っていました」

皇帝に即位しているならなおさらだ。彼はもう、二十代の半ばくらいにはなるのでは？

イヴェットは十年前に一度会ったきりの、顔も思い出せない元婚約者の年齢を心の中で数える。

「縁談は山のように来ているが、全部拒否している。……内乱の収束に注力していたこともあるけど」

ザイフェルト帝国の皇妃ともなれば、選定も慎重にならざるを得ない。イヴェットは納得した。

「わたしと結婚すれば、たしかにフロランシアの王位は得られます。ハインリヒ様はそれが目的なのですよね？　ただ、わたしは後家なので、帝国皇妃にふさわしくはないかも」

エンツォが食い気味に言った。

「ハインリヒは、フロランシアの王位だけが目的で、軍を動かしたわけじゃない」

「ええ、教皇から戴冠されるという目的もあるって、おっしゃっていましたね」

イヴェットがうんうんと頷いた。

教会の守護者と認定されて教皇から戴冠を受けるには、エルブルスの南北両方の王位を持つことが条件なのだ。ハインリヒにとって、数百年ぶりの戴冠者となるまたとないチャンスともいえる。

「いや、そういうことじゃなくて……」

エンツォが何か言いかけたところで、狩りに出ていたフェレットがネズミを咥えて戻ってきて、二人の足元を自慢げに歩きまわる。

「インノケンティウス七世！　ネズミは食ってから戻ってこいと何度言ったら……」

エンツォがやれやれとため息をつき、イヴェットに言った。

「俺たちも休憩して、軽く何か食べるか」

二人は木陰に腰を下ろし、エンツォが懐から出した干し肉とパンで昼食にした。


次の村に着いたのは夕暮れに近い時刻だったが、村はまだざわついて、人が集まり始めていた。

二人は顔を見合わせる。

「何かあるのかな」

エンツォがいかにも害のなさそうな柔和な顔をして、村人の一人に話しかけた。

「こんにちは、俺たちは遍歴修道士《ゴリアール》なんだけど、村で何かあるんですか？」

「遍歴修道士《ゴリアール》？　ちょうどいい！　何か面白い芸をできないか？　今夜は村で結婚式があるんだが、湖のお城の、領主様の結婚式とかち合っちまって、楽師も旅芸人もみんなあっちに行っちまったんだよ」

　芸、と言われてイヴェットは凍りついたが、エンツォは飄々《ひょうひょう》としたものだ。

「滑稽な風刺詩ならお手の物さ。任せとけよ」

「そうか、そいつは楽しみだ」

青くなっているイヴェットを見て、エンツォが余裕綽綽《しゃくしゃく》で片目を瞑ってみせた。

結婚式があるのは村でも大きな家だった。コレッティ川の河原へと続く広い裏庭があって、テーブル代わりの樽がいくつも並び、村人が大勢詰めかけていた。

正面奥の屋根のある四阿《あずまや》に主役の席が作られ、新郎は二十代半ばくらいの大柄な若者で、花嫁は白いヴェールに花冠を被り、刺繍の入ったドレスを着て、緊張したようすで俯いていた。二人の席の周囲には花が飾られて、新郎は何杯も酒を飲まされているのか早くも真っ赤になっていた。

ちょうど宴もたけなわで、テーブルの上の料理もほぼ出揃い、女たちが忙しく追加の料理を運んだり、空になった皿を下げたりしている。家の使用人らしい男がワインの壺を持ってあちこち行きかい、お代わりを要求する声がひっきりなしにかかる。庭の中央の巨木には布のリボンが張られ、華やかに飾りつけられている。だが、こういったお祝い事につきものの楽師も大道芸人も見当たらない。

「おーい、余興の遍歴修道士《ゴリアール》を連れてきたぞ！」

「おお、いいな！　待ってました！」

拍手で迎えられ、エンツォがフードを少しだけ上げて頭を下げる。

「二人の門出を祝う詩を頼む！」

イヴェット自身は教養として詩を学んではいるが、こんな大勢の前で即興の詩を作るなんて無理だ。エンツォはどうするつもりなのか……と見ていると、ばさりとフードを外して素顔をさらす。

予想外の端麗な姿に、男も女もおやと思う。エンツォはにこやかに、よく通る声で言った。

「おめでとうございます！　今日の善き日に居合わせた幸福を思い、新郎新婦の未来を讃える愛の歌を献じましょう。私は漂泊の遍歴修道士《ゴリアール》エンツォ。こちらは我が弟分のイーヴォと申します」

紹介され、イヴェットも少しだけフードを上げて頭を下げる。

美しき夏の夜　結ばれる二人の愛
湖の煌めきのごとく　ひと時の夢を追い

吟遊詩人《トルヴァドール》が歌う独特の節回し。イヴェットも聞き覚えがあった。

アルノーやパラヴィアの宮廷で、時には宴席で吟遊詩人《トルヴァドール》が歌う即興の歌。

イヴェットは田舎の村々でも歌うのか、と単純に思ったが、聴衆の反応は異なっていた。

「初めて聞く節だな？」

「この辺ではあまり聞かないな？」

「遍歴修道士《ゴリアール》の詩ってのはもっと、世の中への不平不満みたいなやつじゃないのか？」

するとこの家の女主人らしき中年女性がプサルテリウムと呼ばれる楽器を持ってきた。横置きの竪琴《たてごと》のような楽器で、箱に二十四本の弦を張ってある。

「結婚式なのに音楽がなくて寂しいと思っていたの。うちにはこれしかないんだけど、もし弾けるなら……」

それを見てエンツォは眉を顰める。

「いや、俺、楽器は……」

だが、イヴェットは自然にプサルテリウムを受け取ると、何気なく指で弦を弾《はじ》く。

甲高く澄んだ音が響いた。

パラヴィアの王宮で外出も制限され、ほとんど軟禁状態だったイヴェットは、刺繍と楽器くらいしかすることがなかった。イヴェットにとっては、プサルテリウムは得意な楽器の一つである。

イヴェットはプサルテリウムを膝に乗せ、軽く弦を締めて調律する。女性が白い鳥の羽根を差し出した。

「指でもいいけど、これを使って」

「ありがとうございます」

イヴェットはフードの下から微笑み、羽根の硬い部分で弦を弾く。指よりもさらに高く、澄んだ音が響き渡る。そのようすを心配そうに見ていたエンツォが、イヴェットに囁く。

「いける？　よくあるセレナードだけど」

「ええ、だいじょうぶ」

イヴェットはエンツォに頷き、前奏を奏でる。

哀愁を帯びた、だが軽快な節が流れ出し、エンツォが再び歌い始める。

美しき夏の夜　結ばれる二人の愛
湖の煌めきのごとく　ひと時の夢を追い
凍える冬の湖をも溶かす　汝のその熱き唇
春の宵に花々は咲き誇り　夏の朝《あした》に光を浴びて　秋の夕べに実を結ぶ

イヴェットの奏でる曲の調べに乗せ、エンツォの声もまた、艶やかに響いていく。騒いでいた聴衆もみな惹きつけられたように耳を澄まし、女性たちはうっとりと目を閉じて聞き惚れている。

イヴェットはプサルテリウムを爪弾きながら、ふと視線を感じて目を上げると、エンツォが歌いながらイヴェットを見ていた。

美しきかな愛よ　汝の清らなる白き肌
湖のごとく底もなく　果てしない愛を我は歌う

汝は我が花の女神　春の女神
かぐわしき花　愛おしき女神よ

なんだか愛の告白でもされているような錯覚に陥り、イヴェットの顔が熱くなる。

いや、これはただの詩で――

エンツォの即興詩は、宮廷で歌われる吟遊詩人《トルヴァドール》の詩の形式だ。

自分たちは今、遍歴修道士《ゴリアール》に化け、結婚式に潜り込んでいるから、だから――

その夜、エンツォはロマンチックな即興詩を二つ、もう少し砕けて風刺の利いた滑稽な詩を一曲、これはアカペラでイヴェットが即興の合いの手を入れる形で演奏し、満座の喝采を浴びたのだった。


「素晴らしい演奏でした！　お斎《とき》をどうぞ」

さきほどの中年女性が二人に食事を持ってきてくれて、イヴェットはプサルテリウムを返却する。

「とてもいい音色の楽器でした。細工も美しくて」

「ええ、死んだ夫が時々弾いていましたのよ。懐かしい音でしたわ」

女性はそう言いながら、二人の前に大麦のプディングとチキンの赤ワイン煮込みを並べる。

ここ数日、ロクなものを食べていないので、イヴェットは思わずゴクリと唾を飲み込んでしまった。

「どうぞ、召し上がって」

「ありがとうございます！」

夢中で食べ始めたイヴェットを横目に、エンツォが愛想よく言った。

「盛大な結婚式ですね」

「ええ、一人息子ですの。夫を早くに亡くして。ようやく一人前になってくれて、ホッとしたわ」

それから、女主人が尋ねた。

「お二人はこれからどちらに？」

「ええまあ、とりあえずはマンゾーニの市に。托鉢は修行ですから」

そう答え、木の匙《さじ》を手にしたエンツォに、彼女が言った。

「湖の城の領主様の結婚式と重なってしまって。修道士様が来てくださって助かりました」

「そうですね、どの新婚夫婦にも神の祝福がありますように」

使用人が呼びに来て、女主人は二人に礼を言って去っていった。

「さ、食べられるうちに食べてしまおうぜ」

エンツォも言い、祝祭の料理に舌鼓を打つ。料理人の腕がいいのか、ハーブの使い方に品があって美味であった。

皿に残った汁を大麦のパンで拭って食べていると、一人の男がさりげなくエンツォの隣に座り、声を潜めて言った。

「城では、お姫様は急病ってことにされている」

その低い声に聞き覚えがあると思って、イヴェットがハッとする。

男はごく普通の、ガタイのいい若い村人風だが――

「じゃあ、後二日、コンラートはごまかすつもりなのか」

「おそらく、明日は早朝から本格的に捜索範囲を広げるだろう。湖の対岸は内密に捜索していたようだが――」

「……なるほど」

「明日、マンゾーニまで捜索の手が及ぶかどうか……」

結婚式当日まで、コンラートは花嫁の確保に一縷《いちる》の望みをかけ、イヴェットの逃亡を秘密にしている。きっと、なりふり構わぬ捜索が始まる。

それだけ伝えると、男はふらりと立ち上がり、人込みに紛れて消えてしまう。

「今のは――」

「湖で舟を交換した男だ。時々、ああして情報を入れてくれる」

つまり皇帝直属の隠密《おんみつ》の一人――

イヴェットはにわかに近づく追手の気配に、思わず僧衣の下の指輪を握りしめた。

第六章　死の舞踏〔四日目〕

一夜明けた八月十九日。その日も朝からよく晴れていた。

納屋で一泊させてもらった二人は、日の出前に起き出した。

宴会の余韻か、眠そうに目を擦っている使用人に礼を言い、二人はひっそりと家を出た。

朝焼けの中、街道を避けて川沿いの道を行く。今日はこのまま丸一日歩いて、夕方前にマンゾーニの街に入る予定だと、エンツォは言った。

「マンゾーニには金市《バザール》がある。旅人も多いし、遍歴修道士《ゴリアール》の宿もある。木は森に隠せって言うからな」

エンツォの首元から白いフェレットが顔を出し、路傍の木の幹を駆け上がって、枝から枝へと飛び移っていく。

「……コンラートは、わたしの逃亡に怒り狂っているでしょうね」

「それはそうだろう。明日が結婚式の予定だし。今頃、死に物狂いで探しまわっているだろう」

あの夜、イヴェットとともに姿を消した人間がいないか、調べればすぐにわかる。遍歴修道士《ゴリアール》が一人、城から消えていることに、きっと気づいている。

「じゃあ、遍歴修道士《ゴリアール》を捜すのではなくて？」

イヴェットの問いに、エンツォがフェレットの白いしっぽを目で追いながら言った。

「奴らは、深窓の姫君であるイヴェットが修道士のなりで旅をするなんて、想像もしやしないさ」

それからイヴェットをちらりと見て笑った。

「まあ、どのみち、ここから先は時間との勝負になる」

途中、マンゾーニの金市《バザール》まで野菜を卸しに行くという農民の荷馬車と行きあい、エンツォが交渉して乗せてもらうことに成功する。

田舎の素朴な農夫たちは信心深いので、聖職者には親切だった。エンツォが修道士の姿に身をやつしているのも、そのためだろう。

昨夜は結婚式に入り込み、即興詩を歌って食事と宿にありついた。おかげで結婚式に出席した村人たちは、二人が遍歴修道士《ゴリアール》だというのをまったく疑っておらず、すれ違う村人の一人が昨夜の詩はよかったなどと声をかけて、完熟したプラムをたくさんくれた。

つくづく、エンツォの世渡りのうまさにイヴェットは感心するばかりだ。

真っ赤に熟れたつやつやのプラム。戸惑うイヴェットをよそに、エンツォは早速、その赤い実にかぶりつく。

「ん！　美味《うま》い！　イヴェットも食べなよ」

お姫様育ちのイヴェットは、丸ごとのプラムなど食べたことはない。

恐る恐る口に含めば、柔らかい皮がつぷりと破れ、中からたっぷりの甘い果汁が溢れ出す。

「美味《おい》しい！」

その笑顔に、エンツォもまたにっこりと微笑んだ。

野菜の樽にもたれて座り、のんびりプラムを齧りながら、ゴトゴトと荷馬車に揺られて街道を行く。いつの間にか戻ったフェレットが荷馬車の上を駆けまわり、飛び交う蝶を追いかけている。ブンブンと蜂が唸《うな》りをあげ、高い空の彼方から小鳥の声が響く。

逃亡中なのをうっかり忘れそうになるくらいの、穏やかな夏の午後。

エンツォがプッと種を吐き出す。そのようすがあまりに子供っぽいので、イヴェットがつい噴き出した。

「エンツォ、子供みたいよ」

「プラムの種はこうやって吐き出すものだろ。イヴェットは今までどうしてたの」

「え、種は……」

イヴェットは黄色い果肉の中から顔を覗かせる種に首を傾げる。

「初めて見たわ。今まで、トーニオが全部取ってくれていたのね」

「またあいつの話かよ」

トーニオの名を聞いて、エンツォは露骨にいやそうな顔をした。

「だって、トーニオは生まれた時からずっと一緒だったし。わたしの一番大事な――」

「かして。種取ってやるよ」

言いかけたイヴェットの手から食べかけのプラムを奪い、腰から外した小さなナイフで器用に種を取ると、実をイヴェットに渡す。

「ありがとう。でもトーニオは……」

「トーニオの話は聞きたくない」

「エンツォ？」

エンツォは取り出した種を口に含み、周囲の果肉を口の中で舐め取ってから、プッと種だけを吐き出す。エンツォの不機嫌そうな理由がわからなくて、イヴェットは首を傾げつつ、プラムを食べた。

その荷馬車の横を、甲冑《かっちゅう》を着た騎士たちが騎馬で駆け抜けていく。

銀のグリフォンの紋章を染めあげた赤い旗をなびかせ、鎖帷子《くさりかたびら》の上のチュニックにも赤いグリフォンが染め抜かれていた。

――あの紋章は……！

「あの紋章はベルーナ王の騎士だ。何かあったのかな？」

馬車を御す農夫が言い、イヴェットはギクリと身を固くするが、エンツォは飄々としたものだ。

「ベルーナ王と言えば、明日、結婚式だろう？」

「んだな。花嫁はパラヴィアの殿様の後家さんだからなぁ……」

農夫が意味ありげに笑う。

「パラヴィアの殿様は殺されたってもっぱらの噂《うわさ》だしね」

「王侯貴族は怖いやね」

「怖い怖い」

二人のそんな軽口を聞きながら、イヴェットはひっきりなしに街道を駆け抜けていく騎士たちを、不安そうに見送った。

明日の結婚式までになんとしてもイヴェットを見つけ出そうと、必死の捜索が続いている。

イヴェットが膝の上でぐっと手を握る。すると、何か柔らかいものが膝に触れた。見下ろせば、フェレットが膝の上に座り、イヴェットを見上げていた。

「ケンティー！」

「きゅるる」

三角形の小さな顔に、黒いつぶらな瞳がきらりと光る。白く長いしっぽがバサリと揺れた。

「インノケンティウス七世、お前もう腹が減ったのか？　それとも、さっきの狩りは不発だったか。お前はプラム食えないもんな。ちょっと待ってろ、干し肉を……」

「きゅるるるる」

フェレットが大きく伸びをして、イヴェットの首筋に顔を擦りつける。

イヴェットが背中を撫でてやると、しゅるっと長いしっぽを振ってみせた。

——わたしを、元気づけようとしてるのかな。

イヴェットがそう思ってエンツォを見れば、エンツォが懐から干し肉を出して小さく割るとフェレットにやる。

干し肉を齧るフェレットの横で、二人は残りのプラムを食べながら馬車に揺られるうち、街道の向こうにマンゾーニの尖塔《せんとう》が見えてきた。


マンゾーニはそれほど大きくはないが、城壁に囲まれた都市である。

街道に面した城門が開かれて、人や馬車が行き来している。門番はいるが、のんびり立っているだけで、荷馬車は二人の遍歴修道士《ゴリアール》を乗せたまま、城門をくぐった。

市街の大通りは石畳で舗装され、深い轍《わだち》を刻んでいた。

赤い瓦の建物が連なり、ところどころに高い塔が聳え立つ繁華な街並みに、イヴェットは口を開けてぽかんと見惚れてしまった。

――そういえば今まで、アルノーとパラヴィア以外の街は行ったことはなかったわ……

その二つの街でも、イヴェットは基本、王宮に閉じ込められて外の世界を知らないままだった。

その時、エンツォの大きな手がイヴェットのずり落ちかけたフードを引っ張り上げ、頭を押さえる。

「その髪色は目立つから、ちゃんと被って」

エンツォに窘められ、イヴェットは慌ててフードを被る。

たしかにイヴェットの髪色は珍しいから、目印にされている可能性がある。

「染めてしまえればよかったけど、そんな時間はなかったからな……」

「ごめんなさい、気をつけます」

二人が小声で言い合っていると、荷馬車を御していた農夫が振り返って言った。

「このまま金市《バザール》まで行っちまっても？　どこか当てがあるなら下ろしてやるぞ？」

「ああ、ありがとう！　金市《バザール》の中にある巡礼宿に行くから」

「了解！」

ガラガラと石畳に車輪を軋《きし》ませながら、荷馬車は広場の奥の金市《バザール》へと向かった。

四つの高い塔を持つ大聖堂の前は噴水のある広場になっていて、大聖堂の向かい側に議事堂、そして商業ギルドの本部が並ぶ。金市《バザール》の入口となっている門も、広場の一角に隣接していた。この門から通りの向こうの門までの一区画は、街路を挟んで金細工師の店が並び、さらには職人を当て込んだ料理屋、買い付けに訪れる商人の宿があり、路地の奥には巡礼者や徒弟職人用の安宿がひしめきあう。ここは商業ギルドの支配下にあり、一種の治外法権になっているという。

「臨時の市ではなく、常設でこんな大きな市があるなんて！」

お上りさんのように金市《バザール》の門を見上げていたイヴェットに、御者が答える。

「もともとは細工師の仕事場が集まっていただけだ。そのうち、材料の金や宝石の取引、できあがった金細工を買い取る目的で商人が集まってきた。各地からの材料があそこで金製品になり、それがまた別の街の商人に売られる。細工師と商人が集まるから、宿屋や居酒屋なんかもできて、どんどん賑やかになってきたのさ」

市場の門の周辺には、屋台が数軒出ていた。

石畳の広場には鳩が群れをなし、盛んに地面を啄《ついば》んでいる。馬車が近づくと一斉に飛び立ち、上空を旋回して馬車が通り過ぎると舞い降りる。そのほか、広場は比較的ガランとしていた。

「普段は、大道芸人や楽師なんかもいるんだけど、みんな、湖のお城に行っちまってさ。殿様の結婚式が終わったら戻ってくるだろうが」

暢気にピシリと馬の手綱を鳴らし、御者が笑う。だが次の瞬間、御者が首を傾げた。

「あれ？　いつもと違って検問しているな」

そう言われて荷馬車の積み荷の陰から前方を見れば、甲冑を着た兵士が数人、金市《バザール》の門を入る荷車や荷馬車を止め、内部を検《あらた》めている。

「……あの紋章はベルーナ王家のものだね。何かあったのかな？」

「本当だ……なんだろう？　殿様の結婚式も近いってのに」

農夫が荷馬車の御者台から呼びかけた。

「おーい、俺は市の中の食堂に野菜を卸しているんだが……早くしないと昼飯の時間に間に合わねえ。ちょっくら通してくんな」

その声に、紋章付きの甲冑を着た兵士が荷馬車の方にやってきた。

「名前は？」

「メラゲ村のトンマーゾ。金屑亭《かなくずてい》に野菜を卸しているんだよ。急がねえと叱られっちまう」

トンマーゾと名乗った男が、胸ポケットから鑑札を出して示す。兵士がそれを見て頷いた。

「ああ、金屑亭ね！　あそこのスープは絶品だな！　ヨシ、通っていいぞ？」

「おう、ありがとう！」

御者が馬の手綱を鳴らして市の門をくぐりかけるが、別の兵士が声をかけた。

「おう、待て！　その二人の修道士！　お前ら何だ！」

エンツォが苦笑いする。

「俺はエンツォ。見てのとおりの托鉢修道士で、こっちは見習いのイーヴォ。托鉢巡礼の途中です」

エンツォはそう言って、僧衣の下から巡礼者が持つ木のメダイを取り出して示した。

兵士はそれを一瞥《いちべつ》すると、イヴェットを見た。

「こっちは？」

「あーそいつはまだ見習いだから……」

なんとなく兄弟子の背後に隠れようとする見習い修道士の顔を、兵士が覗き込む。

「んー？　巡礼？　……金髪の貴族令嬢じゃないだろうな？」

「金髪の貴族令嬢を探しているんですか？」

エンツォが尋ねれば、兵士が顔をしかめ、ジロジロと値踏みするように二人を見る。

「……おい、たしか――もう一人は修道士じゃなかったか？」

「ああ、でも修道士なんてどこにだっているし……」

ヒソヒソと言い合う兵士たちに、御者が言う。

「おい、通してくれないのかよ！　野菜が！」

隊長らしい男が言った。

「ああ、お前は行っていい。だが、その二人は置いていけ」

イヴェットは反射的に、エンツォの僧衣をぎゅっと握った。

エンツォがわざとらしく肩を竦めてみせる。

「わかりました。……イーヴォ、降りよう」

「は……う、うん。エンツォ兄さん」

エンツォが気軽に言って荷馬車を降り、イヴェットを手伝って降ろしてやる。そして心配そうに振り返っている御者に向かってにこやかに礼を言い、それから兵士たちに向き直った。

「さて、俺たちは托鉢修道士だから、メダイのほかに身分を証明するものは何もないんだが」

「つまりは物乞いだろ。この街では物乞いは禁止だ」

「物乞いじゃないですよ！　辻説法と風刺詩で正当なお布施を――」

エンツォが言うその横で、別の兵士がイヴェットのフードに手をかけ、ずるりと引っ張り下ろした。

現れたストロベリー・ブロンドに、兵士たちがざわめく。

「その、髪の色――」

「それに、細っこいし、女が化けてるんじゃ――」

隊長らしい男がニヤニヤ笑いながら言った。

「そっかー、一つひん剥《む》いてみるかなぁ、野郎ども押さえろ！」

エンツォがイヴェットを背後に庇《かば》うが、周囲からイヴェットの僧衣を掴もうと兵士たちの手が伸びる。

「きゃ……」

だが、その時、エンツォの胸元から白いフェレットが飛び出し、隊長の顔を掠め、イヴェットの僧衣を掴んだ男の手を引っかいた。

「うわッ、痛《いて》ぇ！　なんだ？」

「インノケンティウス七世！」

フェレットは二人の前で背中を丸めて毛を逆立てると、いきなり横っ飛びを繰り返しながら身体をひねり、さらにジャンプして空中で毬《まり》のようにぐにゃりと身体を丸める。

ピョンピョンと縦横無尽に跳躍とひねりを繰り返すさまに、兵士たちは絶句して固まってしまう。

「な、なんだこれ……」

「イタチ？」

「イタチの戦いの舞踏だよ」

エンツォがやや声を低め、囁くように言う。

「イタチの……？」

「そう……死の舞踏とも言う」

「死の、舞踏……」

白いフェレットの奇妙な踊りは、いかにも狂気に囚われたかに見える。呆然と眺めていた兵士たちが、エンツォの言葉に思わず後ずさった。

「この踊りを見た者は、生きて帰らぬと言われている。なぜなら――」

フェレットの踊りはさらに白熱し、捕まえようと手を出した兵士を威嚇し、身体をくねらせ、しっぽを振り乱してピョンピョンと跳ねる。空中でくるりと回転し、お尻を持ち上げるように飛び、地面をぐるぐると転げたと思ったら、即座にまたジャンプ。

あまりに奇天烈《きてれつ》な動きに、周囲の者たちは皆、足が縫いつけられたかのごとく動けない。

イヴェットもフェレットの動きから目が離せないでいたが、エンツォがぐっと手を握り、耳元で囁いた。

「合図したら、走るぞ」

ハッとしてエンツォを見れば、口元に微笑を浮かべ、じっとフェレットの動きを見つめていた。

「インノケンティウス七世！　やれ！」

エンツォが鋭く叫ぶと、フェレットは大きくジャンプして隊長に跳びかかり、驚く隊長の身体を足場に駆け上り、顔の前に足を上げ、お腹をさらす。そして――

「な、なんだ!?」

「走るぞ！」

エンツォがイヴェットの手をグイッと引いて、人込みをすり抜けて市の門へと走る。

「ええ？　ケンティーがまだ！」

背後から、隊長の悲鳴が聞こえた。

「くせぇえぇ！　なんだこれ！」

「イタチの最後《さいご》っ屁《ぺ》だあああ！」

「くっせえええぇ！　死ぬ！　死ぬほどくせぇ！」

エンツォに手を引かれ、イヴェットは市場の中の道を死ぬ気で走った。

「うわっ、あぶねぇ、何すんだ！」

前から来る人や荷車にぶつかりかけるのをギリギリで避《よ》け、人並みを縫うように進む。

「待てぇ！　その修道士どもを捕まえろ！」

背後から追ってくる怒号。アーケードの下を駆け抜けつつ、エンツォが屋台をわざと蹴飛ばし、ガシャーンとすさまじい音がした。

積まれていた金細工の皿をなぎ倒せば、ガラガラガシャンと金属音が響き渡り、転がる金の皿が追っ手の前を横切って足止めする。

「何しやがる！　クソ野郎！」

「こらぁああ、待てぇ！」

悲鳴、怒号、子供の泣き声——

イヴェットの息が上がり、足がふらつく。もつれる足を必死に動かすが、躓《つまず》いてしまう。その腰にエンツォが腕を回し、ほとんど抱きかかえるようにしてさらにスピードを上げた。

——ああ、この人は、なんて速い……

だが、兵士たちも負けてはいない。一人の腕が伸び、イヴェットのフードを掴もうとした。

その時、上から巨大な壺が降ってきて、イヴェットのすぐ後ろに落ち、ガシャンと大きな音とともに粉々に砕け散る。

「きゃあ！」

その隙にエンツォがイヴェットをぐいっと引っ張り、壺の落ちてきた方向を見上げる。アーケードの二階にちらりと人影が見え、すっと消えた。

エンツォはイヴェットを抱えて細い路地に駆け込むと、奥へと走る。すると、路地に面した二階の窓からするすると細い縄梯子《なわばしご》が下りてきて、上から声がかかった。

「こっちだ！」

エンツォが目の前の縄梯子に取りつき、片腕でイヴェットを抱えながら駆け上る。イヴェットはただ、エンツォの首筋にしがみつくことしかできない。上で待っていた男が梯子ごと二人を引きずり上げ、見知らぬ場所に引っ張り込まれる。次の瞬間、背後でばたんと扉が閉まった。

引き上げた男が言う。

「こっち！　ついてきてください！」

その声に何となく聞き覚えがある――記憶を手繰る間もなくエンツォがイヴェットを立ち上がらせ、狭い廊下を走る。建物は古く、ところどころ板が抜けて階下のようすが筒抜けだった。板を踏み抜かないように、床を軋ませながら男の後ろ姿を追いかける。

金市《バザール》の建物は、路地の奥へと細長く延びている。その穴ぐらのような住居をズンズンと奥に向かい、とある一部屋に二人を押し込んだ。

「あなたはともかく、そちらのお姫様は限界です。奥で着替えて休んでください。ここは仲間の宿だから安全です」

「恩に着るよ、ヨナス」

ヨナス、という名にイヴェットがハッとした。

――湖で舟を交換した男だ！

エンツォが礼を言うのと、奥から一人の女が出てくるのがほぼ同時だった。頭に赤い布を巻き、黒く長い髪を垂らしている。

「ボナ、この二人を着替えさせて裏手から逃がす。協力を頼む」

女は無言で頷くと、二人についてこいと手で合図した。彼女の導きで、二人はさらに曲がりくねった迷路の奥へと向かう。途中、小さな子供を抱いた女に何人か会うが、みな、ボナと呼ばれた女と同様に、黒っぽい髪に鮮やかな色の布を巻いていた。

「ラーナ人だよ」

エンツォがイヴェットの耳元で囁く。――ラーナ人とは、遥か昔に東の地から移動してきたとされる漂泊の一族で、旅芸人や占い師などをして街から街を旅して生計を立てている人々だ。

――ここはその、ラーナ人の宿。

「ヨナスは捨て子で、ラーナ人に拾われて育った。その人脈を生かして、皇帝の隠密になったんだ」

エンツォが小声で説明するが、ボナは一言も口をきかない。狭く、薄暗い部屋に二人を導き入れると、慎重に扉を閉めた。

室内には細かい模様の絨毯《じゅうたん》が敷かれ、ラーナ伝統の、おどろおどろしい模様が彫り込まれた木の長櫃がいくつも置いてある。重そうな蓋を持ち上げ、ボナが中をかき回し、数枚の衣服を引っ張り出して、エンツォに押しつけた。

「俺はこれを着ろってこと？」

うんうん、と頷き、ボナはほかに数枚の衣類を手に、イヴェットの僧衣を引っ張った。

「わたしに、ついてこいと？」

ボナが頷き、エンツォには座っていろ、と手振りで示す。

「いや、俺も……」

エンツォもあとに続こうとしたが、ボナは首を振り、イヴェットだけをさらに奥へと連れていく。

細い廊下の向こうにあったのはどうやら井戸のようで、遥か高い天窓の光が真下の黒い水に映っていた。

人ひとりがようやく通れるだけの螺旋階段を、ボナの背を追いかけながら降りていく。

エンツォと引き離されただけで、ひどい不安に襲われていた。

――どこに連れていかれるの？　信じてもいいの？　エンツォは……？

ボナの指示と手助けで、イヴェットは僧衣を脱いで身体を簡単に拭い、そして亜麻布のゆったりした脚衣と膝までのチュニックを着せられ、腰帯を結ぶ。襟と袖口、裾に簡素な刺繍のテープが施され、足首を紐で絞る仕様になっている。肩の上で切った髪にはボナやヨナスと同様、布を巻きつけた。つまり、ラーナ人の少年の扮装《ふんそう》をするのだ。

着替えを済ませ、イヴェットはこれまで着ていた僧衣を抱え、再びさっきの場所に戻る。

「イヴェット！」

エンツォもまた、すっかりラーナ人の若者風に衣服を改めていて、イヴェットの姿を見るなり腕を広げるので、イヴェットは思わず彼に駆け寄り、抱き着いていた。

「エンツォ！」

黒髪には布を巻き、足首を絞ったゆったりした脚衣にチュニック姿のエンツォに抱きしめられ、彼の温《ぬく》もりにイヴェットが安心から深いため息をついた。

ボナが無言で出て行った気配に、イヴェットはハッと我に返り、エンツォを見上げる。

「ケンティーは？　ケンティーとはぐれてしまった！」

「インノケンティウス七世なら大丈夫だ。あいつは俺の居場所は絶対に見つけるから」

エンツォが笑い、もう一度イヴェットを抱きしめた。

エンツォの硬い胸に顔を埋める形になり、イヴェットは恥ずかしさで顔が熱くなる。離れなければ、と思いながらもなんとなく離れがたく、そのまま抱き合った状態でいた。しばらくして、キイと扉が開く音がして、イヴェットは慌てて飛びのこうとしたが、エンツォの腕はがっちりイヴェットの背中に回され、離れることはできなかった。

エンツォの腕の中で恐る恐る顔を捩れば、ボナが寄木細工の八角形の脚付き盆を手にしていた。二人のようすを気にすることもなく、床に盆を置く。盆の上には、パンと素焼きの壺、木の器が二つ。

「ありがとう、助かる」

エンツォが礼を言い、イヴェットはようやく解放されて二人並んで腰を下ろす。

ボナが、素焼きの壺から木の器に白い液体を注いで二人の前に並べ、どうぞ、と手振りで勧めるので、イヴェットが礼を言い器に手を伸ばした。

「ありがとう、ボナ」

事情はわからないが、ボナは口がきけないらしい。

温めたアーモンドミルクはほんのり甘くて、喉が渇いていたイヴェットの、身体の芯まで沁《し》み通るような味がした。少し硬いパンをちぎり、アーモンドミルクに浸して食べる。

人生で一番というくらい走ったせいで、足も痛いし身体もぐったり疲れていた。

温かいものをお腹に入れて人心地つくと、疲労がどっと押し寄せてくる。

そのようすを見たエンツォが、イヴェットの肩を抱き寄せる。

「少しだけ休ませてもらおう。日が陰ったら宵闇に紛れて脱出するから、それまで」

「でも……」

「俺も、少し休む」

エンツォがごろりと横になり、腕を叩いて言う。

「ほら、腕枕してやるから」

「いえ、そんな……」

イヴェットが恥じらって顔を伏せるのを、ボナがクスリと声もなく笑い、トン、と促すようにイヴェットの肩を押した。ぐらりとエンツォの隣に倒れ込んだイヴェットの上に、エンツォがマントをかけ、身体を覆う。

「あ……」

ボナが、唇の前に人差し指を立てる。

『静かに……』

そう言われた気がしてふと見れば、エンツォの方は目を閉じて一瞬で眠りに落ちていた。

――この人も、疲れたのね……そうよね……

エンツォの腕枕はしっかりと温かく、彼が側にいるだけで心が軽くなるような、そんな安心感があった。

イヴェットもまた目を閉じ、糸が切れるかのようにプツンと意識を失った。


「イヴェット……」

優しく揺り起こされてハッと目を開ければ、至近距離にエンツォの整った顔があった。

彫りが深く鼻筋が通って頬骨が高い。秀でた額に黒髪が落ちかかり、えも言われぬ男の色香が漂っている。形のよい唇は艶やかで、エメラルドのような瞳に射抜かれて、イヴェットの心臓がドクンと跳ねた。

「あ……」

「起きた？　少しでも疲れは取れた？」

パチパチと瞬きして、そっと身体を起こす。ずっと腕枕をさせていたことに気づき、イヴェットは申し訳ない気持ちになる。

「ごめんなさい、重かったでしょう？」

謝れば、エンツォは何事もないかのように笑いながら起き上がる。

「全然。……イヴェットは休めた？」

エンツォは髪を整え、マントを羽織る。

「もうすぐ陽が沈む。そろそろ出よう」

ちょうど、ヨナスが二人を呼びに来た。

「上から抜けます。ついてきてください」

「ああ」

エンツォが自信満々に頷くけれど、イヴェットには上、から、の意味がわからない。

ヨナスの先導でイヴェットとエンツォはさっきの井戸へと続く螺旋階段に出た。今度は天窓に向かって階段を上っていく。内部は薄暗く、射してくる光はすっかり弱まって、紫色の空が丸く切り抜かれ、宵の明星が輝いていた。

薄暗い階段を上りきり、煙突状になった天窓から顔を出す。天窓の周囲には鳥籠が並び、夕暮れの空にはたくさんの鳩が飛び交っていた。

――鳩。そうか、鳩は、ラーナ人の……

上空はかなりの風が吹いていて、二人のマントを舞い上げる。

眼下にマンゾーニの街並みを一望すれば、茜色の薄暮の空に黒い影のような塔がいくつも聳え、家々の赤い屋根が連なり、ところどころにドーム屋根の大きな建物が点在する。

目もくらむような高さに、イヴェットが思わず目を閉じ、ぎゅっとエンツォにしがみついた。

「怖い？」

「……ええ、少し……」

「だいじょうぶだよ。下は見ないで。俺についてきて」

マントを風にはためかせながら、慎重に窓から屋根へと乗り移る。ヨナスが、エンツォにルートを指し示した。

「屋根沿いに行って、あそこの塔から右周りに行けば、城壁の上に出ます。壁が一部崩れているので、そこから城外に出られます」

「わかった」

ヨナスはさらに続けた。

「街道沿いは検問しているから、収穫の終わった麦畑を抜けてください。南に進めばドゥオーモ河に出るので河を越えて、サン・エミーリアの街を目指してください。皇帝の軍はもうエルブルスを越えました」

「わかった」

「俺も追いかけます。ドゥオーモ河を越えたあたりで接触できるはずです」

「いろいろありがとう。ボナにもよろしく伝えてくれ」

エンツォは斜めになった屋根の上をゆくのに、イヴェットの手を取った。

「身体を低くして、慎重に。焦らなくていい。ゆっくり行こう」

不安にぎゅっと唇を引き結んだイヴェットを励まし、エンツォは静かに、屋根伝いに歩き始めた。

第七章　星月夜

「あそこが、さっき入った金市《バザール》の門。見ろ、騎士と兵士が警戒している」

尖塔の陰から、エンツォが指を差す。見下ろせば、広場に兵士たちがうろついていた。

すっかり暮れなずみ、遠くの山並みの上方にわずかな紫色が残る以外は、紺色の夜空に覆われていた。今夜は臥待月《ふしまちづき》で月の出は遅い。空には星々が煌めき始めていた。

「見つからないように、こっちから回ろう」

エンツォが隣の屋根に飛び移り、イヴェットに手を伸ばす。

「飛んで」

イヴェットも飛ぶが、勢いが少し足りない。

――落ちる！

エンツォの手がイヴェットの手を掴み、力で引っ張り上げた。

カラン……、瓦のかけらが崩れて落ちていく。

膝をついてしまったイヴェットを、エンツォが庇うように、伏せて覆いかぶさる。

屋根に貼りついて息を潜めていると、数人の兵士たちが物音を聞きつけてやってきて、二手に分かれて路地の警戒を続ける。だが、やがて異状なしと断定してその場を離れていった。

「屋根の上だとは思ってないらしい。……よかった」

危機が去って、イヴェットがホッと息をつく。

「ごめんなさい……」

「大丈夫だ、無理をさせてる俺が悪い」

エンツォが優しく言い、イヴェットを支えて立ち上がらせる。

「怪我はない？　大丈夫？」

膝のあたりを払ってもらいながら問われ、イヴェットはつくづく、自分は足手まといだと思う。情けない。どうしてこんなに弱くて、力がないのだろう。わたしが、男なら——

「ごめんなさい」

「なぜ、謝る？」

「だって……足が遅いし、迷惑ばかりかけているわ」

エンツォが微笑む。

「最初から織り込み済みだ。お姫様なんだから、しょうがないだろう」

「でも……」

イヴェットが目を伏せた。

「どうして、女に生まれてしまったのかしら。男だったら、みんなに迷惑をかけずに済んだのに」

その言葉に、エンツォが喉の奥で笑った。

落ち込むイヴェットに、エンツォが囁く。

「イヴェットが男だったら、俺は神を呪ってるね」

「どういう意味？」

エンツォが振り向いて、イヴェットの頬を大きな手で包み、額に口づける。

「エンツォ!?」

驚いたイヴェットがバランスを崩し、エンツォが抱きとめた。

至近距離で見つめ合って、イヴェットは動揺して胸が轟《とどろ》く。

「少し、急ごうか」

エンツォが微笑み、二人は再び歩き始めた。

しばらく屋根の上を進むと、都市を取り囲む外壁に隣接した建物の屋根の上に出た。屋根伝いに降りていき、胸壁を乗り越え、城壁の上に降り立った。

足場の悪い屋根から平らな城壁の歩路に降りて、イヴェットはホッとする。斜めになった屋根の上を移動するのは、慣れないイヴェットはつらかったのだ。

「だいじょうぶか？」

「ええ……少し、疲れたけど」

周囲を見回していたエンツォが、イヴェットの手を引いて城塔の隅に身を潜める。カツンカツンと複数人の靴音が響き、見張りの兵士が上がってきたところだった。

「何もいねえぞ？　本当に人影か？　見間違いじゃないのか」

「たしかに人影が見えたんだが……」

見られていた、と不安になったその時、胸壁の上を小さな細長い黒い影が走っていく。

「なんだ……？」

兵士たちの足がそちらに向かう隙に、エンツォとイヴェットはその場を離れ、安全な場所に身を隠す。二人の兵士が遠ざかるのを胸壁の開口部《クレノー》から見送り、エンツォがホッと息をつく。

「行こう、あちらから外に出られるとヨナスが言っていた」

城壁の歩路を行くうちに、さきほどの小さな影が戻ってきて二人に並走する。細長く滑らかな動きに揺れる長いしっぽ。

「インノケンティウス七世！　無事だったか！」

小さな身体を得意げにくねらせ、しっぽがピンと揺れる。

そして素早く胸壁の上を飛ぶように走り、とある場所で立ち止まってこちらを振り向いた。黒い影のしっぽをふるんふるんと揺らして、早く早くと急かしているように見えた。

二人が駆け寄って覗き込んだところ、城壁が一部崩れて隙間ができていた。

「ここがヨナスの言っていた場所だな」

エンツォが言い、足場を確かめながら降り始める。

「おいで、ゆっくり」

イヴェットも注意深く隙間を降りる。ちょうど、東の空に月が昇ってきたところだった。

半月よりは少し丸みのある月の明かりを頼りに、わずかな足場を伝い、ゆっくり降りていく。

軽々と外に降り立ったエンツォが、おっかなびっくり降りているイヴェットを補助しようと手を伸ばした時、城壁の上に残っていたフェレットが警戒の声を上げた。

「キュー！」

ハッとして振り仰いだ拍子に足を滑らせ、ズルズルッと落ちてきたイヴェットをエンツォが下から支え、同時に悲鳴を上げそうになる口を大きな手で塞ぐ。

「おい、人影が見えたって報告が――」

「はい、このあたりで――」

城壁に上ってきた兵士たちの前に、小さな黒い影が飛び掛かる。

「キキイイイ！」

「うわ、な、なんだ？」

月光の下で、何か黒い小さなものがピョンピョンと奇妙な動きを繰り返して奇声を上げている。

細長い身体を捻り、横に飛び、転げまわる。月明かりに黒い影が伸び、縮み、跳ね……その奇矯な動きは、いかにも不吉で禍々《まがまが》しかった。

「ひ、な、なんだ？　ばけもの？」

「フシャーーー！」

飛び掛かられた兵士は鋭い爪で顔を引っかかれ、尻もちをつく。

「イテェエエ！」

俊敏な、そして奇天烈な動きを止めない黒い影に、兵士たちは怯えてうろたえる。そのようすを下から息を詰めて観察していたエンツォが、突如叫んだ。

「死の舞踏だ！　見たら死ぬぞ！」

闇を切り裂くその声と、不気味に蠢《うごめ》く黒い影。兵士の一人が恐怖に囚われて、聞くに堪えない叫び声を上げ、駆け出した。

「ひえええ、おた、おたすけぇええええ！」

「うわ、ま、待て、待ってくれよ！　置いていかないでくれよお！」

兵士たちはその声と踊り狂う黒い影に怯え、転がるように逃げていく。

月の光を浴びながら、フェレットは奇妙な舞踏を踊り続けた。


マンゾーニの街の城壁を越え、二人は収穫直後の麦畑の中を走った。その足元を、細長い白い獣が駆け抜けていく。

ところどころに藁を積み上げた山が点在し、なだらかな丘の向こうには黒い山影が連なる。真夜中を過ぎ、天空には月と星が煌めいて、二人と一匹の長い影が伸びていた。

僧衣とは違ってラーナ人の少年の格好は走りやすく、イヴェットはなんだか生まれ変わったような爽快な気分だった。

ずっと、王宮に――そして湖畔の城に閉じ込められていた。

裾を引きずる重いドレスに長い髪。外出はもちろん、走ることも許されず、庭園の造り込まれた花のように、行儀よく微笑むことだけが求められてきた。

ただおとなしく飾られ、盛りを過ぎれば萎《しお》れるままに踏みにじられる定めの――

こんな風に、夜の中を力いっぱい走る日がくるなんて想像もしなかった。

背中を覆う長い髪も今はない。布を巻いた頭は軽く、走るたびに毛先が揺れる。夏の夜風を顔に受け、自分の足で土を踏みしめて走っている。

――わたしは、自分の足で走っている！

その事実がイヴェットの気持ちを高揚させ、逃亡中なのに、楽しくてたまらない。とうとう、我慢できなくなって笑い声を上げた。

「イヴェット？　どうした？」

笑い出したイヴェットに、エンツォが驚いて声をかける。

「ううん、だって……なんだか楽しくなって」

「楽しい？」

並走しながら、エンツォが怪訝《けげん》な声で問う。

「だって、こんなに走ったの、初めてだもの！」

つい、足取りも軽く飛び跳ねるイヴェットの周囲を、フェレットがぴょんぴょんジャンプしながら回る。

「はしゃぎすぎると、体力がもたないぞ」

「夜の散歩なんて初めて！　ずっと全力で走ってみたかったの！」

そう言ってイヴェットはくるりと回る。短い髪がふわりと広がって月明かりを弾いた。

エンツォも呆れたように笑っていたが、ハッと何かの気配に気づき、イヴェットの腕を掴んで引き寄せた。

「シ！　静かに！」

エンツォはイヴェットを抱き込むようにして、近くにあった積み藁の陰に身を潜める。遠くから響く、微かな馬蹄の音。収穫の終わった麦畑の向こう、街道にいくつもの明かりが見えた。松明《たいまつ》を掲げた騎士たちだ。

はしゃいだせいでイヴェットは息を荒げ、肩で大きく息をしていた。

エンツォは複数の松明の光が近づいてくるのを見て、イヴェットを積み藁の中に押し込み、自分も潜り込んだ。フェレットがイヴェットの首元にするりと入り込む。

藁の隙間から、星空を背景に黒い森のシルエットと点在する積み藁のこんもりした山が見える。

藁の中で息を潜めていると、馬蹄の音が近づき、騎士たちの集団が通り過ぎた。

エンツォがホッと安堵の息をつく。狭い中で身を寄せ合って、エンツォの大きな身体に抱きしめられ、彼の熱い息が首筋にかかってイヴェットはドキリとした。

「少し、ここで休もう」

「まだ、走れます」

「まだ旅は続く。今日無理をしすぎると明日、もたない」

その通りなので、イヴェットは唇を噛んだ。

「……ごめんなさい」

「謝る必要はない」

しばらく無言で、イヴェットは藁の隙間から外を眺めていた。

——少し、はしゃぎすぎてしまった。ただでさえ足手まといなのに……

男装しての夜の散歩に、子供のように浮かれてしまった。

自分をコンラートのもとから逃がすために、エンツォもそしてヨナスも、多大な危険を冒しているのだ。守られるべき自分が、物見遊山の気分ではしゃいでいいはずがなかった。

イヴェットが自己嫌悪に目を伏せた時、エンツォの腕がイヴェットの肩に回され、抱き寄せられる。

「イヴェット……」

耳元で囁かれ、くすぐったさにイヴェットが身を縮める。二人の間で丸くなっていたフェレットが、ごそごそと動いたせいで、しっぽが顔を掠める。顔の前にあった藁が崩れ、視界が開けた。

夜空には月と、微かな星。麦畑に点在する積み藁の影と、糸杉――

「キスしたい」

「え？」

突然、予想もしないことを言われて、イヴェットの思考が停止する。

――いったい、何の話？

だが、耳元で響くエンツォの声は今までにないくらい緊張して、切迫していた。

「俺は、イヴェットに、キスしたい」

「キス、……って？　え？」

「キスしたい。さっきからずっとそう思ってた。もう、我慢できない。イヴェット……」

エンツォの大きな手で顎を掴まれ、ぐいっと顔の向きを変えられる。唇に熱い息を感じたと思ったら、柔らかく温かいもので塞がれた。

「!!」

驚きで息を詰めたイヴェットの唇を割って、熱いものが入ってくる。それがエンツォの舌だと気づくまでに数瞬を要した。

舌が舌に絡め取られる。その感覚に驚いているうちに、エンツォの舌が口蓋の裏を舐め上げ、イヴェットの身体がゾクッと疼《うず》いた。唾液をまじり合わされ、吸い上げられる。エンツォの発散する甘い、それでいて獰猛《どうもう》な気配にイヴェットの心がかき乱され、心臓がバクバクと音を立て、脳が沸騰する。

――エンツォ？

顔のすぐ下でフェレットがごそごそと動く。くすぐったいのにがっちり抱きしめられ、身動きもできない。

細長い身体をくねらせて動きまわるフェレットに、エンツォが先に音を上げ、唇を離した。

「インノケンティウス七世、そこで動くなよ、邪魔だ」

「キュウ」

エンツォの苦言に、フェレットが身体の向きをくるりと変え、イヴェットの膝の上へと降りていく。ぱさっとふさふさしたしっぽが顔の前を行き来し、くしゃみが出そうになる。

邪魔者がいなくなったのを確認し、エンツォの唇がもう一度イヴェットの唇を奪う。

さっきよりも長い、貪るような口づけ。幾度も角度を変え、エンツォの舌がイヴェットの咥内《こうない》を蹂躙《じゅうりん》し、逃げようとする舌を追いかけて絡め取り、唾液を吸い上げる。

――そうか、これが、キス。

初めての口づけにイヴェットは頭の芯が痺《しび》れ、身体が麻痺《まひ》して動けない。

蜘蛛《くも》の糸に囚われた蝶のように、甘い毒に自由を奪われて硬直するイヴェットの背中を、エンツォの掌が確かめるようにゆっくりと這いまわる。

口づけの角度が変わるたびに視界に見え隠れする月を、イヴェットは呆然と見上げる。のしかかる男の身体の重みと体温を感じ、されるがままに固まっていた。

何が、起きているの――。いったい、エンツォは何を考えて――

エンツォの唇が離れ、イヴェットが深い息をつく。

「イヴェット……」

エンツォの唇がイヴェットの顔を這う。額から、瞼《まぶた》へ、そして頬へ……

「イヴェット、愛している……」

エンツォの言葉に、イヴェットの記憶の中の光景が呼び覚まされる。

パラヴィアの王宮。薔薇の咲く庭で抱擁と口づけを繰り返す、夫カルロとその恋人。

立ち尽くす幼いイヴェットに気づいて、不愉快そうに顔を背けたカルロの表情と――

『王位のための結婚で、愛していない』

カルロの言葉がイヴェットの脳裏に蘇《よみがえ》り、イヴェットは反射的にエンツォを突き飛ばそうとして身を捩った。

「いや！」

「イヴェット？」

突然の拒絶に、エンツォが驚いて唇を離す。だが、イヴェットを抱きしめる腕は緩まない。

「エンツォ、やめて」

イヴェットの声に驚いたのか、膝の上で丸くなっていたフェレットがするすると登ってきてイヴェットの顔を舐める。しっぽがパタパタと動いて、エンツォの顔を直撃したらしい。

「インノケンティウス七世、ちょっ、邪魔するなよ」

「フゥーー!」

排除しようとするエンツォの手を払い威嚇するフェレットをいなしつつ、エンツォが尋ねる。

「いやだった? イヴェット?」

イヴェットは肩で息をしながら、顔を背ける。

「……ごめんなさい、わたし……その……」

愛されない妻として放置された記憶が蘇り、さまざまな感情が溢れ出して、どうしていいかわからない。

エンツォの声が低くなる。

「……やっぱり、死んだ旦那を愛してる? それとも――」

イヴェットが首を振る。

「そういう、わけでは……」

カルロには愛されなかった。でも、イヴェットもカルロを愛していたわけではない。だから平気だと思っていた。でも本当は――

胸の中に去来する、このざわざわした気持ちはいったい何だろう? イヴェットは騒ぐ胸を持て余して大きく息を吸った。

エンツォは、どうしてこんなことを――?

イヴェットは、エンツォに尋ねる。

「……あなたは以前、わたしに皇帝のものになる覚悟をしておけと言ったわ。皇帝はフロランシアとわたしを手に入れるためにエルブルスを越えたって」

「それは……そう言った」

「つまり、あなたはわたしを皇帝のもとに連れていく。なのにこんな――」

エンツォが半ばのしかかっていた身体を起こした。それでもまだ、両腕はイヴェットの背中に回したままだった。

「……ハインリヒに気兼ねする必要はないぞ？　それとも、トーニオを愛している？」

「ハインリヒ様には、申し訳ないと思っているの。……婚約していたのに、反故にして勝手に結婚したわ」

「それは、イヴェットのせいじゃないだろう？」

「でも――」

戦争のためとはいえ、イヴェットがハインリヒとの婚約をなかったことにして、他の男に嫁いだのは事実だ。

言葉を濁すイヴェットに、エンツォが苛立たしげに言った。

「ハインリヒだって、事情を理解している！」

「フロランシアの王位のためなら、以前の不義理には目を瞑るってことかしら。でもこんな――」

「イヴェット、そういうことでは……」

エンツォが藁の中でごそごそと動いて、頭を掻く。藁が揺れる振動が伝わってきた。

しばしの沈黙の後、隣でエンツォが大きく息を吸った。そして――

「イヴェット。俺は本当に、あなたを愛しているんだ」

「……エンツォ、いったい何を言いだすの」

エンツォからの愛の告白に、イヴェットが思わず聞き返す。

「俺は、イヴェットを、愛している」

もう一度はっきりと告げられて、イヴェットはパチパチと瞬きした。エンツォの意図がさっぱりわからない。

イヴェットは皇帝ハインリヒのものになる。その覚悟をしろと言ったのは、ほかならぬエンツォ自身ではないか。なのに――

そのエンツォがイヴェットに愛を告げるの？　いったい、何を考えているの？

だが、イヴェットの戸惑いを無視して、エンツォはイヴェットに愛を語り続ける。

「イヴェットは理不尽な目に遭っても折れない強い人だ。俺はイヴェットの強さと、しなやかさを愛している」

「あ、ありがとう。……でも――」

わたしはハインリヒ様のもとに――そう言いかけたイヴェットの口を封じるかのように、エンツォはイヴェットの身体を抱き寄せ、両腕の中に閉じ込め、肩口に顔を寄せた。

「今は、まだ言えないことがたくさんあるけど、愛している。トーニオみたいにずっと側にいて、守ってやることはできなかったけど……」

——愛している。

エンツォの言葉が、イヴェットの心の深い場所に突き刺さる。

父を喪《うしな》い、母を奪われて、パラヴィアの王宮で高貴な囚人として閉じ込められた時から、イヴェットはきっと、その言葉に飢えていた。

たとえ嘘でも、カルロが愛していると告げてくれたなら、イヴェットもカルロを愛そうとしただろう。でも、カルロは口が裂けてもそんなことは言わなかったし、イヴェットを愛するつもりなんてさらさらないようだった。

カルロにとってイヴェットはただの、アルノーの王位をもたらす都合のいい妻でしかなかった。

お飾りの妻、名ばかりの王妃。

心ない言葉を浴びせられても、イヴェットは王女の矜持《きょうじ》で背筋を伸ばし、耐え続けた。

愛を求めているそぶりなど、かけらも見せなかったし、見せたくもなかった。でも、心の底では愛されたかったのだ。

だから今、エンツォの告白に胸が轟き、心が揺れてしまう。

——愛している。

エンツォの言葉がイヴェットの胸にしみ込み、温かいもので満たしていく。でも——

エンツォが愛してくれたところで、いったいどうしろと——？

もしやハインリヒもイヴェットを愛する気はなくて、結婚は王位目当てに過ぎないのだろうか？

だってイヴェットは未亡人だ。白い結婚だったことは、誰も知らない。

エンツォはイヴェットがハインリヒに愛されないことを知っていて、同情している——？

イヴェットの頭の中で、嫌な想像がぐるぐるとめぐる。

黙り込んでしまったイヴェットのようすに、エンツォも気まずそうに咳払いなどをしている。

「その……今すぐ、答えが欲しいわけじゃないんだ。ただその——どうしても、伝えたくて」

「わたしに、どうして欲しいの？　わたしは、どう答えればいいの？」

イヴェットが問えば、エンツォが苦笑いしたらしい。

「ごめん、俺……昔から、思い込むと相手の迷惑も考えずに突っ走る性格で……。そうだよな、こんなこと、正体不明の男に言われても困っちゃうよな……。イヴェットは王女だから、フロランシアに対して責任があるわけだし」

イヴェットの戸惑いを宥《なだ》めるように、エンツォの手がイヴェットの背中を撫でる。

「その、俺は——告白して、どうするつもりだったのかな？　自分でもよくわからないや。ただ、その——今の、俺をどう思うかは知りたくて……」

「今の……エンツォを？」

「俺は修道士のフリをしている正体不明の男で……イヴェットはアルノーの王女だけど、身分とか立場とか地位とか責任とか、そういうの今は無視して考えたとしたら、俺のことどう思うのか――」

エンツォの声はだんだん小さく、自信なさげに細くなっていく。

深い理由もなく、ふと思いついただけの突発的な告白だったのだろうか。だとしたら、イヴェットも深く考えずに、思うままを告げてもいいのではないか。

王女の身分もフロランシアの未来と責任も度外視して、イヴェット自身の気持ちを――

エンツォの問いに、イヴェットは少しためらいながら答えた。恥ずかしくて顔が熱い。明るい場所で見たらきっと真っ赤だろう。

「……エンツォのことは、好き、よ。すごくお世話になっているし、頼りになるし……信頼してる。側にいてくれると安心するし……側に、いて欲しい……」

「それは、愛してるってことでいいのかな？　トーニオより？」

ズバリ聞かれて、イヴェットは息を詰めた。

「その……どうして、そんなことを聞くの？　そこにトーニオが出てくる理由がわからないんだけど」

「もちろん、俺がイヴェットを愛しているからだ。愛してるから、気持ちが知りたいし、できれば愛してもらいたい」

イヴェットの背中に回った腕に力が籠もり、強く抱きしめられる。

「俺は、昔からイヴェットのことを知っている。だからどうしても、今回、自分の手でイヴェットを救い出したかった」

その言葉にイヴェットが驚き、エンツォの顔を見ようと身じろぎした。

「え？　そうなの？　でもわたし――」

十二歳からパラヴィアの王宮に囚われの身だったイヴェットに、帝国の人間と会う機会などない。――だとすれば出会いはそれ以前。エンツォはいったい何者？

だがその疑問を封じるように、もう一度エンツォのキスが落ちてイヴェットの口は塞がれる。

されるがままに口づけを受けながら、イヴェットは記憶を辿るけれど、黒髪の少年には思い至らない。

長い口づけが続く中で、イヴェットは酔わされ、無意識に両腕でエンツォの背中に縋りついていた。

『それは、愛しているってことでいいのかな？』

さっきの、エンツォの言葉を反芻《はんすう》して、イヴェットは思う。

――そうかもしれない。わたし、愛してる。この正体不明の偽修道士を――

積み藁の中で続く、長いキス。エンツォの手がイヴェットの背中を確かめるように動き、撫でさする。角度を変えて、深くどこまでも貪られて……

密着する二人の間で、フェレットは膝の上で丸くなり眠りに落ちたらしい。

星月夜が静かに更けていく――

第八章　水道橋〔五日目〕

一夜を積み藁の中で過ごして、明けて八月二十日。流浪の民ラーナ人の扮装をしたイヴェットとエンツォは、収穫の終わった麦畑を南へと歩いていく。

街道をベルーナ王家の騎士がひっきりなしに行き来している。本来なら今日、イヴェットとコンラートの結婚式が挙行されるはずだった。

花嫁の不在をこれ以上隠しておくことはできないと、コンラートも腹を括《くく》ったのだろう。捜索が本格化し、しらみつぶしに当たっているらしい。

二人は残った固焼きのパンと干し肉を齧りながら、ひたすら南を目指した。

修道士の姿をしている時は、パンや小銭、果物などを寄進してくれる人もいたし、頼めば皆、気軽に荷馬車に乗せてくれた。姿を偽る後ろめたさはあったものの、人の優しさにたくさん助けられた。

だが、今の二人はラーナ人に扮している。流浪の民である彼らは、差別され迫害を受ける身だ。収穫中の麦畑では、露骨に警戒される。

「あっちへ行け！」

遠巻きにされるだけでなく、村人から石を投げられた。

エンツォがギリギリで避け、事なきを得たが、もし命中していたら大きな怪我をしただろう。

「危ない……！　何もしていないのに、ひどい……」

「収穫時はただでさえ気が立っているからな。それでなくても、街道を騎士がうろついている。農民も不穏な気配に苛々しているんだ」

エンツォがイヴェットを宥め、二人は麦畑を離れる。街道に戻ったが、今度は騎士が駆けまわって非常線を敷き、至るところで検問を行っていた。

「また検問だ」

二人は顔を見合わせる。エンツォが少し考え、言った。

「よし、通ろう。奴らが追っているのは、お姫様が化けた修道士だ。ラーナ人の小汚いガキじゃない」

イヴェットは自らの姿を見下ろす。

短く切った髪はボサボサで、藁の中で寝たせいでくすんで薄汚れて、顔にも泥がついていた。この姿でイヴェット姫だと名乗っても、鼻で笑われるに違いないみすぼらしさだ。

「イヴェットは喋るな。俺に任せて。ただし……」

エンツォが声の調子を改めて言う。

「もしやばそうだったら、一人ででも振り切って逃げろ。俺のことは気にしなくていい」

それから首元に巻きついて眠っていたフェレットを叩き起こす。

「インノケンティウス七世、起きろ。お前は横道から先に抜けておけ」

マンゾーニの街でフェレットが派手なダンスを披露している。「イタチ」が目印にされている恐れもあった。フェレットはエンツォの身体から伝い降りると草むらへと身を隠す。草が動いて、どこかに走り去ったのがわかった。

「じゃあ、行くぞ?」

イヴェットは頷いた。


検問所には順番待ちの列ができていた。

前で待っていた商人が、エンツォとイヴェットを見て、肩をそびやかした。

「ラーナ人の小僧どもか。薄汚いな……近寄るなよ?」

エンツォが肩を竦めて頭を下げる。

「へえ、旦那様、ごめんなすって。……さっきから、検問ばっかなんでやんすが、いったい、何があったんでござんす?」

いかにも怪しい言葉遣いで、エンツォがへりくだって問いかけるようすに、イヴェットはあやうく笑いそうになった。

——いったいどこで覚えたのかしら、その変な言葉遣い。

皇帝ハインリヒ直々に、イヴェット救出の特命を受けているエンツォは、皇帝に目通りの叶《かな》う身分に違いない。つまり、エンツォは帝国貴族の出身でありながら、下層民への化けっぷりが板につきすぎている。ますます、エンツォの正体は謎めいている。

商人はといえばすっかり騙《だま》されて、いい気分で語り始めた。

「ああん？　ガキども何も知らねぇんだな」

商人は周囲を見回して、声を潜める。

「なんと、領主様、花嫁御寮に逃げられちまったって、もっぱらの噂だぜ？」

「ええ？」

エンツォが両手を顔の横に広げて大げさに驚いてみせるので、イヴェットもまねして驚いた身振りをする。

「そいつは本当でごぜぇますか？　大事件じゃあねえっすか」

ちょうど退屈していたらしい商人は、エンツォの反応に気をよくする。

「そうよぉ！　フロランシアの化身、花の女神の申し子、アルノーのイヴェット姫をさ、湖のお城に閉じ込めて無理やり結婚するつもりがさ！　今日が結婚式だってのに……。ここ数日の騎士団の動きはちょっとまともじゃねぇ。若い貴族の女と、遍歴修道士《ゴリアール》を捜してる。どうやら花嫁は結婚式の前夜によ……ドロン！」

商人が掌を上に向け、握って再び開いた。

「本当に？　お姫様が？　でも――お姫様っすよ？　逃げられます？」

興味津々という風に尋ねると、商人は顎鬚《あごひげ》をしごきながら言う。

「表向きは病気療養中って言ってるけど、だったら検問してまで何を捜索してんだよ」

「確かに確かに！」

「だから、花嫁は逃げちまったんだろう、ってもっぱらの噂よ」

したり顔で言う商人に、エンツォが揉み手をしてうんうんと頷き、イヴェットもまねをする。

「そりゃあ、殿様は必死でごぜぇますね？」

「そうよう！　何しろ絶世の美女と名高いお姫様だからな！　駆け落ちじゃねぇかなんて言う奴もいて！　――それも、物乞い修道士と」

絶世の美女などと言われて、イヴェットはつい、もぞもぞしてしまいそうになる。世間の評判とは本当に当てにならない。

「まあ、とにかく、騎士様たちが物乞い修道士とお姫様を追ってる。俺たちはそのとばっちりさ」

「なるほどー！　迷惑至極でごぜぇますねー」

そこへ騎士たちから声がかかった。

「次の野郎！　入れぇ！」

結局、薄汚い物乞いのラーナ人として、二人はろくな検査もされることなく放免になった。

――このラーナ人の格好、すごい！

イヴェットは足取りも軽く小走りに検問所を抜ける。

「走るなよ、怪しまれる！」

エンツォに窘められ、イヴェットがピキッと動きを止める。

「まったく、ちょこまかと……」

エンツォが苦笑しながらイヴェットの頭に手を置いて、わしゃわしゃと髪をかき回す。

「少年の格好をしたからって、中身まで子供に戻る必要はないんだぞ？」

イヴェットがエンツォを上目遣いに見上げて眉尻を下げた。

「この格好、すごく気に入っているの。修道士も悪くはなかったけど、この方が好き」

「そっか」

「普段よりもずっと自由で、強くなれたような気がするから」

そう言ってくるっと回ってみせるイヴェットの、布で巻いたストロベリー・ブロンドを、エンツォが大きな手でポンポンと叩いて、微笑んだ。

「身分のしがらみがない時は自由を感じる。……でも本当の自由は、そういうことじゃない」

妙に哲学的なことを呟いて、エンツォが遠くを見るように目を眇《すが》める。

青空には、鳩が数羽——

検問所を無事に通過し、長閑《のどか》な田舎道を行くことしばし。街道の草むらの中に白い毛皮が見えた。自分で狩った野ネズミを優雅に食べていたインノケンティウス七世と無事合流する。満足したらしいフェレットは、定位置のエンツォの首元で襟巻よろしく丸くなり、眠ってしまった。

昼下がり、遠雷の音がした。さっきまでの晴天が嘘のように、空は鉛色の雲にどんよりと覆われて、今にも降り出しそうだ。夕立の気配を漂わせる空を見上げ、エンツォが舌打ちする。

「やばいなぁ……ずっと天気よかったから、油断したな」

エンツォが行く手を睨みながら言った。

「今日中に、ドゥオーモ河を越えたい。そろそろ、皇帝《カイザー》の軍も河を越えるころだ」

雷は次第に近づき、雲が厚く垂れ込め、山の端が白く光り始める。

ゴロゴロ、ゴロゴロ……

ポツリと雨粒が落ちて、イヴェットの頬を濡らした。

「降ってきた！」

雨は瞬く間に勢いを増し、陰雲が周囲を覆って視界は暗く閉ざされた。篠突《しのつ》く雨の中、エンツォはイヴェットの手を取って走り出す。次の瞬間、黒い空を稲妻が切り裂いた。

ガラガラガラ……ピシャーン！

「うわ、こんな真っ平なところで雷にあうなんて！」

エンツォが悪態をつきながらイヴェットを引っ張って、小さな森の中に逃げ込む。

わずかな間に全身ずぶ濡れになってしまった。木陰で雨宿りしながら、イヴェットは真っ暗な空とビカビカ光る稲妻に怯え、大地を揺るがす雷鳴に、思わず両手で耳を覆う。

「きゃああ！」

「大丈夫だ、イヴェット！」

悲鳴を上げるイヴェットをエンツォが抱きしめ、宥めるように背中を撫でる。あたりは水甕をひっくり返したような豪雨で、雨の檻に囚われてしまった錯覚に陥る。

「イヴェット、雷が遠ざかったら、雨の中でも歩けるか？」

空を見上げてエンツォが言い、イヴェットが頷く。

「ええ、だいじょうぶ……」

「とにかく、河を越えたい。河の向こうでヨナスと接触する予定になっている」

実は、食料がもうないのだとエンツォが打ち明けた。

「托鉢で賄うつもりだったのと、マンゾーニの街で急に予定を変更したせいで、食料の調達がうまくいかなかった。作物泥棒はさすがに気が引けて……」

食事のこと、寝る場所のこと、追手から逃げる手段、すべてエンツォが考え、手配してくれていた。イヴェットはそれに甘えているだけだ。

「ごめんなさい、迷惑ばっかり……」

「だから謝る必要はない」

「皇帝の命令で……」

「違う。俺が自分で決めた。ヨナスもみんな反対したけれど、俺がわがまま言ったんだ。だから――」

周囲に響く雷鳴の中で、イヴェットはエンツォの顔を見上げる。

稲光が、エンツォの整った顔を青白く浮かび上がらせた。

「俺が、どうしても自分でイヴェットを救いたかったんだ。……愛しているから」

エンツォの唇がイヴェットの唇を塞ぐ。

雷鳴が轟き、周囲が白く光り輝いた。


雷は遠ざかり、雨脚は弱まったものの降り止まなかった。

しとしとと降り続く雨の中、ずぶ濡れのまま歩き続けて、イヴェットの身体は冷え切っていた。ぬかるみに浸かり続けた足先はすでに感覚がなく、服も身体に張りつき、濡れた髪から雫《しずく》が滴っている。とにかく南へ向かい、ようやく、ドゥオーモ河に出た。

ところが、簡易の木橋が架かっているはずが、雨のせいで増水し、河幅が普段より広がって流れも早く、なんと橋は水没していた。滔々《とうとう》と流れる河の水を見つめ、エンツォが呟く。

「もう少し西に行くと、深い淵《ふち》があって、古代に作られたアーチ橋が架かっている。そちらから渡るか……」

かつて大陸に覇を唱えた古代の大帝国は、全土に交通網を張り巡らせていた。その時に作られた橋がまだあるはずだと。

なおも進むと煙雨の向こうに鬱蒼《うっそう》とした森が現れた。その陰に四連のアーチ橋がほんのりと見える。二階建てで、人馬通行用の橋の上に水道橋が通っていたが、古代の帝国が滅びて道路網も水道網も分断されている。ゆえに水道橋としてはすでに利用されておらず、崩れたところから石材として持ち去られて、ただ渡河のための橋の部分だけが残ったのだ。

「もともと、遠くの山から水道を引いていたけれど、維持ができなくなったんだな」

古代の優れた建築技術は、長い戦乱の中で忘れ去られつつあった。

エンツォは雨にけぶる河を覗き込み、今にも崩れ落ちそうにも見える橋を観察する。橋の両端には、おそらく通行料を徴収する番人がいるだろうが、よほど吹っ掛けられなければ手持ちで足りると踏んだ。

「行こう、何とか渡れそうだ」

エンツォがイヴェットの耳元で囁き、そっと冷え切った手を握る。

「あと少し、頑張ってくれ」

「ええ……だいじょうぶ……」

近づいていくと、二階建てのアーチ構造の石組みがはっきり見えてきた。ところどころにレリーフも施され、古代の優れた技術をあますところなく見せていた。

「大帝国が滅んで、俺たちはその文明を食いつぶしているだけだ」

エンツォの説明を聞いて、イヴェットはアルノーの王宮を思い出す。

庭園の噴水は古代の文明の遺産だった。もう、今では造ることができないとも――

感慨に耽《ふけ》りつつ眺める二階建ての橋のたもとには、番人小屋の前に天幕が張られ、ベルーナ軍の騎士たちが雨宿りをしていた。

「やっぱり、ここも検問してるか……」

エンツォは空模様と河の水量を測り、考え込む。

「ラーナ人なら、通してくれないかしら？」

エンツォは素早く考えをめぐらし、ラーナ人の二人が河を渡る理由を拵《こしら》えたらしかった。

「行こう。……もし、止められたら俺が惹きつけている間に走れ。対岸に渡ってしまえば、なんとでもなる」

「わ、わかったわ」

互いに目を見合わせイヴェットが頷き、覚悟を決めて橋へと向かった。


薄汚れたフードを被った二人組が近づいてくるのを見て、ベルーナ軍の騎士たちは目配せし合う。

一人の騎士が、二人に声をかける。

「おい、通行料は一人、銀貨一枚だぞ？　出せるのか？」

騎士たちの間でどっと哄笑が沸き起こる。いかにも金のなさそうな二人に吹っ掛けているのだ、とイヴェットにもわかった。

「金、いるんすか？」

「そうだ。橋を維持するのもタダじゃあねえんだよ」

もっともらしい理由をつけた一人に、他の騎士たちが笑い転げる。その下卑たようすを見て、イヴェットはベルーナ王家の騎士団にはずいぶん品のない男たちがいるものだと内心呆れた。

エンツォが懐を探って銀貨を二枚取り出すと男たちは不機嫌そうな顔をした。

「……お前ら、ラーナ人だろう？　銀貨なんてどこで手に入れた？　あぁ？」

「どっかで盗んできたんじゃねぇのか？」

「物乞いでもらったっす」

エンツォの答えに、男たちは不平満々だった。銀貨二枚を受け取ると裏返して見たり、カチカチと合わせてみたりする。

「本物みたいだが……物乞いに銀貨なんてくれてやるか？　だいたい、物乞いのくせに橋を渡ってどこに行く気だ？」

別の男が言えば、ゲラゲラとまた笑いが起こる。彼らの顔は赤く、息は酒臭かった。天幕の周囲には酒樽が転がっている。見張り中に、酒盛りをしていたらしい。

「南のローエンの街で、世話になった爺《じい》さんが死にかけてるって聞いて。ラーナの掟《おきて》として葬式には行かないと」

エンツォが説明するが、男たちにとって理由などどうでもよくて、ただ、弱い立場の人間を甚振《いたぶ》りたいだけなのだ。

「嘘くせぇ理由だなあ……こちとら雨ん中、逃げたお姫様探しに駆り出されてクサクサしてんだよ！　おい、その後ろの細っこいの！　まだ子供だな……なあ、そいつと一発ヤらしてくれたら、通してやってもいいぞ？」

下卑た顔でニタリと笑う男に、イヴェットは心底ゾッとする。

男たちの要求の意味はイヴェットには理解できなかった。だが、とてつもなく下衆《げす》な内容だと雰囲気で嗅ぎ取り、イヴェットは怯えてエンツォの背中にしがみついた。

エンツォがフードの下で困ったように愛想笑いをする。

「こいつまだガキで、そっちの商売はさせてねぇんで……」

エンツォがイヴェットを庇うが、男たちはこのじめじめした嫌な仕事の憂さ晴らしをしたくてたまらないのか、要求がしつこかった。

「お前は図体がデカくて興が乗らねぇ。そのガキを一発ヤらせれば通してやるって言ってんだよ、頭の悪い奴らだな」

ジリ、と一歩寄ってきた番兵に、エンツォが一歩下がる。背中にしがみついたイヴェットの手首を片手で握って、ゆるく首を振った。

「いや、こいつ、今日はちょっとそういうのは……」

「つべこべ言ってねぇでよぉ！　相手しろっつってんだよ！」

イヴェットは今さらながら、ラーナ人の受けている蔑みと差別に驚愕《きょうがく》していた。

弱い者を虐《いじ》めて楽しんでいるだけのこの男たち、本当に、由緒あるベルーナ王家の騎士団なのだろうか？

最初に銀貨を受け取った騎士が、ニヤニヤ笑いながら近づいてくる。イヴェットの濡れたマントに手を伸ばし、掴んで引っ張った。フードが外れ、布を巻いたストロベリー・ブロンドが露わになる。白く秀麗な顔を見た別の男が、ヒュウと口笛を吹いた。

「おお、薄汚れてるけど、けっこう上玉じゃねぇの？　……というか、女？」

「離して！」

男がイヴェットの腕を掴んで引き寄せようとした、その時。

「汚い手で、触るな！」

エンツォが叫んで背後に隠した短剣を抜き、一閃《いっせん》する。

イヴェットの腕にかかった男の手首が切り飛ばされ、握っていた銀貨が地に落ちる。

チャリーン……

次の瞬間、エンツォは手首を返して剣をひらめかせ、男の頸動脈《けいどうみゃく》を正確に掻き切った。

血飛沫《ちしぶき》が噴き上がり、滴がボタボタと舞う。

「うあ……」

地面にできた血だまりに男が崩れ落ちる。

笑いながら囃し立てていた騎士たちは何が起きたのか理解できず、声もなく固まる。一瞬の静寂。

「イヴェット、走るぞ！」

その声にイヴェットは我に返り、エンツォに手を引かれて走り出した。

呆然と立ち尽くしていた騎士の喉笛を掻き斬り、ずるりと頽れる脇をすり抜ける。

ようやく現実に戻ってきた別の騎士が、死体を見て悲鳴を上げた。

「うあああああ！」

別の一人が剣を抜き、上段から振りかぶるのをエンツォが短剣で防ぎ、叫んだ。

「走れ！　橋を渡れ！」

橋に向かって駆けるイヴェットの前に、さらに別の一人が立ちはだかるが、エンツォの襟元から飛び出したフェレットが素早く駆け込んで、剣を抜こうとした男の顔に貼りつき、視界を塞いだ。

イヴェットはその隙に男の脇を駆け抜け、橋に取りついた。

エンツォは切り結んでいた相手の胴を切り裂き、数歩進んで、顔に貼りついたフェレットを引きはがそうと奮闘する男の心臓を一突き。短剣を引き抜き、返り血を浴びながら橋へと走る。

「賊だ！　誰か！」

生き残った男の一人が思いついて呼子の笛を鳴らす。

ピ――――ッ　ピ――――ッ
イヴェットが懸命に走るその足元を、白いフェレットが駆け抜け先導する。

本来は人馬が行き交うはずの一階部分は、さっきの呼子の笛で対岸からも騎士が駆けつけてくるのが見えた。フェレットは上層部分に至る梯子をシュルシュルと登っていくので、イヴェットも続く。

軽快に駆け上るフェレットを追いかけ、イヴェットも何とか登り切る。すぐにエンツォも梯子を駆け上がると、後ろから追ってきた騎士ごと、梯子を外して背後へ放り投げる。

「うわあああああ！」

叫びながら落ちていく騎士の悲鳴を背に、エンツォが叫んだ。

「イヴェット、走れ！」

水道橋の上は手すりも何もなく、長年の風雨にさらされて石はすり減り、雨に濡れて滑りやすくなっていた。下を見たイヴェットはその高さに足が震えて座り込んでしまいそうになる。

――下を見たらダメ！　走れなくなっちゃう！

走り出したイヴェットの足元でフェレットが「キュッ！」と警戒の声を発する。ハッとして見下ろせば、ところどころ石が抜けて穴が開き、遥か下方に水面《みなも》が見えた。嵌まったら落ちてしまう。

イヴェットの背筋に冷たい汗が流れる。

追いついたエンツォも、足元の穴を見てイヴェットの手を取ると言った。

「インノケンティウス七世の後をついていくんだ」

フェレットが示す安全なルートをついて走っていく。

橋のアーチは四連。何とか三つ目まで来たところで、フェレットの足が止まる。

対岸から騎士たちが梯子を上って駆けてくるのが見えた。

「クソ！」

エンツォが悪態をつく。振り返れば背後からも騎士たちが数人、追いかけてきていた。

「逃げられると思っているのか！」

「袋のネズミだ！」

橋の両側から、迫る騎士たち。空からは相変わらず、冷たい雨の雫が降ってくる。

挟み撃ちにされて、二人は進退窮まった。だが、エンツォはそれでも冷静に、前後と下方を覗き込んで決断する。

「飛び込むぞ」

「え？」

この、目もくらむほどの高さから——？

「インノケンティウス七世、対岸だ！　対岸で会おう！」

「キュッ！」

怯えるイヴェットとは対照的に、エンツォがイヴェットを見る瞳には自信が溢れていて、『何も怖くない』と言わんばかりに不敵に微笑んでいた。

「大丈夫、イヴェット、俺に掴まって！　絶対に死なない！」

「そんなこと言われても！」

「行け！　インノケンティウス七世！」

「キュー！」

フェレットがひと声鳴いてしっぽを振り、先に河へと飛び込む。

綺麗な放物線を描く姿を目で追う間もなく、間髪を容れずにエンツォはイヴェットを抱え上げた。

「ケンティー！」

「行くぞ！」

エンツォが両腕でイヴェットの頭を守るように抱き込み、踏み切った。真っ逆さまに、ドゥオーモ河に向かって落ちていく。

力強い腕の中に囚われて、イヴェットは反射的にエンツォにしがみついた。

雨に濡れたマントがはためき、イヴェットのストロベリー・ブロンドが広がる。

——神様！　お守りください！

イヴェットが無意識に祈ったその時。

イヴェットの首元からルビーの指輪が浮き上がり、眩《まばゆ》い光を放つ。光は二人の姿を包み込んで輝いて消えた。

二人は抱き合ったまま、雨粒と同じ速度で落ちていく。雨だれの波紋がいくつも落ちる河の水面に着水すると、大きな水飛沫と波紋が広がった。

第九章　水車小屋

エンツォはイヴェットを抱き上げ、ドゥオーモ河に飛び込む。

着水時の衝撃を少しでも緩和するよう、彼女の頭を抱え込んで真っ逆さまに落ちていく。ちょうど河が大きく蛇行する部分が淵となって、緑色の水が底知れぬ深さを湛えていた。

その時、イヴェットのルビーの指輪が首元から浮き上がり、眩い光を放ち、二人を包み込んだ。

――賢者アンブローズの加護だ！

一瞬の輝きだったが、エンツォは森の賢者の加護に守られ、雨の雫が作るいくつもの波紋にぐんぐんと近づき、大きな水柱を上げて着水した。

ザッパーン！

たくさんの水泡と水圧に揉まれつつ、いったん深く沈んでから水中で体勢を変え、イヴェットを抱きしめたまま両脚で水を掻き上昇する。

加護のおかげで着水の衝撃もほぼなく、冷たさも意外と感じない。腕の中のイヴェットの温もりに意識を集中させていた。

――どうか、イヴェットを守ってくれ！

祈るような気持ちで水面に上がり息をつく。イヴェットの顔を水面に持ち上げるが、気を失っているようだった。

橋の上からは、ベルーナ軍の騎士たちがこちらを覗き込み、指差している。

矢が射かけられるので、エンツォは水面下に潜ってやり過ごし、対岸を目指した。

矢の射程から離れ、再び水面に顔を出すと、ぐったりしたイヴェットを肩に担ぎ上げ、背後を気にしながら急いで泳ぎ去る。

前方に小さな白いものが泳いでいた。巧みに両手両足を動かし、しっぽをピンと立てて水を掻いている。たまにちらりと振り返って、エンツォの位置は把握しているらしい。

インノケンティウスは、エンツォの家が代々飼育しているフェレットの七代目。

初めて生まれた白い毛皮の個体で、まだ二歳の若い雄。利口で、そして好戦的な性格だ。

やすやすと岸に辿りつくと、崖のような急峻《きゅうしゅん》な丘に取りつき、するすると陸に上がった。べっしょりと毛皮が濡れた状態は普段よりも長細く見える。濡れて光ってイタチというよりは、蛇っぽさが増している。ブルブルッと身体を震わせて盛大に水飛沫を飛ばし、まだ水中にいるエンツォを見て
「キュウ！」と鳴いた。

「俺はそこは登れない。もう少し下流に行く」

一人なら崖ぐらい登れるが、イヴェットを抱えては無理だ。

方向を転換し、やや浅瀬になったところから上がる。衣類がべったりと肌に貼りつき、水を吸って重い。風が吹くたびに体温が奪われていくのを感じる。その上、意識のないイヴェットを肩に担

いでの移動では、体力に自信のあるエンツォでも長時間は厳しい。

――早くどこか温かい場所に落ち着かないと……！

岸辺の藪《やぶ》を踏み越え、ほぼ雨の上がった曇天を見上げる。一羽の鳥が旋回していた。

――あれは、ヨナスの鳩だ。

ヨナスがこちらの居場所を探している。

エンツォは口元に手を当て、「ホウ、ホウ」とフクロウの鳴き声をまねる。

崖沿いを移動してきたフェレットが後ろ脚で立って空を見上げた。

いったん飛び去った鳩が戻ってきた。エンツォはフクロウの鳴きまねを続けながら鳩を追う。河岸の森を抜けたところでフェレットがキュッと警戒の声を上げ、フンフンと匂いを嗅ぐ。

「こっちです！」

鋭い声にフェレットが反応し、声のする方に駆けていく。

雨は止んだものの太陽の光は曇天にさえぎられて弱く、そのまま夜に突入するのだろうと予想される薄闇の向こう、見慣れた影が手招きしていた。

――ヨナス！

心強い味方との再会に、エンツォは助かったと思う。

「こっち！　急いで！」

「わかってる！」

エンツォは疲れて重い足に、最後の力を込めた。

ヨナスが二人を導き入れたのは、河から少し南に入ったところにある半ば朽ちかけた水車小屋だった。ドゥオーモ河から水路を引き込み、水車で碾《ひ》き臼《うす》を回していたのだろう。今はかなり以前に壊れたまま放置され、ギイギイと奇妙な音だけを立てている。

建付けの悪い扉を開け、ヨナスが先に入って土間に藁を敷き詰める。その上にエンツォが意識のないイヴェットをそっと寝かせた。

濡れてべったり貼りついたフード付きマントを脱がせ、髪に巻いていた布も外す。濡れたストロベリー・ブロンドが藁の上に広がり、イヴェットの顔にかかる髪はそっとのけてやる。青ざめた白い顔に、金色の伏せた睫毛が影を落とす。

自分も濡れたマントを脱ぎ捨てながら、エンツォがヨナスに尋ねる。

「ここは安全なのか？」

ヨナスはイヴェットの意識がないのを確かめて、普段通りの口調で言った。

「ええ、もう放置されて長いです。こんな天気の日には誰も来ません。ご安心ください」

「……くっそ、身体が冷えちまう！」

ガチガチと歯の根が噛み合わないエンツォのようすに、ヨナスが慌てて土間の中央に切ってある炉に取り付く。

「すぐに火を熾《おこ》します。濡れたものをお脱ぎください」

ヨナスは手早く炉に薪《まき》を組み、火打石を取り出して火を熾し始めた。フェレットは炉の側で盛んに毛づくろいをしている。

「監視がきつくて舟を出せませんでした。申し訳ありません」

火が熾るとヨナスは薪をくべて火を大きくし、陶器の鍋を炉の灰に半ば埋める。革の水筒からワインを注ぎ、生姜《しょうが》と肉桂《にっけい》を加えた。そしてエンツォに着替えを促す。

「濡れた服は丸めておいてください。……イヴェット姫も脱がさないと」

「わかってる！」

エンツォは濡れたマントを脱いで、火の横に丸める。ヨナスはイヴェットの藁のサンダルを脱がせ、火の側に置いた。腰帯を解き、チュニックに手をかけたところでエンツォが叫んだ。

「それ以上、イヴェットに触るな！　お前でも殺す！」

エンツォの剣幕《けんまく》に、ヨナスが慌てて手を引っ込め、両手を上げて眉を顰める。

「わかりました。俺は触りませんし、もう退散しますから！　袋の中に着替えと食料を入れてあります。ワインが温まったら二人でお飲みください。小屋の外に見張りはつけますが、中は覗きません！　ですから——」

ヨナスが一瞬、イヴェットを見てためらいがちに付け足した。

「や、やるなと言っても無理でしょうけど——」

エンツォがぐっと、返事に詰まる。

「こういう状況になる可能性を鑑みて、俺たちに任せるのを拒否し、自ら救出に向かわれた。それほど執着している相手ですから、俺も止めません。ですが――」

ヨナスがエンツォの目をまっすぐに見て言った。

「イヴェット姫にも、誰にも、あなたの正体を明かさないのが条件でした」

エンツォも頷く。

「ああ、承知している。賢者アンブローズとも約束している……」

エンツォが自身の、濡れた黒髪を掻き上げた。

それから、返り血を浴びたチュニックを見て、呆れたようにため息をついた。

「それにしても、イヴェット姫まで巻き込んで、やりすぎです。橋のたもとに死体の山まで築いて。危険の際には一人で突っ走らず、俺たちをお呼びくださいと――」

ヨナスの苦言に、エンツォがふてくされたように言った。

「悪かった。二度とこんなヘマはしない」

「最初から我々に任せていただければ、イヴェット姫をこんな危険にさらさなかった」

「わかってる！　でも――」

エンツォが興奮して声を荒らげる。

「イヴェットは、俺のものだ。人任せにして安全なところで待っているなんて、耐えられなかった！」

エンツォの声が低く、凄《すご》みを帯びる。

「まさか、こんなに拗《こじ》らせているなんて、イヴェット姫は想像もしていないでしょう……」

「うるさい」

エンツォは唇を噛んでそっぽを向き、苦い顔で血塗《まみ》れのチュニックと濡れて脚に貼りついた脚衣を脱ぎ捨て、素っ裸になった。ヨナスが袋の中から乾いたフード付きのマントを取り出す。

「せめてこれくらいは着てください。……イヴェット姫はあなたの正体を知らない。そのことを肝に銘じてください」

そして素早く告げた。

「皇帝の軍はドゥオーモ河を越え、すでに教皇領に入っています。ごまかすのも限界に近い」

「わかっている」

「聖エミーリア小修道院に逃げ込み、イヴェット姫の保護を求めてください。時間切れです」

「……わかった」

渋々頷くエンツォに呆れつつ、ヨナスが炉の脇の鍋を引き抜く。

「温まりました。俺はもう行きますので」

心配そうに一瞬、イヴェットを見てから出て行った。

扉が完全に閉まり二人きりになる。ギイ、ギイ……という、壊れた水車の音だけが、やけに大きく響く。

エンツォはイヴェットを覗き込んで、血の気のない頬を軽く叩いた。

「イヴェット、イヴェット……」

「ん……」

身じろぎしたイヴェットが薄目を開ける。

「気がついたか？」

「あ……」

だが、青い瞳はすぐに閉じられ、イヴェットは再び意識を失う。

——やばい。

イヴェットは寒さで青ざめ、すっかり冷え切っていた。エンツォは意識のない彼女の耳元に口を当て、宣言する。

「濡れたもの、脱がすぞ！」

抱き起こし、濡れて肌に貼りつくチュニックを引き剥がした。

「このままだと身体が冷えて死ぬから、だから脱がすだけだ！　だから……」

言い訳がましく説明しながら、脚衣も脱がせていく。紐に通して首にかけたルビーの指輪が白い肩を滑って藁の上に落ちた。

貼りつく布地と格闘しつつ、現れたイヴェットの裸体を目にして、エンツォの下半身に血が集まってくる。雪のように白い肌は水に落ちて冷えたせいでさらに青白く、血管が透けて見える。吸いつくような滑らかな肌には染み一つない。細い首に、肩甲骨の浮き出た背中。腰から尻の丸みにかけて綺麗な曲線を描き、胸はけして大きくはないが、形のよい双丘とほんのり薄紅色の蕾《つぼみ》が揺れる。人妻だったのに無垢《むく》な少女のようで、華奢《きゃしゃ》で儚げであった。

イヴェットを炉の火に当たらせつつ、マントでくるんで抱きしめる。

素裸のイヴェットを目の前にして、自制心を保てる自信などなかった。だが、まずは身体を温めるのが先決だ。

エンツォはイヴェットを膝の上に抱え上げると、ヨナスが残していった温めたワインを一口飲んだ。エンツォの身体とて冷え切っているから、もう一口飲み込んで、自身の身体を温める。酒精と肉桂、生姜がじんわりと身体をめぐっていく。エンツォはイヴェットの顎を上げ、温めたワインを口移しに飲ませる。ゆっくり、少しずつ、唾液と混ぜ合わせるように口に含ませれば、イヴェットの喉がゴクリと動いた。

「はっ……」

イヴェットの小さな舌が動いて無意識にワインを求める仕草のなまめかしさに、エンツォの腹の奥がズクリと疼く。ほんのり開いた唇と閉じた睫毛が醸し出す色香に、欲望は昂って限界は近かった。

「イヴェット……」

もう一口、二口と口移しに飲ませ、自分も飲みながらイヴェットとワインを分け合う。全部飲んでしまうころには、焚火《たきび》の熱とあいまって、イヴェットの頬にも赤みが戻ってきた。

「イヴェット……」

ワインがなくなっても唇を合わせることをやめられなくて、エンツォは夢中でイヴェットの唇を貪った。イヴェットを包んでいたマントはいつか、イヴェットの肌から滑り落ちて、素肌を直接抱きしめ、冷たい肌を掌で擦ってやる。

「ん……」

うなじを大きな手で支えて、エンツォはイヴェットの首筋に唇を這わせる。濡れてもつれた髪を撫で、掌を背中に滑らせれば浮き出た肩甲骨と痩せた背骨に触れる。肉の少ない尖った肩と、細い腕、小ぶりな胸の下は薄い腹が続いて、腰は折れそうなほどに細かった。

豊満さとは対極にあるが、腰から尻の滑らかな丸みはエンツォの欲を十分に煽《あお》る。

エンツォの雄はすっかり勃《た》ち上がって、反り返って存在を主張している。イヴェットの肌に触れれば、全身は情欲に疼いて身の奥から焦がれて灼《や》けるように熱い。心臓の鼓動と息遣いが激しくなる。

「イヴェット……」

もう一度名を呼んで抱きしめる。このまま、抱いてしまおうか——

そんな、悪魔の誘惑に抗《あらが》えなくなった時。

「キュッ」

炉ばたで毛づくろいに余念がなかったフェレットが突然鳴いた。

エンツォがハッとして動きを止めると、三角形の小さな顔の、黒い瞳と目が合う。

じっと見つめられて、エンツォはため息をつく。

「……インノケンティウス七世、わかってる。わかってるから」

エンツォはマントを敷いてイヴェットの身体を横たえると、自分も隣に寝転んで、体温を分け合うように抱きしめた。

そのようすを見て、フェレットも安心したのか丸くなり、毛皮に頭を突っ込んで眠りについた。


エンツォの腕の中で、イヴェットが身じろぎした。

「うん……エンツォ?」

「イヴェット、気がついたか……」

焚火の明かりに照らされて、イヴェットの青い目が見開かれ、微かに光る。

「な……」

絶句して固まっているようすに、そりゃあそうだろうな、とエンツォも思う。

目が覚めたら見知らぬ場所で、裸で男と抱き合っているんだから——

「こ、これ、どうして……」

エンツォはイヴェットをぎゅっと抱き寄せて、落ち着かせるように背中を撫でながら耳元で静かに語りかけた。

「河に、飛び込んだのまでは覚えているか？」

しばしの間が空いて、イヴェットが頷いた。

「その後、ここに連れてきた。服が濡れていて、そのままだと冷えて死ぬから脱がせた。身体が冷え切っていたから、俺の肌で温めている」

「で、でも、これは……」

「他に方法が思いつかなかった。温める以上のことはしていない。許せ」

エンツォは抱きしめていたイヴェットの身体を離し、額と額をくっつけて目を合わせる。

「愛してる。イヴェットが欲しくてたまらないのを、意識のない状態で抱くのはまずいと思って、ずっと我慢していた。……このまま、抱きたい」

腕の中のイヴェットが、戸惑って息を殺している。そして消え入りそうな声で言った。

「エンツォ……だめよ、だって、わたしは……」

エンツォはイヴェットの反論を聞きたくなくて、唇を塞ぐ。頭を掴んで抵抗を封じ、舌をねじ込む。逃げ惑う小さな舌を追いかけ、絡め取り、わざと音を立てて咥内をまさぐる。

「ん、んふっ……んん……」

散々蹂躙して息も絶え絶えになってから、ようやく唇を解放し、ぐったりと荒い息をつくイヴェットに尋ねる。

「俺に抱かれるのはいや？」

「いやな、わけでは……。でも、わたしは――」

イヴェットが涙目で首を振る。

「わたしは……」

エンツォは体勢を変え、イヴェットの上にのしかかり、真上から見下ろした。顔の両脇に手をついて檻のように閉じ込め、両脚の間に彼女を挟み込んで固定し、逃がさないという意思を示す。

「死んだ夫に気兼ねしてる？　それとも、トーニオに？」

イヴェットの両目に涙が浮かび、目尻から真珠のように零れ落ちる。

「だって……わたしは王位以外に特に魅力のない女で……」

エンツォが、イヴェットの耳元で控えめに囁いた。

「イヴェット、そんなことあるはずない。俺は、愛している。……ずっと、イヴェットだけを」

イヴェットを愛さなかったカルロは死に、イヴェットは今、エンツォの腕の中にいる。

彼女が欲しい。心も身体もすべて、手に入れたい。

エンツォはイヴェットと目を合わせ、じっと見つめた。

パチパチと、イヴェットが涙を弾くように瞬きする。エンツォはイヴェットの目じりに口づけて涙を吸い上げると、とっておきの甘い笑顔で囁いた。

「お願いだ。イヴェットが欲しい。……イヴェットの全部が――」

困惑して目を瞠るイヴェットに、エンツォはもう一度口づけた。

唇を重ね、舌を差し入れる。歯列の裏をなぞり、口蓋の裏を舐め上げる。ここは一種の性感帯で、イヴェットもここが弱いと気づいていた。ことさらに責めてやれば、ビクリと身じろぎして首を振る。だが両手でがっちりと頬を包んでいるから、身動きもできずに苦し気に眉を歪める。舌を絡ませ、クチュクチュとわざと音を立てるように唾液を混ぜ合わせれば、イヴェットがエンツォの肩を押しやる。

「んん、ん……」

仕方なく唇を離せば、ようやく解放された唇で必死に息を吸う。舌と舌の間に唾液の橋がかかり、イヴェットが羞恥に潤んだ瞳でエンツォを見上げてきて、その視線がエンツォの欲を煽った。淫靡《いんび》な表情がたまらず、エンツォはもう一度唇を塞ぐ。

「んふっ……んん……」

舌で咥内を蹂躙し、イヴェットが抵抗を諦めてぐったりするまで口づけを堪能してから唇を解放する。散々、嬲《なぶ》られて赤く腫れた唇を見下ろし、微笑んだ。

「イヴェットはキスだけで甘い……」

それからイヴェットの身体を上から視姦《しかん》するように、まじまじと見た。

「綺麗だ……」

ほっそりと折れそうな首筋の先には鎖骨が浮いて、肩もまた細く、胸は小ぶりだが形がよく、焚火の明かりに照らされて、真っ白な真珠のように輝いていた。

エンツォはゴクリと唾を飲み込むと、傷一つない白い二つの丘の、頂点で恥じらって揺れる小さな蕾に、引き込まれるように顔を寄せ、唇で吸い上げた。

「ああっ……」

舌で舐めれば、刺激を受けてしこって立ち上がってくる。反対側は指先でそっと触れる。柔らかく、陥没していた乳首が立ち上がり、硬くなる。エンツォは二つの乳首を交互に舌で転がすように舐める。時々強く吸い上げれば、イヴェットが儚い喘《あえ》ぎ声を上げた。

「あっ……」

両手でイヴェットの胸をそれぞれ掴み、指先で先端を弄びながら、胸のあわいに顔を埋め、エンツォは深い息を吐いた。

――ああ、こんな夜をどれほど待ち望んだか……

「イヴェット……可愛い……」

「エンツォ……待って、それっ……」

片方の先端を指先で摘んでねじりつつ、もう一つの先端を舌で転がし、押し潰すように舐めてやれば、イヴェットが艶めかしく身体を捩り、髪がバサリと揺れた。

「気持ちいい？　イヴェット……」

両胸の先端を指先で虐めながら尋ねれば、イヴェットは息を荒げ、明らかに戸惑っていた。

「そんな、胸、ばっかり……こんなの、知らな……」

「いつもの、カルロのやり方と違う？　嫌じゃない？」

イヴェットの亡き夫は、エンツォにとっては胸の奥に刺さった棘《とげ》のようだった。その存在を思い出すだけで、なんとも言い難い醜い感情に支配されそうになる。腹の奥に、どす黒い澱《おり》が溜《た》まっていくような感覚。

イヴェットを愛さなかったという夫。

イヴェットの方も愛していないから構わないと言うが、家族を喪った幼い王女を結婚で縛りつけておきながら、見せかけの愛すら与えないというのは人間のすることではない。

そんな結婚は、神を愚弄するに等しい。

だから今夜、イヴェットの身体の隅々まで、全部、俺が上書きしてやる――

エンツォは手を滑らせ、イヴェットの腹を辿り、下腹部の薄い茂みに触れ、それからしっとりと手に吸い付くような太ももを撫でる。膝に手をかけて、細い脚を折り曲げるように開かせ、その間に自分の身体を挟んだ。

焚火の明かりでイヴェットの秘所がエンツォの目にさらされる。

イヴェットが羞恥で身じろぎして隠そうとするのを、エンツォは咎めた。

「ダメだよ。見せて……。イヴェットのすべてを、俺のものにするんだから」

金色の薄い恥毛に飾られた秘密の花びらは、エンツォの胸への愛撫《あいぶ》で感じて、すでに蜜に濡れていた。

「ああ、綺麗だ、イヴェット……もう、濡れているね」

「濡れ……？」

エンツォが指でそっと秘裂を割り、花びらの内側を辿る。イヴェットがびくりと身体を震わせ、甲高い悲鳴を上げた。

「や……なんで、そんな……」

エンツォが指先で敏感な尖りに触れるたびにイヴェットは身体をひくつかせる。

「ああっ……やめて、そこ……」

「イヴェット？」

エンツォの指がイヴェットの蜜口を探り当て、侵入を試みる。すでに潤った場所がくちゅりと淫らな音を立てた。中指を一本、傷つけないように慎重に挿し入れれば、内部はきつく、緊張と怯えでひくついた。

いや、これキツすぎないか？　まるで処女みたいな……

いやいやそんなバカな……

でも、処女同然にもの慣れず、慎《つつ》ましやかなのは間違いない。

エンツォの興奮が最高潮に高まる。

――欲しい。愛している。一つになりたい。

ゆっくり内部を探って、エンツォはイヴェットの耳元で囁く。

「怖がらないで、イヴェット。力を抜いて」

「でも……そ、そんなとこ……」

「大丈夫、ゆっくり、慣らすから……」

イヴェットの初心《うぶ》な反応にエンツォの興奮はいやが上にも高まる。

歓《よろこ》びを感じて欲しい。もっと乱れて欲しい。

エンツォは逸《はや》る心のまま、乱暴に暴いてしまいそうになるのをぐっとこらえ、慎重に手を動かした。

内部は狭く温かい。イヴェットは異物感があるのか眉を顰め、荒い呼吸を繰り返している。

耳朶《じだ》に口づけ、首筋に唇を這わせ、イヴェットの緊張を解くように優しく囁きかけながら、静かに中を探る。親指で敏感な尖りに触れ、小刻みに動かしてやれば、イヴェットの口からはこらえきれない嬌声《きょうせい》が上がる。

「あっ……あぁっ……それっ、あぁっ……」

白い脚を突っ張り、イヴェットはエンツォの肩に両手で縋りついて、高まる快感に耐えている。

首を振るたびに、短く切ったストロベリー・ブロンドが散る。エンツォは手を止めることなく、イヴェットの胸に口づけを落とし、勃ち上がっている乳首を咥えて吸った。

「あああ！」

イヴェットが足の爪先を丸め、ついに達した。

白い喉をさらし、荒い息に白い胸を揺らして、ビクビクと身体を震わせているさまは妖艶で、エンツォの欲をさらに煽る。

もしかして、イヴェットは――

「イヴェット……もしかして、極めたのは、初めて？」

「きわ、める……？」

「俺の手で、初めての快楽を知ったのなら、嬉《うれ》しいよ」

どんな小さなことであれ、イヴェットの初めてを得られたことに、エンツォは深い喜びを感じていた。イヴェットの身体にエンツォの存在を刻み込んで、彼だけのイヴェットにしたい――

ちゅ、ちゅ、とリップ音を立てながら、イヴェットの胸にいくつもキスを落とし、執着の痕を散らしていく。

これは刻印だ。イヴェットが、自分のものになったという、動かぬ証拠。

エンツォは指を二本に増やし、内部の敏感な場所を探る。蜜口はすでにぐずぐずにぬかるみ、淫靡な水音を立てている。

「あ、ああっ……そこ、おかしくなるっ……ああっ……」

「だいぶ、ほぐれてきた。可愛いね、イヴェット……」

もう、イヴェットの蜜口は三本の指をやすやすと飲み込み、かき回されてしとどに蜜を溢れさせている。しっとりと汗をかき、唇からは絶え間なく喘ぎ声が零れる。初めての快感に戸惑い、溺れていく。内部の敏感な場所を引っかくように動かしてやると、イヴェットは悲鳴のような嬌声を上げて、白い身体をのけぞらせ、再び絶頂した。

「ああっ……あ――――っ」

――もっと、もっと乱したい。俺の手で乱れて、悶えて、俺のことしか考えられなくなるように。

エンツォはひくつくイヴェットの秘所から指を抜きさると、彼女の脚をさらに開き、秘所に顔を埋めた。

「ひっ、ひあああっ」

舌先で勃ち上がった敏感な尖りを舐めれば、イヴェットの腰が大きく揺れた。溢れる蜜を吸い上げ、イヴェットの泉を貪る。舌で秘玉を探り出し、包皮を剥いて吸い上げれば、イヴェットの腰が快感に揺れ、嬌声を上げる。ぴちゃぴちゃとわざと羞恥を煽るように水音を響かせ、達して敏感になっている場所をさらに責め立てた。

「あっ、あああっ、ああっ……あ――――っ、あ――――っ」

イヴェットは快感にのたうちまわり、エンツォから逃れようと腰を盛んに動かすのを、両手でがっちりと抱え込んで離さない。イヴェットが半ば失神するまで口淫に没頭して、息も絶え絶えになっているようすにハッと我に返る。

「はあ、はあっ、もう……」

「ああ、すまない、イヴェット……箍《たが》が、外れて……」

顔を上げ、イヴェットの顔を上から覗き込めば、青い瞳はすっかり快楽に潤んで、頬は涙でぐっしょり濡れていた。

慌ててその頬に口づけ、涙を吸う。快楽に蕩《とろ》けたイヴェットの表情が愛おしくてたまらなかった。

イヴェットの、すべてが欲しい。もう一秒たりとも我慢ができないと思う。

エンツォはイヴェットの耳元で囁く。

「愛してる……イヴェット……一つになりたい」

「エンツォ……？」

快楽の余韻に目を閉じていたイヴェットが、不思議そうにエンツォを見た。

人妻だったくせに、いちいち反応が初心で、そんなようすも可愛くてたまらない。

エンツォが限界まで猛《たけ》った自身を、イヴェットの蜜口に宛《あて》がうと、イヴェットが怯えて身を固くし、ぎゅっと目を閉じた。

亡き夫を裏切ることに怯えているのだろうか。エンツォは、イヴェットを宥めるように髪を撫でた。

「大丈夫、怖がらないで。力を抜いて。——愛してる。これは愛の行為だから」

エンツォは、イヴェットを愛している。だから、これこそが神に祝福されるべき愛の成就だ。愛のない、偽りの夫婦の間で為《な》されるものよりも、よっぽど神聖で美しいものであるはず。

——ああ、俺はこの時をどれほど願ったか。

イヴェットが、別の男に嫁いだと知った夜以来、どれほどの嫉妬に苛《さいな》まれてきたか。

なぜ、彼女を抱くのが自分でないのかと、どれほど神と運命を恨んだか。

切っ先に触れる花びらの熱。掌に感じる肌の温もり。交わる熱い息遣い。

一息に突き入れて征服したい衝動をこらえて、エンツォは静かに、慎重に彼女の中に分け入っていく。

「あ……」

そこは処女かと思うほど狭く、エンツォの侵入を拒もうとする。

「い……」

痛みに顔を歪めるようすも、エンツォの雄茎を包み込む膣《ちつ》壁の熱さも何もかもが、彼の脳を痺れさせていく。

「イヴェット、すまない、我慢、できない……少し、こらえて……」

高まる興奮に己を抑えきれなくなり、エンツォは強引に奥まで押し切ってしまう。その時、何かを引きちぎったような感覚があって、エンツォは目を見開く。

「え、……イヴェット……？」

まさか、本当に、処女？

痛みに顔を歪めているイヴェットを見下ろし、エンツォは混乱する。

――俺は夢でも見ているのか？　いくらなんでも俺に都合がよすぎないか？

膨れ上がる期待にエンツォの血が逆流する。もしかしてイヴェットは――

イヴェットの熱い襞《ひだ》がエンツォの剛直を包み込んでいる。最奥までつながり合い、肌と肌を密着させて、一つになっている。

もう、イヴェットは俺の、俺だけのもの――

エンツォはイヴェットを抱きしめ、感慨にふける。

「奥まで、入った」

「い、……いたいっ……」

イヴェットの反応は、エンツォが妄想の中で思い描いた、処女そのものだった。

もしかして……カルロはイヴェットを抱かなかったのか？

信じられなくて、エンツォはイヴェットの顔を上から覗き込んだ。それからゆっくりと剛直を引き抜いて――

下に敷いた藁に落ちる、たしかな破瓜《はか》のしるしにエンツォは息を呑んだ。

「イヴェット、本当に、初めてだったのか……」

イヴェットが気まずそうに顔を背ける。

「あの人は、わたしには興味がなくて……従兄で、妹にしか見えないって言われて……」

白い結婚は女性としては屈辱だったかもしれないが、エンツォは神にもカルロにも感謝したい気分だった。

――イヴェットは誰にも汚されていなかった！　俺の！　俺だけのものだ！　俺のすべて！

エンツォは湧き起こる歓びのままにもう一度深く突き入れる。イヴェットの頬を撫で、身体を倒して唇を塞ぎ、痩せた背中に腕を回し、きつく抱きしめた。舌を差し入れて絡ませ、角度を変えて深く深く貪る。

それから、囁いた。

「すごく、嬉しい……イヴェットの初めてをもらえるなんて……夢みたいだ」

その言葉に、イヴェットがエンツォをじっと見る。

「それは……でも……エンツォ……」

イヴェットにも言葉にならない感慨があるのかもしれない。イヴェットはそれ以上何も言わず、ただ、首に腕を回し、縋りついてくる。

「愛してる……」

キスをしながら、しばらくそうやって互いの身体をなじませていたが、イヴェットの熱い襞の締めつけに耐え切れなくなったエンツォは唇を離し、荒い息をつきながら言った。

「もう、我慢できない……動く……」

身体を起こし、腰を突き上げる。さらに深い場所を抉《えぐ》られて、イヴェットが甲高い悲鳴を上げた。

「ひあっ……あっ、あっ……」

最初はゆっくり、身体を揺するように小刻みに動かして、じっとりと背筋を這いあがる快感を味わう。イヴェットの中は柔らかく、絡みつく襞は熱く、わずかな動きでも快感が増幅されていく。

腕の中の華奢な身体は力を込めたら折れてしまいそうで、焚火の明かりに赤く染まった肌は掌に吸いつき、触れているだけでエンツォの欲を煽る。

いっそ壊してしまいたい。エンツォの持てるすべての力で抱きしめ、骨を砕き、白い喉笛を食いちぎって骨まで食べてしまいたい。

イヴェットの肌も髪も肉も、すべてを貪って、カケラも残さず自分のものにしてしまいたい。欲望が快楽を増幅し、エンツォは自身を制御できなくなる。

腰の動きを速め、激しい律動を繰り返す。腰を突き上げるたびに、イヴェットの唇から淫らな喘ぎ声が漏れ、青い瞳は快楽に潤み、形のよい眉を歪め、首を振っては妖艶に身体をくねらせる。

動きにつれて揺れる白い胸は、けして豊満ではなくむしろ小ぶりだが、細く可憐な肢体はまだ青い果実のような清新な色香がある。エンツォは湧き起こる劣情のままに、激しい動きでイヴェットを蹂躙した。

——もっと欲しい。もっと……

イヴェットの膝の裏を掴んで胸につくまで折り曲げ、真上から叩き込むように貫く。水音と、肌のぶつかる音とイヴェットの嬌声、二人の熱い息遣いが絡まり合う。

夢中で腰を振っていたが、ふと、インノケンティウス七世はどうしているか気になって、炉ばたに目をやった。利口なフェレットは空気を読んだのかどこかに出かけていた。

エンツォは安堵の息を吐いて、この上は心置きなくイヴェットを貪りつくそうとさらに腰の動きを速める。時折回すような動きを加えながら、イヴェットの感じる場所を突き上げる。

「あ、ああっ……ああっ……こんなの、知らないッ……ああっ……」

蕩けたようなイヴェットの表情も何もかもが美しく、愛おしい。エンツォは自身も快感に溺れたくて、イヴェットの顔の脇に左手を突き、右手で乳房を掴んだ。先端を親指と人差し指で摘んで捻りあげれば、イヴェットが悦楽に眉を絞り、内部がさらに彼を締めつける。

まとわりつく襞を振り切るように腰を振りたくり、最奥を幾度も抉った。

「ああっ、あっ、あっ……」

「イヴェット、気持ち、いいんだね……ああ……すごく、締まる、くっ……」

ついにイヴェットの中が絶頂に収縮し、エンツォもまたその締めつけに抗わず、己を解放した。

熱い飛沫がイヴェットの中を満たしていく。

——俺の、イヴェット。もう離さない。


このまま朝まで貪り尽くしたい衝動をこらえ、エンツォはしばらくイヴェットを抱きしめていた。イヴェットが疲労から眠りに落ちる気配をかぎ取って、名残惜し気にイヴェットの中から自身を抜き取る。ぐったりと目を閉じているイヴェットを見下ろし、エンツォはそっとその身を清め、隣に自身も横たわった。

本当はもっともっと彼女が欲しい。幾度も絶頂を極めさせて悦楽の淵に堕《お》としてしまいたい。

だがこのみすぼらしい小屋と、現在二人が置かれた状況は、けして愛欲の沼に溺れていいわけがない。本懐を遂げたことで、エンツォの中の冷静で理知的な部分が目を覚まし、明日の道筋を頭の中で思い浮かべ、行動を予測する。

今は、イヴェットを抱きしめて少しだけでも眠ろう。朝になれば、コンラートの軍も動き始める。ヨナスにも叱られたが、橋の上で暴れて死体の山を築いている。少々、やりすぎてしまった。

イヴェットの細い肩を抱きしめ、短く切った髪を梳いて、指の間から零れるストロベリー・ブロンドを眺めていると、キイと音がしてインノケンティウス七世が戻ってきた。

口には、どこかで捕まえた野ネズミを咥えている。

エサを勝手に取ってくるのは助かると言えば助かるが、外で食ってから帰ってこいと何度言えばわかるのか――

炉の側で、フェレットが野ネズミを貪るカリカリという不穏な音を聞きながら、エンツォは目を閉じた。

第十章　祈りの歌〔六日目〕

ギイ、ギイ……

ずっと、不規則な奇妙な音が鳴っていた。

温かい何かに包み込まれ、幸せな夢を見ていたイヴェットは、頬を突《つつ》かれる感覚に、眠りの国からゆっくりと浮上する。

「イヴェット……」

優しく揺り起こされ、ハッと目を覚ます。目の前には、エンツォの碧色の瞳。

黒い髪がうねって端整な顔を取り巻き、唇には優しい笑みが浮かんでいる。

「もう、夜が明ける。今日中にサン・エミーリアの街に入りたい」

「あ……」

イヴェットが身を起こすと、毛織のマントの下は何も身に着けていなかった。

その途端に昨夜の情事の記憶が蘇り、イヴェットは恥ずかしさで顔から火を噴くかと思った。そのようすに、エンツォもはにかむように微笑んで乾いた衣服を渡してくる。

それは昨日着ていたラーナ人の服ではなく、灰褐色の僧衣だった。

エンツォはすでに同じ色の僧衣に荒縄の腰紐を締めている。

「河を渡ったから、服を変えた方がいいとヨナスが」

マンゾーニの街で急遽《きゅうきょ》変装を変えたので、被差別民であるラーナ人に扮することになったが、それはそれでリスクも大きい。橋を渡る時も、ラーナ人であるがゆえに理不尽に足止めを食らってしまった。当初の予定通り、托鉢修道士に扮する方が安全なのだろう。

イヴェットは、ゴワゴワした僧衣に袖を通す。エンツォがパンと干し肉を取り出した。

「河に落ちてしまったけれど、風邪をひかなくてよかった」

「雨は止んでいるの？」

「ああ」

モグモグとパンを口の中に押し込みながらイヴェットは尋ねる。昨夜、すごくはしたない声を上げてしまった。何もかもが全部初めてだし、何より――

夜明け前の薄明かりの中で周囲を見回せば、ボロボロの半ば崩れた小屋であった。

部屋の一隅に大きな石臼があるが、埃を被っていて、長いこと使われていないようだ。

ギイ、ギイ……と奇妙な音がしているのは、室外に水車か何かがあるのだろう。

藁を敷いた寝床と、小さな炉。昨夜、ここで二人――

ギイ、ギイ……

恥ずかしくて、エンツォの顔をはっきり見られない。水車の音だけが妙に響く中、俯いて必死に食べていると、エンツォの手が顎にかかり、顔を上向けられる。口の中のパンをゴクンと飲み込んだ。

「イヴェット……俺を見て」

正面からまっすぐに見つめられ、イヴェットの心臓がバクバクと音を立てる。

「エンツォ……わたし……」

「愛してる。昨夜は、すごく嬉しかった」

そっと顔が近づき、口づけられる。舌を絡ませ合うだけで昨夜の官能を思い出し、イヴェットの腰が溶けそうになる。

「あと、少しだから……そうしたら……」

いったん離れたエンツォの唇が、再び降りてきて口づけられる。もう一度深く、長い口づけが続く。それだけで頭の芯から痺れて全身ぐにゃぐにゃになってしまいそうで、イヴェットは耐えられずに、エンツォの肩に縋りついた。

エンツォの唇が離れ、ほっと深い息をつく。逞しい腕に抱きしめられ、髪を撫でられる。

「ああ、だめだ。キスするだけで我慢できなくなりそう。イヴェット……」

そのまま押し倒されそうな気配にイヴェットが身を固くした時、「ききゅッ」とフェレットが不満げに鳴いた。

後ろ足で立ち上がったフェレットが、「ぐずぐずするな」と言いたげに足でトントンと土間を叩いている。長く細いしっぽがいかにも不満そうにピンピン揺れる。

「ああ、わかってる、インノケンティウス七世、わかったから！」

エンツォが名残惜し気に身体を離し、苦笑してみせた。

「立てる？」

「ん、だいじょうぶ……」

エンツォはイヴェットに藁で編んだサンダルを履かせ、足首でしっかりと固定する。

「少しぬかるんでいる場所があるかもしれないけれど……」

二人は立ち上がり、エンツォは昨日着ていたラーナ人の衣服を水車小屋の溝に捨てる。

ギイ、ギイ……

壊れた水車がずっと、軋んだ音を立てていた。


「皇帝《カイザー》の軍もドゥオーモ河を越えたらしい。もう、すぐそこまで来ている」

朝もやの中を歩きながら言われて、イヴェットはどきりとした。

皇帝ハインリヒ――イヴェットの昔の婚約者。

輝くような金色の髪をした、美しい少年だった。かつては毎年、肖像画を交換していたが、アルノーが陥落してパラヴィアに囚われた以後は、目にしていない。顔立ちも忘れてしまったから、今出会ってもわからないだろう。

イヴェットは僧衣の下に隠した、婚約の証の指輪をそっと、握りしめる。

コンラートとの結婚を強いられ、切羽つまったイヴェットはエルブルスの北の帝国に助けを求めた。幽閉状態にあったイヴェットには、かつての婚約者であるハインリヒの現状を知るすべもなくて、ただ帝国とのゆかりに縋った。

――ハインリヒ様が帝位についていているなんて。

そして現在も独身を貫いていることに、正直驚いていた。

自分への想いを残していると考えるほど、イヴェットはもう夢見がちな子供ではなかった。

帝国も内乱を経て、ハインリヒのもとに帝位が転がり込んだ。それなりの紆余曲折《うよきょくせつ》があって、結婚の機会を逸しただけだろう。

しかし、フロランシアへの野心はあるにせよ、ハインリヒはイヴェットの要請に応え、大軍を率いてエルブルスを越えてくれたのだ。

この際コンラート以外なら、政略結婚もイヴェットは受け入れるつもりだったが――

イヴェットは昨夜、エンツォと寝てしまった。

ハインリヒは当然、イヴェットを娶《めと》るつもりでエルブルスを越えてきたのに、よりによって彼が派遣した、彼の部下と――

ハインリヒとの婚約は一度立ち消えになっているし、再婚約したわけではないから、法的には問題ないはずだ。でも――

イヴェットは無意識に自分を抱きしめていた。法的な問題ではなくて、イヴェットの心の問題だ。

エンツォに愛を囁かれ、あっさり肌を許してしまった。

夫カルロとの白い結婚で守ってきた純潔を、エンツォに明け渡してしまうなんて。

——だって、あんな風にされたら……

愛されない結婚に、すべてを諦めていた。だから、甘い言葉にすっかりほだされ、情熱的に求められれば拒むことができなかった。

「イヴェット？」

上から声をかけられて、イヴェットはハッと我に返る。エンツォが、心配そうに覗き込んでいた。

「もしかして、体調が悪い？　……昨夜、無理をさせたか？」

「え、い……あ……」

イヴェットは慌てて下を向き、首を振る。

「そんなことは……ただ……」

「ただ、……なに？」

エンツォが立ち止まり、じっとイヴェットを見た。フードの陰で、緑色の瞳がもの言いたげに揺れる。

「イヴェットは、何を気にしている？」

「……何って……その……」

イヴェットは睫毛を伏せて言葉を濁す。

「……昨夜、いやだった？」

エンツォに不安そうに尋ねられ、イヴェットは慌てて首を振る。

「そ、そんなことは……」

「そうか、いやじゃなければ、よかった。あんな場所で、女性はいやがるかもしれないと思って……」

イヴェットはどう、答えていいかわからない。

場所の問題ではない。そうではなくて――

いったい、エンツォはどういうつもりでイヴェットを抱いたのか。

「あなたは、わたしを皇帝のもとに連れていくのでしょう？」

イヴェットの問いに、再び歩きだしたエンツォが振り返る。

「ああ、そうだ。……ひとまず聖エミーリア小修道院を目指すつもりだ。そこでヨナスと待ち合わせていて」

エンツォはイヴェットを愛していると言って抱いた。なのに、イヴェットを皇帝に引き渡すつもりなのだ。もともと皇帝より、イヴェットを連れ出す任務を帯びているのだけど。

イヴェットはエンツォの考えがますますわからなくなって、俯いた。

周囲を見回せば、白くけぶる朝もやの中にいた。

少し前を行くエンツォは灰褐色の僧衣のフードを被り、特徴もはっきりしない。

ただ背が高く、黒髪で――

そもそも、エンツォは何者なのだろう？

何も知らないのに、イヴェットは彼を信じ、身を任せてしまった。

——これから、どうなるの？

朝もやの中を歩きながら、イヴェットは未来の見えない道の途中に放り出されたような、そんな気分になる。

不安で遅れがちになるイヴェットを、前を行くフェレットが振り返って「キュウ！」と鳴いた。

白いしっぽがふるふると揺れている。

イヴェットが慌てて追いかけた。

「ケンティー、ごめん、だいじょうぶ。心配してくれるの？」

「クー」

イヴェットが抱き上げると、フェレットはするりとイヴェットの首周りに巻き付いて顔をすりつけた。

† ‡ †

太陽が中天にかかるころには、よく晴れて晩夏の日差しが眩しかった。

木陰で腹ごしらえをしていると、干し草を積んだ荷馬車が二人の前に停まる。

「よう、修道士様、よかったら乗っていかねえだか？」

気さくに声をかけてきたのは、顔の下半分が顎鬚に覆われた農夫だった。

エンツォが空を見上げる。抜けるような青空に鳩が数羽、旋回していた。エンツォの首元で丸くなっていたフェレットは、すぐさま抜け出して荷馬車の荷台に飛び乗ってしまう。

「ああ、助かるよ。神の御恵を！」

エンツォは笑って農夫を祝福し、馬車に乗り込んだ。

古代の大帝国が築いた街道はなだらかな緑の丘を突っ切り、道の両脇に植えられたプラタナスの並木が木陰を作る。かっちりと踏み固められた道のおかげで、荷馬車の揺れも少なく快適だった。

収穫の終わった麦畑にはところどころ積み藁が点在し、遠くには森が見える。

イヴェットは荷馬車に積まれた干し草の山にほとんど埋もれるようにして、エンツォはその横で干し草の山にもたれ、フェレットは久しぶりの荷馬車が楽しいのか、干し草の上をぴょんぴょんと飛び跳ねる。

頭上に広がる青空には相変わらず鳩が数羽、旋回している。

――なんだか最近、よく鳩を見るわ。

なんとなく目で追っていると、一羽がスウッと急旋回して一直線に高度を下げ、なんと御者台の近くに止まった。

イヴェットが目を瞬くうちに、エンツォがその脚についている筒から手紙を抜き取る。フェレットがそっと近づき、鳩を襲おうとするのをエンツォが止めた。

「やめろ、インノケンティウス七世！　そいつはヨナスの大事な鳩だ」

手紙を受け渡すと、鳩が再びバサバサと飛び去っていく。

あっけにとられているイヴェットに、エンツォがいたずらっぽく片目を瞑ってみせる。

「ヨナスだよ？　気づかなかった？」

御者が振り返り、帽子を取る。

顎鬚をつけて変装しているが、ヨナスだった。

「……気づかなかった！」

「荷馬車に乗せてくれる親切な農夫は、そうそう都合よくはいませんよ」

ヨナスがぼそりと言う。

「……マンゾーニからドゥオーモ河あたりは、ちょっと手薄でね。……苦労させてしまって申し訳なかった。人員を補充できたのであとはなんとか――」

「おい、ヨナス、まずいぞ。コンラートの野郎、皇帝《カイザー》と正面から対決する気で軍を出してきた」

仲間からの連絡を一読したエンツォが言い、ヨナスがそれをチラリと見て、肩を竦めてみせた。

「……読み違えましたね。コンラートがそこまでイヴェット姫に執着するとは」

エンツォがイヴェットに尋ねる。

「コンラートは王位目当てでイヴェットと結婚しようとしているだけだと思っていたが、そうじゃないのか？」

イヴェットは青い目を瞠って首を振る。

「知らないわ。……彼はわたしの母を知っていたみたいだけれど、わたしは記憶になくて」

イヴェットは十二歳以後、パラヴィアの王宮内の限られた一角から外に出ることができず、情報も遮断されていた。それよりも以前となると、記憶も曖昧だ。

「隣国の王様だから、アルノーにも来たことはあると思うけど、わたしは子供だったし……」

ヨナスが補足する。

「アルノー、パラヴィア、ベルーナの三国は、もとは一つの王家が三つに分かれたものです。要するに親戚ですからね」

ヨナスの発言に、エンツォがまぜっかえす。

「そんなこと言ったら、この大陸は全部、もとは一つの大帝国だったじゃないか。そこに東から野蛮人が侵入して国がバラバラになった。……その野蛮人が俺たちの祖先だけどな」

ヨナスが窘める。

「そんな大昔の話をしているわけじゃありませんよ。フロランシアの三国は互いに密接な婚姻関係を結んでいた。イヴェット姫の母上ベルタ姫はパラヴィアの王族で、本来はベルーナの王子に嫁ぐ約束ができていた。コンラートの兄ですね。でも婚約者が早死にしたので、アルノーに嫁いだ。ベルーナとアルノーの確執はそのあたりに萌《きざ》しているのだと思います」

イヴェットが聞いたこともない事情であった。

「アルノーのロタール王が帝国から婿を迎えると決めたことは、コンラートにしてみれば、三国の同盟を破る暴挙に思えたのかもしれません」

「なるほど……」

コンラートはコンラートなりに、フロランシアへの想い入れがあるのかもしれない。

「もしやイヴェットは、帝国の男と結婚するのが不安なの？　さっきからちょっと悩んでいるみたいだから……」

エンツォの問いかけに、イヴェットが慌てて首を振る。

「帝国の人かどうかで悩んでいるわけでは……」

エンツォの考えがわからなくて悩んでいるのだ、なんて口に出せず、イヴェットは俯いた。


それからしばらく、イヴェットとエンツォの二人は干し草に半ば埋もれて、荷馬車で運ばれていった。時々、脇をベルーナの紋章の旗を掲げた騎士たちが駆け抜けていく。そのたびに、長閑な田舎道に緊迫した不穏な空気が漂い、イヴェットは不安で身を固くする。

のんびりと馬車を御しながら抜け目なくあたりを観察していたヨナスが、上空を見上げて囁いた。

「鳩が集まってきた。……あの合図は、『警戒セヨ』……コンラートが動いたのか」

エンツォがイヴェットを干し草のさらに奥に押し込み、自分の身体で蓋をして隠してしまう。

フェレットがイヴェットの膝の上に滑り込み、丸くなる。

「少し、隠れてろ」

「ん……」

やがて、後方から馬蹄の音が近づいてきて、声がかかった。

「おい、止まれ、止まれー!」

イヴェットは干し草の隙間から目を凝らした。

「先触れだ! ここをベルーナ王コンラート陛下が通る。控えよ!」

コンラートの名を聞き、イヴェットの心臓がドキンと跳ねた。先遣の騎士による警蹕《けいひつ》だった。身分のある人の通行に先立ち、周辺の通行人に周知して道を空けさせる。警蹕がかかっているのに道を譲らずに強行すれば、不審人物として殺されても文句は言えない。

荷馬車が停まり、エンツォの気配が遠ざかる。イヴェットは干し草の中で緊張して身を固くした。

大軍の通行を妨げないよう路傍に避け、通り過ぎるのを待つのだ。

ドキンドキンと心臓の鼓動がうるさい。イヴェットは干し草の中で縮こまり、周囲の気配を読み取ろうと意識を集中する。街道上の農民や商人らも道を空け、近所の農婦は子供を背負ったまま膝をついて控える。

地響きのような人馬の音がしだいに近づいてくる。ベルーナの赤い旗と金属鎧が夏の午後の陽光を反射し、ギラギラと眩く光る。

エンツォが荷馬車の脇で膝をつくと、御者もその隣で同じ姿勢を取る。一瞬だけ、エンツォがちらりと干し草に目をやり、安心させるように微笑んだ。先の尖ったフードを被った灰褐色の僧衣が恭しく膝をつく後ろ姿を見つめ、祈るような気持ちでイヴェットは息を殺す。

——何事もなく通り過ぎてくれますように。

青い空に、銀のグリフォンの紋章が染め抜かれた赤い旗がはためく。湖畔の城でうんざりするほど目にした、忌々しい旗印。

ベルーナ軍は百騎ほどの騎士と、歩兵が二百人ほど。金属鎧の鳴る音、荷馬車の車輪の音、馬蹄、そして馬の嘶《いなな》きが近づいてきて、路傍に畏《かしこ》まる人々のことなど目にも留めず、ゆっくりと通り過ぎていく。

イヴェットの心臓が早鐘を打つ。たくさんの馬の脚、軍靴を履いた人の脚が目の前を通り過ぎ、ガラガラと荷馬車の車輪が行く。

ひときわ豪華な馬具飾りをつけた馬と煌びやかなお仕着せを着た足元がやってきた。

——コンラートと、その近習《きんじゅ》だ。

イヴェットがそう思った時。彼らが、目の前で足を止めた。

「……遍歴修道士《ゴリアール》、か」

頭上遥かから投げかけられる横柄な声。聞き間違えるはずもなかった。

イヴェットの父を殺し、母を攫い、そして夫を殺した男。

その上でさらに、イヴェットの夫になろうとしている男。

「面《おもて》を上げよ」

「これはこれは、卑しき遍歴の修道士にお言葉を賜り恐悦至極。殿様に神の御恵がございますように」

エンツォが軽快に言う声が聞こえ、イヴェットの鼓動はさらに激しくなる。

イヴェットは両手で、胸の下に隠した指輪を握りしめていた。

「……数日前、余の城から遍歴修道士《ゴリアール》が一人消えた」

敢えて身分差を前面に出したもったいぶった喋り方をするコンラートに、イヴェットは嫌な予感しかない。だが、エンツォの声はいつも通り飄々としたものだ。

「このフロランシアに、遍歴修道士《ゴリアール》などどうろついておりましょう」

「一つ即興詩を詠じてみせよ。行軍の余興だ」

エンツォは頭を下げる。コンラートはやおら剣を抜き、白刃を一閃させる。

エンツォのフードが切り裂かれ、黒い髪が露わになる。切れた毛髪が数本、空に散った。

「お館様！」

周囲の騎士たちが慌てて制止するが、エンツォは顔色一つ変えず、不敵な笑みまで浮かべている。

「王の前では頭巾を外せ、無礼者が」

「これは失礼をば」

「剃髪《トンスラ》はどうした」

「うちの宗派は自然のままを尊んでおります。聖なる無垢というやつで……」

エンツォが後頭部を撫でてみせる。藁の中でやり取りを聞きながら、イヴェットは心臓が縮みあがりそうで、ぎゅっと目を閉じて祈っていた。

――ああ、神よ！　どうか……

そんなイヴェットの祈りを知ってか知らずか、エンツォはまったく動ずる気配もない。

「ではご要望にお応えして……『ああ、いと高きところにいます神に呼ばわる！　我がために事を成し終えたまえ！　我に追い迫る辱めから、我を救い出したまえ！　神よ、汝の弥栄《いやさか》がこの地に満ち溢れんことを！』」

わざとらしく両手を掲げ、祝祷《しゅくとう》を朗々と唱えてから、エンツォはアカペラで歌い始めた。

主よ、我は深き淵よりあなたを呼ぶ
願わくば我が声を聴き、我が祈りに耳を傾けたまえ
主よ、我は深き森よりあなたを呼ぶ
願わくば我が声を聴き、我が罪を赦したまえ

我は待ち望む、あなたの声を　あなたの赦し、あなたの慈悲

いついかなる時も
悲しみの朝、苦しみの夕べも
常にあなたと共にあり、あなたに祈る

いついかなる時も
澄み渡る湖の畔、神韻たる緑の森
常にあなたと共にあり、あなたに祈る

それはイヴェットが聴いたことのないメロディーだった。曲調も短調で哀愁を帯び、なんとはなしに古風な響きだ。足でリズムを取りながら伸びのある声が歌いあげる。

コンラートも、その周囲の兵士たちもみな、静かに耳を傾けている。

歌い終わったエンツォが深く頭を下げる。黒髪がバサリと揺れた。

コンラートはじっとその動作を見つめていたが、不意に隣の騎士に命じた。

「干し草の中に隠れている者を捕らえろ！　――こやつを殺す理由ならばある！」

言うや否や剣を抜いて、エンツォに振りかぶった。

第十一章　聖域《アジール》

振り下ろされた剣を、エンツォは背中に隠した短剣を素早く抜いて防ぐ。

金属音が響き、青い火花が散って、エンツォの顔とコンラートの顔を照らす。

「やはり間者か！　捕らえろ!!」

ピィ――――！

誰が吹いたのか、鋭い呼子の笛が鳴り響く。コンラートとエンツォが剣で打ち合う隙に、兵士たちが荷馬車に殺到する。だが、上空から急降下してきた鳩の群れが、荷馬車を守るように兵士たちを攻撃した。予想もしない上からの攻撃に兵士は混乱し、バサバサと羽が飛び散る。鳩の攻撃を躱《かわ》して荷馬車に取りついた兵士は、干し草の山から現れた白いフェレットの襲撃を受け、鋭い爪で引っかかれてしまう。

「うわ、なんだ！　イテェ！」

「シャー！」

威嚇して牙を剥く白いフェレットに兵士たちが怯《ひる》む。その隙にイヴェットは起き上がり、ヨナスが素早く御者台に上がって荷馬車を急発進させた。

馬の嘶きと、巻き込まれて倒れる兵士たちの怒号が重なり合う。

荷馬車に乗り込もうとする兵士にイヴェットが干し草をぶっかけ、荷台に置いてあった木桶《きおけ》で殴りつけて追い払う。最後まで荷馬車にしがみつき、フェレットと格闘していた兵士たちも、イタチの最後っ屁を浴びてあえなく撃沈する。

「うわ、臭い！　何だこの臭い！」

「イタチの最後っ屁だ！　ゲホッゲホッ！」

街道で膝をついていた村人たちが立ち上がり、それぞれ武器を手にベルーナ軍に襲いかかる。

商人のなりをした男が積み荷の中から剣を取り出し、農民の天秤棒《てんびんぼう》は実は槍《やり》だった。つまり、街道の人間にはヨナスの配下が混じっていて、上空の鳩は彼ら間者の連絡手段であったのだ。彼らはエンツォとイヴェットを逃がすために一斉に襲撃に転じた。

エンツォはコンラートを振り切り、騎士を一人切り捨てて馬を奪い、ヨナスの荷馬車を追いかける。

一方、コンラートは真っ赤になって怒り狂い、口から唾を飛ばして配下に命令を飛ばした。

「ちくしょう！　イヴェットを追え！　追えええええ！　それからあのクソ野郎！　帝国の犬め！　殺せ！　殺せ殺せぇえええええ！」

「お館様、落ち着いてください！」

「まずは陣形を調えろ！」

ヨナスの配下らは気づけばその場から消え失せていた。軍を攪乱《かくらん》されたのだと知り、コンラートは歯噛みして悔しがる。

「くっそお！　帝国の小僧め！　ハインリヒのクソ野郎が！」

コンラートは陣形を立て直し、怪我人と増援を要求する使者を領地に向かわせた。軍を編成し直して、そして高らかに宣言した。

「わが花嫁を攫ったのは帝国の間者だ！　フロランシアの未来のためにも帝国にイヴェットは渡せぬ！　追え！　取り返すのだ！」

コンラートは馬の鞭《むち》で前方を指し示し、号令をかけた。


荷馬車は時に街道を外れて迂回し、ひたすら南を目指した。イヴェットは異常なスピードで走る荷馬車に、必死に掴まっていることしかできない。

どれほどの時が経ったか。太陽は西の山に沈み、東からは藍色の夜空が広がって、西側にわずかにオレンジ色の残照が輝くころ、細い尖塔が目に入る。

「聖エミーリア小修道院の尖塔だ……」

馬車に並走するエンツォの馬も明らかに疲れていた。

「頼む、もう少しだけ頑張ってくれ……」

エンツォが声をかけ、馬の首を撫でる。ブルルルンと鼻息を鳴らし、首を振る。汗が周囲に飛び散った。

御者台から、ヨナスは暮色蒼然たる宵の空を見上げ言った。

「夜は、鳩が使えない。だが、味方は周囲にいるはず」

このまま突っ走るのは無謀であった。ヨナスは言う。

「小修道院の礼拝堂に逃げ込め！　聖域《アジール》だ！」

教会は世俗権力からの独立が認められている。だがそれは教会の最も聖なる内陣や、聖遺物の周辺に限られる。

「聖堂の内陣の聖母像に縋れ！」

ヨナスが指示を出し、一行は目的地を定める。

遠くを数個の明かりが連なって走っていく。松明を掲げた騎士は、コンラートの放った斥候だろう。

修道院の尖塔がだいぶ近づいてきたころには、あたりはすっかり夜になっていた。修道院の窓から漏れる薄明かりだけを頼りに馬を走らせていく。

だが、森の陰から複数の松明が近づいてくる。

「いたぞ！」

気づかれた。エンツォが舌打ちする。

「突っ切るぞ！　掴まって」

ただでさえ、荷馬車と騎馬隊では分が悪い。瞬く間に距離を詰められる。

一騎が、松明をこちらに放り投げた。飛んできた松明が荷馬車の積み荷の干し草に落ち、一気に燃え上がる。

「きゃああ！」

「イヴェット、こっち！　乗り移れ！」

エンツォがイヴェットに手を差し出し、燃える荷馬車から馬に乗り移らせる。

ヨナスが荷馬車から馬を外し、裸馬に跨って逃げる。

だがその間に、騎士たちはほんの近くまで迫ってきた。

「待てぇ！　このッ……」

追いかけてきた騎士が剣を抜く。燃える荷馬車の火が周囲を照らし、騎士の剣が煌めいた。

「エンツォ……！」

イヴェットがエンツォにしがみつく。

「しっかり掴まっていてくれ！」

エンツォは言うと、背中の短剣を抜き、振り下ろされた剣を弾く。

ガキンッ！

だが、その衝撃に疲れ切っていた馬が耐えられず、ガクリと膝をつき、倒れ込む。エンツォがイヴェットを抱き込んで馬から転がり落ちた。即座に地面で一回転して起き上がり、さらに振り下ろされた剣をもう一度撥《は》ね返す。だが避けきれず、騎士の剣先がエンツォの肩口を掠めた。

血の臭いが、イヴェットの鼻先に流れる。

「エンツォ!?」

肩を押さえたエンツォが言う。

「かすり傷だ！　俺は大丈夫だから！　それより走れ！」

イヴェットがエンツォに取り縋れば、掌にべったりと生ぬるいものが触れた。鉄の臭いに、それが血だと気づいてイヴェットは息を呑む。

「エンツォ！　……血がっ……」

みぞおちが冷えるような重苦しい恐怖に、イヴェットが思わず叫ぶ。だが、騎士がさらに攻撃してくる気配に、エンツォがイヴェットを突き飛ばした。

「走れ！　俺に構うな！」

振り下ろされる剣を弾き返し、騎士の下腹あたりを薙《な》ぎ払う。

呆然とエンツォを見つめる視界の中で、エンツォの背後で騎士が頽れた。

「イヴェット、早く！　あと少しだから！」

棒立ちになりかけていたイヴェットは、慌てて修道院へと走り出す。でも、後ろを走るエンツォが気になってつい振り返り、脚がもつれる。息が上がり、心臓が破裂しそうだ。背後からは数騎の馬蹄の音が地響きのように迫ってくる。修道院の門はもう目の前だった。

「開門！　助けてくれ！　悪漢に追われている！」

エンツォが叫べば、門番は修道士が追われていることに驚き、門を開ける。

「あんた、怪我してるじゃないか！」

「聖堂はどこだ！　聖域《アジール》の保護を要求する！」

意図を理解した門番が叫ぶ。

「まっすぐそのまま進め！　そこの塔のある建物だ！　飛び込め！」

「イヴェット、こっちだ！」

肩から血を流しながら、エンツォがイヴェットの手を取り、駆け抜ける。その手は流れてきた血に染まって、ぬるぬるしていた。後方では、門が騎馬隊によって破られた音がする。門番が何か叫んでいる。

ギイイイ……ダンッ！

イヴェットとエンツォは聖堂の扉に取り付き、鉄の鋲《びょう》が打たれた重い樫《かし》の扉を押し開ける。

重々しく開いた扉の向こうには細長い身廊が連なり、薄暗い中に蝋燭の光が揺れ、奥からは聖なる調べが漏れてくる。

いと高きところにいます神よ、我らを守り給え
この地に満ちる弱き者たちを憐《あわ》れみ給え

低い男声で紡がれる斉唱。神を讃える聖なる歌。

ちょうど、聖堂では修道士たちによって就寝前の祈り《コンプラインン》が守られていた。

近づく怒号はすでに修道士たちにも聞こえていたのだろう、彼らは歌い、祈りながらも外のようすに耳をそばだてていたらしい。

外部からの乱入者による物音に聖歌が止み、内陣にいた修道士たちがざわめいた。

「何者だ!?」

「ここは聖域《アジール》だ！」

イヴェットとエンツォが身廊に転がり込む。

「お助けください！　教会の保護を求めます！」

イヴェットが叫び、修道士たちが色めき立つ。

「修道士？　托鉢会だ！」

「だが声は女性のような……？」

「一人は怪我をしているぞ！　血の臭いがする！」

ガタガタと内陣の修道士たちが立ち上がり、騒然となる。

二人が聖堂に駆け込んだ直後、騎士たちも身廊になだれ込む。彼らは剣を抜き、明らかに殺気立っていた。

「我らはベルーナ王配下のもの！　そやつらは罪人だ！　罪人の引き渡しを要求する！」

騎士たちは口々に叫びながら、靴音も高く身廊を埋め尽くしていく。鎧の触れ合う音が響き、聖堂内は聖なる場所にふさわしからぬ物々しい雰囲気に包まれる。

堂内は薄暗く、高い天井や身廊の隅には光が届かず、暗闇に呑まれていた。だが内陣にはいくつもの蝋燭が灯され、祭壇の上の聖母像が浮かび上がって見えた。

聖母様！　お助けください！　どうか……

エンツォとイヴェットは手を取り合って内陣に駆け込もうとするが、背後から追ってきた騎士の一人が、イヴェットの僧衣のフードを掴んで引っ張る。

「きゃあ！」

尻もちをついたイヴェットに引きずられてエンツォも膝をつき、そのまま蹲って動けなくなってしまった。

「エンツォ⁉」

「くっ……」

左肩の出血はかなりのもので、ただでさえ体格のいいエンツォを、小柄なイヴェットの力で支えるのは無理があったのだ。倒れ込んだイヴェットを、騎士が強引に引きずり出そうとするのを、エンツォが最後の力を振りしぼって抵抗するが、力が入らない。イヴェットが叫ぶ。

「いや！　離して！」

ミトラを被った高位聖職者が、枝付き燭台を手に祭壇の前からやってきて、一喝する。

「無礼者！　ここをどこと心得る！　ここは聖域《アジール》であるぞ!!　控えよ！　神の怒りを恐れぬのか！

我はこの修道院の院長である！　控えよと申すに！」

　だが、イヴェットの僧衣を掴んだ騎士も怯むことなく叫び返す。

「その二人はアルノーのイヴェット姫と、彼女を攫った帝国の間者だ！　神聖なる結婚の秘蹟《ひせき》を汚した愚か者だ！　身柄の引き渡しを要求する！」

　別の騎士が意識朦朧《いしきもうろう》としたエンツォに止《とど》めを刺そうと、剣を振り上げた。イヴェットが悲鳴を上げる。

「だめ！　やめて、殺さないで！」

「フシャー！」

　エンツォに抱き着いて庇うイヴェットの肩の上に、エンツォの僧衣から飛び出したフェレットが駆け上がり、白い毛を全身逆立てて周囲を威嚇する。その鬼気迫る姿に、騎士たちも内陣の聖職者も戸惑う。

「聖域《アジール》で武器を振るうことは禁じる！　武器を収めよ！」

　修道院長が騎士を咎め、そして改めてイヴェットに問う。

「……アルノーの、イヴェット姫であるか？」

　内陣から出てきたもう一人の修道士が、イヴェットの顔の側に枝付き燭台を近づける。蝋燭の明かりに照らし出されたのは、汚れてはいるものの白く繊細な美貌だった。肩に着くほどで切られたストロベリー・ブロンドに青い瞳が炎に煌めく。イヴェットは修道院長を見上げて姿勢を正し、凛《りん》とした声で言いきった。

「そうです、修道院長様《ファーザー》。わたしはアルノー王ロタールの娘にして、パラヴィア王カルロの妻イヴェットです」

宣言したイヴェットに、聖職者たちがざわめく中、院長が改めて確かめるように尋ねた。

「……聖職にある者のなりを偽るのは重罪であるぞ？」

「承知しております。ですが、父母を殺し、さらに夫まで殺した男に嫁ぐ罪ほどは重くないはず。コンラートに嫁ぐくらいなら、我が身を炎で焼いても惜しくない！」

エンツォに突きつけられた剣に自身を殊更にさらし、イヴェットは何も恐れることはないと言わんばかりに、傲然と顔を上げて叫んだ。

「さあ！　この人を殺すならわたしをも殺しなさい！　早く！」

騎士が突きつける白刃を掴んで、自らの喉に突き立てようとするイヴェットを、わずかに動いたエンツォが止めた。

「やめ……ダメだイヴェット……内陣に……」

教会の身廊では、聖域《アジール》とは認められない。ましてイヴェットは修道士の身分を偽っているし、追手はベルーナ王直属の騎士。世俗の権力と教会の力は拮抗《きっこう》しており、この小さな修道院でベルーナ王の武力を向けられては、ひとたまりもない。

修道院長が言う。

「わしはこの小修道院の院長ベルナルド。サン・エミーリアの街の司祭をも務めておる。アルノーのイヴェット姫はベルーナ王と婚儀を挙げると聞いておったが……」

「そこなる偽の修道士が誘拐して逃げたのです！」

騎士が答え、イヴェットが反論する。

「誘拐ではありません！　わたしは自分の意志で逃げました！　コンラートと結婚するぐらいなら死にます！」

そこへ新たなざわめきの種が現れた。イヴェット捕獲の報せを受けたコンラートが、自ら小修道院に足を運んだのだ。

「嫌われたものだな、我が花嫁よ」

騎士たちが道を空けると、金の兜を小脇に抱え、軍装したコンラートが身廊を近づいてくる。

コツコツと靴音を響かせ、赤いマントをなびかせ、蝋燭の光が作る影が長く伸びた。

エンツォを庇って覆いかぶさっているイヴェットの姿を見て、コンラートが眉を顰めた。

「そいつは帝国の間者だ。間者は死罪がきまり。おとなしく引き渡せ」

「じゃあ、わたしも殺して」

「お前は《フロランシアの化身》。俺の花嫁になる身だ」

イヴェットは首を振る。

「父の仇は倶《とも》に天を戴かず！　あなたはわたしの父母を殺した。あなたのもとになど嫁がない！」

二人の言い争いに、修道院長のベルナルドが割って入った。

「聖域《アジール》で交わす話ではないようじゃ。……ベルーナ王コンラート陛下の要求はなにか」

「その二人の身柄の引き渡しだ」

コンラートは、内陣の入り口でぐったりと目を閉じたままのエンツォと、その血塗れの身体に覆いかぶさって、挑戦的なまなざしを向けるイヴェットを見下ろし、眉間に深い皺《しわ》を刻む。

「姫君は結婚を拒否しておる。この僧衣の男は、まことに間者なのか？」

「そうだ。間者は縛り首だ」

「やめて！　この人を殺すならわたしも死ぬ！」

「ならば……」

コンラートが肩を竦めてみせる。

「お前が俺のもとに戻るなら、この男は聖域《アジール》に残してよい。聖職者を騙った罪は教会の裁きに任せる」

イヴェットは周囲を見回した。

聖堂の身廊はコンラート配下の騎士にびっしりと取り囲まれ、蟻の這い出る隙間もない。しかも肝心のエンツォは怪我をして、身動きもままならない。

「エンツォ……」

エンツォの手を握ってためらうイヴェットに、コンラートがなおも語りかける。

「もしお前がこれ以上俺を拒むなら、この修道院ごと焼き討ちにしてもいいんだぞ？」

「な……ッ！」

イヴェットが驚いてコンラートを睨みつける。

「こんなクソ修道士ども、一網打尽にするのにたいした手間もかからん」

「なんて罰当たりな！　あなた人間じゃないわ！　悪魔よ！」

「悪魔で上等だ。……さあ、どうする。早く決めろ」

イヴェットはコンラートの目をじっと見て、それから修道院長のベルナルドや、その背後の修道士たちを見た。

イヴェット自身の命は惜しくもないが、関係ない修道院や修道士たちを巻き込むのは本意ではなかった。イヴェットの逃亡に自尊心を傷つけられ、怒り狂ったコンラートのことだ、あくまで拒めば本当に修道院ごと燃やすのではと、イヴェットはそれが恐ろしかった。

イヴェットは覚悟を決めた。

首に下げていた指輪を外し、エンツォの首にかける。それから、その黒い髪を愛おし気に梳いて、耳元に顔を寄せて囁いた。

「この指輪は、森の賢者の祝福がかかった加護の指輪だと、ハインリヒ様が言っていたわ。きっと、あなたを守ってくれる……」

イヴェットは、エンツォの血塗れの手を握り、指先にそっと口づける。エンツォの僧衣は血に染まり、イヴェットの僧衣にもその血は移っていた。イヴェットの肩に乗っていたフェレットが、何かを悟ったようにするりとエンツォの身体の上に移動した。

「エンツォ……ありがとう。わたし、行くわ……」

「イヴェット……ダメだ……」

イヴェットが手を離せば、エンツォの手がイヴェットを捕まえようと動いて空を切り、パタリと落ちた。二人のようすを見ていた修道士の一人が手を伸ばし、エンツォの身体を内陣に引きずり込む。足先まですべて内陣に入ってしまったのを確認し、イヴェットが立ち上がる。

その細い肩をコンラートの大きな手が掴み、ぐい、と引き寄せた。

硬い表情で唇を噛んでいるイヴェットに、修道院長が声をかける。

「結婚を拒否しておられる姫君に、無体なことはなさるまいな？」

「……ひとまずはな。フロランシアで騒いでいる、帝国の犬を退治してからだ」

イヴェットが院長に詫《わ》びる。

「修道院長様《ファーザー》、ミサを騒がせたこと、お詫びいたします。その人を、よろしくお願いします」

「聖域《アジール》に保護した者は、我らは全力で守る。……姫は守れずに申し訳ない」

イヴェットは微笑んで首を振る。

騎士たちがイヴェットと聖域《アジール》を隔てるように取り囲み、イヴェットは再びコンラートの手に落ちた。

聖域《アジール》への逃亡に失敗したイヴェットは、夜のうちにコンラートによって聖エミーリア小修道院から程近い、モンテミッシアの山城に連れていかれた。

モンテミッシアはゴロゴロした赤茶色の岩肌が露出した岩山で、その山上に赤砂岩の無骨な要塞が聳え立つ、まさに孤城であった。

騎士の一人の前鞍に乗せられたイヴェットの周囲は、松明を掲げた歩兵たちによってがっちりと囲まれていた。

その前方には騎乗したコンラートが、背後に数人の騎士を従えている。さらにイヴェットの後方にも騎士の一隊がついていて、ネズミ一匹逃げ出すこともできないほどの厳重な警戒。山道に松明を掲げて、夜間の強行軍で山頂の城に辿り着く。

イヴェットの面前で、一つしかない跳ね橋が下ろされていく。頑丈な鎖で吊るされたこの橋を越えれば、脱出は不可能だろう。

コンラートの軍が整然と並び、ゆったりと入城する。城内は篝火がいくつも焚かれて、昼間のように明るい。跳ね橋を渡ったところに黒髪の男が、白い羽根飾りのついた帽子を胸に当て、仰々しく膝をついていた。黒いビロードのマントに金糸の刺繍が施され、それが篝火に煌めいている。顔を上げればまだ若く、いかにも野心ありそうな男だった。

「ベルーナ王コンラート陛下のご来駕、まことに恐悦至極に存じます」

男はサン・エミーリア周辺を治める領主、バルド・スピノザと名乗った。ドゥオーモ河の南にひしめき合う小領主の一人で、今回、コンラートの要求を呑んで城を提供したものらしかった。如才のない笑顔で、馬上のイヴェットにも愛想よく微笑んだ。

「こちらがイヴェット姫でございますか。なんとおいたわしい！　無事に保護できてよろしゅうございましたな！　すぐにもお召しものを整えられるよう、準備もできてございますよ！　さ、さ、こちらに……」

一国の王女として生まれパラヴィア王妃であったイヴェットが、薄汚れた僧衣を纏い、髪まで切っているのだ。傍目《はため》にはさぞ憐れみを誘うことだろう。

だが、イヴェット自身にはみすぼらしい姿を恥じる気持ちはみじんもない。イヴェットにとっての最大の屈辱は、コンラートに再び囚われたことだ。

イヴェットはバルドの言葉には何も返さず、ただ睫毛を伏せた。

馬のまま石造りの城に入っていくと、イヴェットの背後でガラガラと大きな音とともに頑丈な鎖が巻き上げられていく。

やがて、ガシャン、と無情な音が響いて、跳ね橋は完全に閉じられた。

第十二章　山城〔七日目〕

モンテミッシアの山城に入り、イヴェットは城内の居住区にある客間に案内された。

「お疲れでしょう、すぐにお休みなさいまし」

城主のスピノザ伯バルドがテキパキと指図して、イヴェットをコンラートらとは別の居間へと自ら案内する。結婚を急ぐコンラートが強引な行動に出るのではと怯えていたが、そんな心配はなさそうでほっとした。

導き入れられた部屋は蝋燭が灯されてはいたが、薄暗くてよく見えない。てっきり塔《キープ》の上の鉄格子の嵌まった部屋に幽閉されると思っていたので、意外さに周囲を見回してしまう。

「ベルーナ王陛下の花嫁の部屋にはいささか地味ではございますが、なにぶん、ここは戦時の砦《とりで》でございますれば、ご容赦いただければ幸いです」

イヴェットのまなざしを部屋への不満ととったのか、バルドが慌てて言い訳する。

おそらく、コンラートはイヴェットが自ら逃亡したのではなく、誘拐されたと見栄を張ったのだろう。ようやく取り戻した相思相愛の花嫁を城の塔《キープ》に幽閉しろだなんて、さすがに言えなかったのだ。

イヴェットはバルドに微笑んでみせた。

「いえ、外からは無骨な要塞に見えましたのに、内部にこのような綺麗なお部屋があって、驚いたのです」

バルドがホッとしたように頭を下げる。

「そうでございましたか。時々、教皇庁の要職にある方などをお迎えすることがございましてな。華美にならぬ程度には体裁を整えております」

バルドが手を叩いて侍女を呼びつける。

「しかしながら、この城は女手が少のうございまして、急遽、サン・エミーリアの街から侍女を呼び寄せました。お世話に至らぬところがあるかと存じますが……」

そこで侍女に引き合わされ、バルドは下がる。薄暗い部屋では、侍女の顔も影が差してよく見えない。

「まずはお湯でお身体を拭い、お召し換えを」

汗と埃、血と泥で汚れた僧衣を脱がされ、盥《たらい》のお湯で顔を洗い、硬く絞ったリネンで身体を拭いてもらう。ふと、その仕草に記憶があるような気がするが、そんなバカなとイヴェットは頭を振る。

それから麻のシュミーズドレスを着せられ、温めたアーモンドミルクをもらう。

ラーナ人の宿で飲んだ味と同じだと、イヴェットはこの数日間を走馬灯のように思い出す。

エンツォは無事なのだろうか。

最後に見た血塗れの姿が脳裏に浮かび、イヴェットはぎゅっと目を閉じた。

侍女が囁くように言う。

「もうすぐに夜明けですが、少しだけでもお休みください」

言われるまま、羊毛を敷き詰めた柔らかいベッドに横たわったものの、眠れそうもなかった。

一人になれば、思うのはエンツォのことだけ。

小修道院の修道士たちが手当てをしてくれるだろうし、ヨナスとも合流できているはず。でも、あんな大きな怪我をしてしまって――

――どうしよう。エンツォが、死んでしまったら。

蝋燭の明かりに照らされた、エンツォの青白い顔を思い出すだけで、胸が潰れるような気持ちになる。水車小屋で愛しあった記憶もまだ生々しい。

橋から河へ飛び込む時、抱きしめてくれた彼の逞しい腕も、温もりも、すべて胸に刻まれている。

たった数日のことだけれど、エンツォはイヴェットにとって、かけがえのない大きな存在になっていた。

失いたくない。もう二度と会えなかったら、どうしたらいいのか。

イヴェットはベッドの中でただ、両手を組んで目を閉じ、祈ることしかできない。

加護の指輪が、彼を守ってくれますように。

――無事でいて。お願い。

――神様。あの人をお守りください。どうか……

そのまま、いつの間にか眠っていたらしい。

イヴェットが目を覚ました時、すでに陽も高くなっていた。

天井の木組みが装飾の一種のようで、白い漆喰の壁にはつづれ織りのタペストリーが掛けられている。緑濃い森の中で貴婦人が花や妖精と戯れる図柄は、緑の少ない山城の滞在で心を慰めるためのものだろう。窓から射す光はキラキラと眩く、イヴェットはここ数日のことが夢ではないかとさえ思った。

枕元の紐を引いて鈴を鳴らすと、すぐに紺色のお仕着せに白いエプロンを着けた若い女が朝食を運んできた。パンと豆のスープ、それから温かいミルク、干した果物。

「少しはお休みになれました？」

「……ええ」

昨夜は再び捕まったショックと、エンツォの身を案じる不安で何も考えられなかったが、一晩眠れば若く健康な身体は空腹を覚えるものだ。

――ちゃんと食べて、体力をつけなくちゃ。次に逃げる時こそ……

これからはもっと積極的に身体を鍛えなければ。次こそ、足手まといにならないように。

イヴェットは未来の自分のために食事を摂《と》ると決め、木の匙を手にした。

食事を終えると、侍女が入浴の支度ができていると言う。

「お風呂？　こんな山の砦で？」

以前、幽閉されていたモリーニ湖畔の城は湖に近いだけに水は豊かだった。だが侍女たちは塔《キープ》の上までお湯を運ぶのを嫌がり、温かいお湯に入ったのは四か月で数えるほどしかない。ましてこんな岩山の上の城で入浴なんてできっこないと思っていた。

だが、黒髪を結い上げて白いヘッドドレスをつけた侍女は、ニッコリ笑って言った。

「このお城は岩盤を穿った井戸があるんです。お湯もたっぷりとはいきませんが、沸かしてありますので」

明るいところでまじまじと見れば、侍女の顔には見覚えがあった。

「あなた……」

イヴェットはじっと彼女を見つめる。記憶の線がつながり、驚愕で目を見開く。

「ボナ？」

「うふふ、しーッ」

ボナは人差し指を一本、唇の前に立てて微笑んだ。

「わたしの正体には気づいていないふりをしてください」

あまりの驚きに、イヴェットはただ頷くしかできない。それに何より――

「……あなた、口がきけたのね……」

ラーナ人の宿では一言も喋らなかったのにと、少しばかり恨みがましい気分で尋ねれば、ボナは笑って答えた。

「あれはラーナの掟です。ラーナの宿では、女は余所者《よそもの》と口をきいてはいけないんです」

イヴェットはパチパチと瞬いた。

――奇妙な風習もあったもの。

そんなことより、ここにボナがいるのは、いったいどういうこと？

混乱しながら、イヴェットは支度のできた浴室に連れていかれる。水が豊富とはいえ、たっぷりとお湯に浸かれるほどの余裕はないのだろう。腰が浸かる程度の盥に温かい湯を満たし、身体を清めてもらう。ここ数日、藁の中で眠ったり、河に落ちたりと波乱万丈だったから、きっと王女にあるまじく汚れているに違いないと、恥ずかしく思う。

「ずいぶん、汚れているでしょう？　お風呂なんて何日ぶりかしら……」

「それより、怪我などがなくて幸いでした」

ボナは微笑むと、イヴェットの短い髪を洗い全身を磨き上げ、風呂上がりには甘い匂いの香油まで塗ってくれた。

用意されていた白いドレスに着替え、上に紺青のガウンを重ねる。金糸の組み紐を胸の下で交差させて身体に添わせ、腰のところで飾り結びをする。薄く化粧をした上で短い髪を梳き編み込みにしてまとめ、詰め物をした金色のネットを真珠のついたピンで留めれば、一見、長い髪を結っているかのように見える。

鏡に映るイヴェットは、綺麗に髪を結い、薄化粧を施してすっかり貴族の姫君のなりをしている。

昨日までの薄汚れた姿が嘘のよう。イヴェットはそっと、鏡の中の自分に手を触れた。

髪を切る時、エンツォはかなりためらったのよね——

その時のことを思い出し、イヴェットは逃避行の記憶を反芻する。

出会ってからたった七日にも満たないのに、一生分の想い出を積み上げてきたような気持ちだった。

抱きしめて、イヴェットのことを愛していると言ってくれた。

愛されぬ妻として、王位以外の価値のない女だと思い込んで生きてきたイヴェットを、命がけで守ってくれた。

イヴェットの騎士。イヴェットの偽修道士。イヴェットのただ一人の——

エンツォ……

血塗れの姿を思い出して、不安で目の奥が熱くなり、涙で視界が滲《にじ》む。

「うっ……」

ついに、両手で口元を覆って嗚咽《おえつ》を漏らすイヴェットの、その細い肩をボナがそっと抱きしめ、耳元で囁いた。

「だいじょうぶです。悪い知らせは聞いていません」

慰めてくれるボナの優しさに、イヴェットの瞳からこらえ切れずに涙が零れ落ちた。

イヴェットの部屋は中庭に面して外界からは隔絶され、周囲には兵士の立ち入りなども制限されているようだった。しかし、慌ただしく行き交う足音や、人の行き来のざわめきから、城内に流れる緊迫した空気をひしひしと感じる。

午後遅くまで、イヴェットは半ば放置されていた。部屋の外には監視の騎士がいたが、彼らは室内には入らない。

コンラートがやってこないのは不気味ではあったが、戦の準備でそれどころではないのだろう。

「皇帝の軍が、この山城を包囲したようです」

温めたワインを運んできたボナが、そっとイヴェットの耳元で囁く。

イヴェットはボナに尋ねた。

「エンツォのことは特には？」

ボナが無言で首を振る。

イヴェットが落胆のため息を零した時、突然、扉がけたたましく叩かれた。

「イヴェット姫！　お館様がお呼びです！」

ボナが対応に出て騎士には待ってもらい、慌てて支度を済ませる。毛皮の縁取りのついた刺繍入りの袖なしのコートを羽織り、飾り帯を足す。

ついてこようとしたボナに騎士は首を振った。

「ありがとう、一人でだいじょうぶ」

イヴェットはボナに向かって強いて笑顔を見せ、騎士の後に続いた。

モンテミッシアの山城は、急峻な斜面に貼りつくように建てられ、階段や回廊がいくつも連なる、迷路のような複雑な造りになっていた。窓からさりげなく観察すれば、騎士や兵士たちが慌ただしく行き交い、ものものしい雰囲気が支配していた。わずかに城外を眺められる回廊の窓からは、山の斜面に双頭の鷲《わし》の旗幟《きし》がいくつもはためくのが見えた。

——あれは、皇帝の軍旗。

皇帝ハインリヒが、近くまで来ている。

イヴェットの身柄を確保し、フロランシアの覇権を得るために。

イヴェットは思わず、両手でスカートを握りしめる。

この身が、大陸の覇権を左右する。

イヴェットが望んだことではないが、王家の血筋に生まれた運命《さだめ》だ。

——なにがあろうと、信念を捨てはしまい。言いなりにはならない。

イヴェットは決意を固めてゴクリと唾を飲み込み、騎士の大きな背中を追った。

連れていかれたのは、城の大広間。岩山に建てられた城ゆえに、地形の制限上、広間は細長く奥へと延びていた。両側にアーチを連ねた側廊がつき、中央は吹き抜けになって天井は高く、上の方は天窓から射す淡いオレンジ色の光に照らされ、陰になった部分から漆黒の夜が忍び寄っていた。

近づく夕暮れに備え、すでに広間には篝火が焚かれている。

幾何学文様のモザイク・タイルが敷かれた床の上を、騎士の先導のままに歩いていくと、数段、高くなった領主の玉座に、軍装のコンラートが不機嫌そうに座っていた。篝火の明かりが金属鎧を照らし、背後の毛織のタペストリーに大きな影が映る。

イヴェットが入ってきたのを見て、コンラートが立ち上がると、段を降りて歩み寄ってくる。

「ハインリヒの野郎、お前を本気で奪いに来やがった！」

パラヴィアに駐屯していた皇帝の主力軍は、昨日のうちにサン・エミーリアの街に到着し、モンテミッシアの砦の包囲にかかっているとか。きっと小修道院でイヴェットの事情を聴いたに違いない。

イヴェットはさきほど見た皇帝の軍旗を思い描く。

——ならきっとエンツォも……

「やつら、北の野蛮人なだけあって、無駄に足が速いわ！」

イヴェットは真正面からコンラートを睨み返した。

「もともと、ハインリヒ様はわたしの婚約者ですもの。当然ではありませんの？」

「何が婚約者だ！」

コンラートが声を荒らげる。

「エルブルスの北の野蛮人のくせに！　どうせフロランシアの王位が目当てだ！」

「王位目当てなのはあなたも同じでしょう。あなたと違って、彼はわたしの両親を殺していないだけ、百万倍、マシだわ」

イヴェットの悪態に、だがコンラートは予想もしないことを言い出した。

「イヴェット！　今すぐ俺と結婚しろ！」

「え!?」

コンラートが顎をしゃくると、騎士の一人が革の書類ばさみを持ってやってくる。

「書類さえ整えてしまえば、奴らに手出しはできん。ここにサインをしろ！　早く！」

突きつけられたベラム紙は結婚誓約書で、すでにコンラートの署名が書かれていた。

イヴェットは眉を顰め、首を振った。

「わたしはあなたとは結婚しません！」

イヴェットが拒否して書類ばさみを押しやると、コンラートが激昂した。

「ふざけるな！　ここまで俺に恥をかかせておきながら！」

コンラートの腕が伸び、手甲をつけた手で顎を掴まれ、強引に引き寄せられる。

「ひっ……いや、離して！」

「お前はもともと俺のものになるはずだったんだ！　ベルタに娘が生まれたら、俺に嫁がせる約束だった！　それを、ロタールが反故にした！　あいつはフロランシアを帝国に売ろうとした売国奴だ！」

コンラートの発言にイヴェットはヨナスから聞いた話を思い出す。

――でも、わたしがコンラートに嫁ぐ約束なんて、聞いたことないわ。

「……どういうこと？」

コンラートは顔を引きつらせて、かつて三か国で結ばれていた密約について語り始めた。

「アルノー、パラヴィア、ベルーナの三か国は、もともと同じ王家が別れた裔《すえ》だ。互いに婚姻を繰り返して、フロランシアを治めてきた。パラヴィア王の妹だったお前の母ベルタは、もとはベルーナの王子である俺の兄に嫁ぐ予定だった。……ベルタは美しい人で、弟の俺にもよくしてくれた。ところが、兄は狩りの最中に流れ矢に射られて死んでしまった」

婚約者であるベルーナの王子が死んだことで、三か国の同盟に亀裂が入る。兄王子の死により、ベルーナの後継者となったコンラートは、そのままベルタが嫁いでくることを望んだが、パラヴィア側が難色を示した。

コンラートが、ベルタより数歳年下だったからだ。

そこに、アルノーのロタール王がベルタに求婚し、パラヴィアがそれを受け入れた。

「俺は――ベルタが好きだった」

コンラートの告白に、イヴェットは目を瞠る。

「……お母様、を？」

「ベルタは、俺はあくまで婚約者の弟で、俺と結婚するつもりはないと言った。だが――」

コンラートは一瞬、昔を思い出すように遠くを見る。

「俺のことは本当の弟のように思っている。だから娘が生まれたら、俺のもとに嫁がせようと。それがベルタとの約束だった」

それは初めて聞く話だった。

「お母様が、そんなことを？　でも――」

イヴェットは最後に見た母の姿を思い出す。

あの日、父が死に、アルノーの街にコンラートの軍が迫る中、母ベルタはイヴェットをパラヴィアに脱出させた。

それは母が、コンラートにイヴェットを渡すまいと考えたからだと思っていた。

「俺はその口約束を信じて、正式な妻も娶らずにいた。俺の王国を継ぐのは、ベルタの娘であるお前が生んだ子であるべきだからだ。だが、お前の父親は、よりによって、お前を帝国の皇子に嫁がせると決めたのだ！　由緒あるフロランシアを！　山の向こうの野蛮人に売り渡すと言うのだ！許せるかこんな暴挙を！」

イヴェットの父は、妻とコンラートの約束など知らなかったのだろう。

たとえ承知していても、イヴェットはアルノー王のただ一人の嫡子。隣国の王に嫁に出せば、国を乗っ取られてしまう。母ベルタがイヴェット以外の子を産めなかった時点で、コンラートとの約束は守れない。

イヴェットの父ロタールは、アルノーの王として、アルノーの利益のためにふさわしい婿を選んだ。北のザイフェルト帝国と同盟を結び、その武力の後押しを得る目的で、皇帝の甥を婿に迎えることにしたのだろう。その選択は、コンラートにとっては裏切りに他ならない。

「だから、お父様を殺したの？」

イヴェットが震える声で尋ねた。

微妙な均衡を保っていたフロランシア三か国を動乱の淵に落とし込んだ、コンラートによるアルノー王の殺害。その引き金を引いたのは、イヴェットとハインリヒの婚約だった。

コンラートがギラギラした琥珀色の瞳でイヴェットを見る。

「そうだ！　俺は許せなかった。俺からベルタを奪うだけでなく、ベルタの娘をも北の野蛮人に売り渡そうとしたお前の父親がな！　だが結局、ベルタまでもが俺を裏切った！　娘は渡さないと言うから、ならばとベルタ自身を求めれば、あの女――」

イヴェットはふらついて数歩、後ずさりした。

母はコンラートの歪んだ執着に気づいていた。だからイヴェットを実家であるパラヴィア王家の保護に委ね、自身はアルノーに残ったのだろう。

以前の、自分の軽率な約束の責任を取るためだったのか、あるいは、かつての婚約者の弟を説得できると考えたのか。

だが予想を超える醜い執着心を向けられ、潔癖な母は夫を殺した男のものになることが耐えられなかったのだろう。

神に禁じられた自殺に当たらぬよう、食事を絶つという緩慢な方法でコンラートを拒んだ……

「お母様……」

イヴェットは両手で顔を覆う。しばらく心を落ち着けてから、傲然と顔を上げ、コンラートを正面から見た。

「わたしは、あなたのものにだけはならない！　あなたは父母の仇だわ！」

涙で滲んだ視界の向こうで、コンラートが顔を歪めた。

「なぜ、俺だけが責められる。パラヴィアはお前をカルロの妻にして、アルノーの王位を手に入れようとした！　それもまた裏切りだ！」

アルノーの王位をパラヴィアに奪われたことが許せず、コンラートは機会をうかがってカルロを殺し、ようやくイヴェットを手に入れられるはずだった。そして婚姻まであと少しというところで、イヴェットの逃亡を許してしまった。

コンラートが悔しそうに地団駄を踏む。

「カルロとは結婚したくせに！　なぜ俺はダメなんだ！」

「カルロはお父様を殺していないもの！　父母の仇と結婚なんて絶対にしない！　そんなに王位が欲しいなら、わたしを殺して奪えばいい！　あなたと結婚するくらいなら死んだ方がマシよ！」

イヴェットの烈《はげ》しい拒絶に、コンラートが赤い髪を掻きむしった。

「よりによって、結婚式直前にあのクソ修道士と逃げやがって！　あの帝国の犬め！　貴族ですらない卑しい生まれの男と！　お前はあの修道院であいつを命がけで庇ってみせた！　すっかり身も心も明け渡しやがって、この売女《ばいた》が！」

コンラートはイヴェットの手首を捕まえて引き寄せると、もう一つの手で顎を掴み、顔を無理に上向けさせ、顔を近づける。

「どうせ処女じゃないし、急ぐことはないと思った俺が愚かだった。今すぐにも俺のものになれば、結婚前の姦通の罪はなかったことにしてやる！　だが今後の不貞は許さんぞ！」

「いや、やめて！」

コンラートが司祭を呼んだ。

「司祭！　早くしろ！　とっとと結婚を成立させろ！」

イヴェットの視界の端から、白い服を着た聖職者がオロオロと進み出てくる。

「し、しかし……」

「いいから早くしろ！　誓いの言葉などいらん！　どうせアバズレだ！　書類と短剣を持て！　血判を押させてやる！」

「いや、放して！」

腕の中でもがくイヴェットをコンラートが押さえつけ、隣で司祭が震え声で祈りを唱える。

「ち、父と子と精霊の御名において、ベルーナ王コンラートと、アルノー王女にしてパラヴィア王妃イヴェットとの婚姻を……」

　呼ばれた副官がイヴェットの左手を掴み、薬指に短剣を当てる。

「やめて！　いっそ、その短剣でわたしの心臓を貫きなさい！　放して卑怯者《ひきょうもの》！」

「おとなしく言うことを聞け！」

　コンラートの腕の中でイヴェットが暴れて抵抗していると、広間の外から一人の騎士が駆け込んできて、コンラートの前に膝をついた。

「お館様！　敵軍が！」

　そしてその足元をすり抜けて、白くて細長い生き物がするすると駆け寄り、コンラートの鎧を駆け上がってジャンプした。

「シャーッ！」

　篝火の光に照らされた白い毛皮。長いしっぽを振って身体をくねらせる、ぬめるような動き。

　三角形の顔と黒い瞳。小さな体が発する渾身《こんしん》の威嚇に、コンラートが思わず飛びのいた。

「ケンティー！」

　エンツォの相棒のフェレット、インノケンティウス七世だった。

第十三章　決闘

駆け寄ってくる白い小さな生き物を見て、イヴェットはコンラートの手を振りほどき、素焼きタイルの床に膝をついて抱き上げる。

「ケンティー！」

「キュ、キュー！」

真っ白で柔らかい毛皮の手触りが懐かしい。三角形の顔に、真っ黒なつぶらな瞳。細長い身体をくねらす仕草も、間違いなくインノケンティウス七世だった。フェレットがいるということは、エンツォが近くにいるのだ。

――エンツォは、生きている！

エンツォの無事を知らせに来てくれたのだと気づき、白い毛皮を撫でて安堵するイヴェットの傍らで、コンラートは困惑を隠さない。

「敵軍……だと？　侵入を許したのか!?」

コンラートが、城のあまりの脆《もろ》さに呆然とする。

「――そんなバカな！　城主のスピノザ伯は何を……」

そこまで口にしてハッと気づく。

「まさか――」

コンラートが周囲の配下に叫ぶ。

「スピノザ伯はどこだ？　まさか奴が寝返ったのか？」

愕然とするコンラートの耳に、ざわめきとともに騎士たちの足音が近づいてくる。時折、剣撃の音や誰何《すいか》の声が散発的に聞こえるが、足音がすぐに大きくなる。

この城の防衛は城主であるスピノザ伯の騎士や傭兵《ようへい》が担っていて、コンラート配下の騎士は広間周辺に集められている。もしスピノザ伯が組織的に皇帝に降ったのなら、ベルーナの騎士だけでは抵抗など不可能だ。

その事実に今さら気づいたコンラートは、ギリギリと奥歯を噛み締める。

スピノザ伯を信用しすぎたコンラートが迂闊だったのだ。

コンラートの配下の騎士が主人を護るために玉座近くに集まってくる。

やがて、黒いマントをなびかせた騎士たちの一団が広間になだれ込んできた。いずれも黒い羊の紋章のついた揃いの鎧を纏っている。その数はざっと四十人。ザイフェルトの皇帝直属の精鋭であり、大陸最強を謳《うた》われる黒羊騎士団であった。彼らは一糸乱れぬ統率で続々と広間に入ってくると、半円形の陣形を取り、イヴェットとコンラート、そしてベルーナの騎士と正面から対峙《たいじ》する。

騎士たちの先頭に立つのは、洒落《しゃれ》た黒い帽子を被った、城主のスピノザ伯だった。

コンラートが憎しみに満ちた瞳でねめつける。

「バルド・スピノザ！　この裏切り者が！　帝国の犬となり果てたか！」

コンラートの地を這うような恫喝《どうかつ》を、スピノザ伯は飄々と受け流した。

「いいえ、裏切ったわけではなく、私は最初から、皇帝ハインリヒ陛下の意を受けております。

――ハインリヒ陛下の花嫁となる、イヴェット姫を守れと」

スピノザ伯は胸に手を置き、イヴェットに向かって深く頭を下げる。

「ハインリヒ陛下は南下を始める以前から、ドゥオーモ河南岸の小領主に根回しをしておられた。聖エミーリア小修道院でイヴェット姫を保護する予定がうまくいかず、そこで私めが一芝居打ったのですよ」

花嫁に逃げられたコンラートが恥も外聞も捨てて捜索の手を広げ、逃げる二人は聖エミーリア小修道院に追い詰められてしまった。サン・エミーリアの領主であるスピノザ伯はそのことを知るが、修道院は聖域《アジール》であるがゆえに軍隊を出せない。それで、協力を申し出るフリをしてコンラートにモンテミッシアの山城を提供すると持ち掛け、イヴェットを保護した――

スピノザ伯の説明を聞いて、コンラートは怒髪天を衝《つ》くばかりに激怒した。

「ちょうどいい！　皇帝ハインリヒに伝えろ！　俺とイヴェットの結婚は成立したと！　さっき司祭が祝祷を上げた！」

「イヴェット姫は拒否しているように見えました。サインも拒んでおられる」

スピノザ伯の指摘に、コンラートは座り込んでフェレットを抱きしめているイヴェットの腕を掴んで無理に引っ張り上げた。

「きゃあ！」

その拍子にイヴェットの腕から滑り落ちたフェレットが、「シャーッ」と歯を剥き出してコンラートを威嚇する。

「なんだこのイタチ！　邪魔をするな！　ホラ、早く拇印《ぼいん》を押せ、イヴェット！」

「シャーッ！」

イヴェットに拇印を迫るコンラートの足元を、フェレットがピョンピョン飛びまわって威嚇行動を続ける。

「踏み潰されたいか、このクソイタチが！」

「キー！　キー！」

殺気立つコンラートとフェレットに向かって、黒羊騎士団の背後からよく通る声がかかる。

「ベルーナ王コンラート！　イヴェット姫から手を放せ！」

騎士団の一行が音もなく左右に分かれ、中央から背の高い人物が進み出る。騎士団の鎧ではなく、黒いフードを目深に被り、漆黒のマントを羽織っている。マントを留める胸飾りは金で、赤いルビーが嵌められた豪華なもの。黒いマントから覗く黄金の鎧も、マントから零れる佩剣《はいけん》も黄金の飾りがついていて、身分の高さをうかがわせる。

黒革のブーツを履いた長い脚で、ゆっくり歩きながら口笛を吹けば、コンラートにまとわりついていたフェレットがピタリと動きを止めた。身を翻して男の足元に戻り、軽快な足取りでマントを駆け上がってフードの首元に丸くなる。それはまるで豪奢な、純白の毛皮の襟巻のようで、王侯の身を飾るのにふさわしく見えた。

男が黒いフードを外し、顔を露わにする。うねる黒髪が取り巻く端麗な顔立ちと、緑の瞳。その手にはイヴェットが託したルビーの指輪が煌めいていた。

「エンツォ……！」

恋人の無事を確かめて喜びの声を上げるイヴェットに、エンツォが優しく微笑みかける。

二人の間に漂う甘い雰囲気に、コンラートはますます怒り狂う。

「お前……！　あの時の修道士か!?　生きていたのか！　あれだけの重傷で……」

「エンツォ!!」

駆け寄ろうとするイヴェットの細い肩を、コンラートががっちりと掴んで引き寄せる。

「死に損ないが何の用だ！　修道士を騙った罪はどうした？」

コンラートの弾劾に、エンツォは爽やかに微笑んだ。

「正しき目的のためならば、神も多少の方便を許してくださる。俺は愛する女性を悪しき男の手から救うべく、神の使徒の姿を借りただけ。もちろん、教皇庁にはたっぷりと寄進し、贖罪《しょくざい》を認めていただいたから、何の問題もない」

そう言って、パチリと片目を瞑ってみせる。要するに、エンツォは教皇庁に多額の金をバラまいて、聖職者の身分詐称をなかったことにしたらしい。

「最後の仕上げに、俺はイヴェットとの結婚を賭けて、ベルーナ王コンラートに決闘を申し込みに来た」

「決闘だと⁉」

広間がざわめきで揺れる。コンラートがますます頭に血の気を滾《たぎ》らせ叫んだ。

「ふざけるのも大概にしろ！　卑しい遍歴修道士《ゴリアール》の分際で！　この俺と決闘だと⁉　王族に対してなんという恥知らずな！　無礼者が！」

「遍歴修道士《ゴリアール》が偽装だと知っているくせに。言っておくが、俺とイヴェットはもともと婚約者だ。身分でおぬしに劣ることはないと思うがな？」

エンツォの告白に、イヴェットも、そしてコンラートも表情を変えた。

――イヴェットのもともとの婚約者というのは、それは……

周囲の怪訝な表情を見て、エンツォが初めて気づいたように自身の黒髪に手をやる。

「ああ、まだ名乗っていなかったな。大変失礼した。改めて名乗ろう。我が名はハインリヒ。ザイフェルトの先の皇帝ハインリヒの子だ。北の森の覇者にして、聖剣ティルヴィングを受け継ぐ者である」

厳かに宣言するや否や、エンツォの黒髪が光を放ち、次の瞬間、波打つ金髪へと色を変えていく。

闇に溶けるようだった漆黒の髪が、松明の光を弾いて黄金さながらにキラキラと輝き始める。

イヴェットをはじめ誰もが声もなく、その変化を息を呑んで見つめた。

髪色ばかりでなく、黒く凛々《りり》しい眉も睫毛も煌めく金色に変じていき、エメラルドの瞳に宿る自信に満ちた光とともに、圧倒的な王者の威厳が漂っていた。

「ハインリヒ……ザイフェルトの、皇帝？　お前がかの《黄金の獅子》ハインリヒだと？」

コンラートの呟きに呼応するように、エンツォ――いや、皇帝ハインリヒは優雅な微笑をたたえ、確かな足取りで数歩進むと、余裕ある表情で周囲を眺めまわす。

そしてマントを留めるピンを外し、豪華な胸飾りごとマントを脱ぎ、背後の騎士に預けた。マントの下から現れた黄金の鎧の胸元には、皇家の紋章である双頭の鷲のレリーフが打ち出されている。

「あのクソ修道士がハインリヒ？　いったい何の手品だ」

コンラートが信じられないものを見たという風に、呆然と呟いた。

ハインリヒが自分の黄金の髪を、さらりと靡せる。

「ああ、賢者アンブローズの秘薬で色を変えていた。正体を明かすと元に戻る誓約魔法なんだ」

くすぐったそうに笑うと、彼は周囲の騎士たちに自身の立場を語り始めた。

「俺はかつて、先帝オットー陛下の命により、アルノーのイヴェット姫と婚約していた。だが六年前、オットー陛下が弑殺《しいさつ》されて帝国の内乱が勃発すると、俺は父とともに内乱の鎮圧に忙しくなる。イヴェットの父アルノー王ロタール陛下が殺害され、ベルーナ軍にアルノーが侵略された時は、とてもエルブルス山脈を越える余裕はなく、イヴェット姫はパラヴィア王に保護され、パラヴィア王カルロの妻となってしまった」

ハインリヒは一度言葉を切ると、反応を確かめるようにゆっくりと周囲を見回した。

「だが、今年になってカルロの死を知り、イヴェット姫からも助けを求められた。だから俺は、即座に軍を動かしてエルブルスを越えるように命じ、俺自身も托鉢修道士に身をやつし、イヴェット姫を救い出すことにした。望まぬ婚姻を強いられた元婚約者を、この手に奪い返すために」

そうしてじっと、コンラートに視点を定める。

「俺は以前の婚約者だ。夫を亡くしたイヴェット姫に改めて求婚するつもりだった。聖域《アジール》に逃げ込むのに失敗して、イヴェットをおぬしに奪われてしまったが、イヴェットと俺は愛しあっている。俺はイヴェットの身柄を要求する。イヴェットは、俺のものだ」

ハインリヒは《黄金の獅子》にふさわしい自信に満ちた口調で堂々と言いきった。

「コンラート、今すぐイヴェットを渡せ。タダでは嫌だと言うなら、この場で一対一で決闘しよう。勝った方がイヴェットを得る。どうだ？」

ハインリヒが腰の剣に手を置いて、一歩前に出た。黄金で飾られたいかにも由緒ありげな剣は、皇帝位の証として皇家に代々伝わる、聖剣ティルヴィングだった。

ハインリヒの碧の瞳は、コンラートの琥珀色の瞳から視線をそらさない。首元の白いフェレットもまた、全身の毛を逆立てコンラートを威嚇している。

コンラートは目だけで周囲を見回し、状況を把握しようとしているようだった。

その間もイヴェットの細い肩を大きな手でギリギリと握りしめるものだから、イヴェットは痛みに顔を歪める。

すでに城主スピノザ伯はハインリヒに屈しており、城内の兵もコンラートの味方ではない。圧倒的に不利な状況で、正面から軍を交えれば、数で負ける。

しばしの沈黙の後、コンラートはイヴェットを乱暴に押しやり、吐き捨てた。

「いいだろう。どうせそこの売女とは、もういい仲になっておるようだしな！　汚らわしい！　王位のために不義の罪は目を瞑るつもりだったが――」

広間の床に突き飛ばされる形になったイヴェットが、勝気にコンラートを睨みつける。

「わたしはあなたの妻でもなんでもない！　不義だの言われる筋合いは何一つないわ！」

「やかましい！　女の癖に黙っていろ！」

コンラートもまた、ギラギラした瞳でハインリヒを睨みつけて言った。

「わかった、ハインリヒ、約束しろ！　俺が勝ったら、俺をフロランシアの王だと認めろ」

「……つまり、イヴェットはどうでもよいということか？」

ハインリヒの問いに、コンラートが鼻で嗤う。

「人妻のくせに偽修道士といい仲になったような女、汚らわしい！　フロランシアの王位のためでなければ、誰が結婚するか！」

その発言にハインリヒが不愉快そうに眉を寄せた。

「いい年して処女信仰でもあるのかよ。きめぇな……」

そして気を取り直したように一つ咳払いし、重々しく宣言した。

「ならば話は決まった！　正式な決闘の作法に従い、立ち合い人はそちらの司祭と、スピノザ伯にお願いしよう」

予想外の成り行きに司祭はオロオロするばかりだが、さすが、城主のスピノザ伯は胸に手を当てて神妙に頭を下げた。

「承知つかまつった」


床に膝をついて呆然としていたイヴェットに、スピノザ伯が声をかける。

「イヴェット姫、お手を。後ろの安全なところに下がりましょう」

目の前に差し出された黒革の手袋にイヴェットは反射的に縋り、よろよろと立ち上がった。

「エンツォが、ハインリヒ様……」

正体を明かして本来の金髪を取り戻した彼は、眩いほどの自信と威厳を纏い、周囲を圧するオーラを放っていた。

黒髪の時も十分に格好良かったけれど、華やかな金髪が発する高貴さは圧巻だった。

いまだに、混乱で頭がぐるぐるする。

モリーニ湖畔の城からイヴェットを脱出させ、ずっと二人で旅をしてきた偽の修道士エンツォの正体が、皇帝ハインリヒその人だった。

――まさかそんな。いくらなんでも危険すぎるし……。

もともと婚約者だったけれど、会ったのは十年前に一度きりで、金髪の美少年だったことしか憶えていないから、髪の色を変えられたらイヴェットはお手上げだ。

――皇帝の命令で、皇帝のもとに連れていくって言うその人が、まさか皇帝本人だなんて誰が思うのよ！　さらに吟遊詩人《トルヴァドール》よろしく即興詩を歌ったり、説教したり、橋の上から飛び降りたり……。

スピノザ伯に手を取られ、数段高くなった玉座の近くに導かれる間、これまでの数日を思い出しては、ひどく狼狽した。

「こちらにお座りください、イヴェット姫」

「あ、ええ……」

勧められるままに、中央の玉座は避けて隣の椅子に腰を下ろしたが、すっかり心ここにあらずだった。

ドゥオーモ河に落ちて水車小屋で結ばれて以来、イヴェットはこのまま皇帝ハインリヒと結婚していいのか、エンツォの考えがわからなくて悩んでいたのに。まさかエンツォがハインリヒ本人だったとは……。

――ああ、でも、エンツォは修道院でひどい怪我を……。

ふと血塗れのエンツォの姿を思い出し、イヴェットがハッとして彼の姿を捜す。

ちょうど、玉座の横に立つスピノザ伯が、手を挙げて宣言したところだった。

「立ち合い人のバルド・スピノザである！」

「わ、私は司祭のヨハネスです！」

もう一人の立会人に指名された司祭は貴族ではないためか一段下がった場所に立って、しかし同様に手を挙げて宣言する。

広間の中央に決闘用の空間が空けられ、その周囲を騎士たちが取り囲んでいた。

決闘は戦場の常なのか、騎士たちは特別な指示もなく自然と動き、ベルーナの騎士と帝国の黒羊騎士団の騎士が、互い違いに一人ずつ交互に並んで円陣を作る。

スピノザ伯が手を挙げ叫んだ。

「武器の選定を！」

騎士の輪の中で、エンツォ――ハインリヒがすらりと剣を抜き放ち、顔の正面に捧げ持った。

「俺は自分の剣、聖剣ティルヴィングで戦う！」

円陣を組んでいる皇帝配下の騎士たちが一斉に歓呼の声を上げる。

《ハインリヒ！　我らが主！　王の中の王！　黄金の獅子に神の加護があらんことを！》

コンラートは従兵が手渡す戦斧《せんぷ》を受け取り、頭上でブルンと振りまわしてみせた。

今度はベルーナの騎士たちが歓呼する。

《我が王コンラート！　ベルーナの王！　赤きグリフォンよ！　我が王を護りたまえ！》

二人が位置につくと、両陣営の騎士たちが同時に片膝をついて座る。立っているのは円陣の中のコンラートとエンツォのみ。

「始めよ！」

スピノザ伯の合図で、決闘が開始された。

二人は十分に距離を取りつつ、ゆっくりと回って間合いを取る。コンラートは愛用の戦斧を頭上で振りまわし、起きた風でエンツォの金髪がふわりと舞う。

少し高くなった場所から決闘のありさまを眺めて、イヴェットは緊張のあまり、胸元で両手を握りしめる。心臓が喉までせり上がってきそうで、呼吸もうまくできない。身を固くしているイヴェットに、スピノザ伯が囁いた。

「心配は無用です。陛下の異名は《黄金の獅子》。戦場では無敗の英雄であらせられる」

「彼が、強いのは知っています。でも……」

上半身だけの金属鎧を着た彼は、いかにも自信に満ち、金髪が太陽のように煌めいていた。

エンツォは強い。だからきっと大丈夫――とは思うけど……

ゆっくり歩きながら、エンツォが肩に止まるフェレットに言った。

「インノケンティウス七世、少しどいていてくれるか」

「ピキュ！」

フェレットは一声鳴くと、しゅるっと地面に降り立ち、コンラートを威嚇するようにピョンピョン跳ね、死の舞踏を舞う。

「目障りなクソイタチ、叩き潰すぞ！」

コンラートがフェレットめがけてガンッと戦斧を叩きつけるが、フェレットはするりと逃げて、ただ空《むな》しく床のタイルが叩き割られ、破片が飛び散った。

「お前の相手はインノケンティウス七世じゃなくて、俺だ」

エンツォが笑い、剣を正眼に構える。皇位の証でもある聖剣ティルヴィング。北の森の覇者に代々伝えられてきたものだ。

篝火の明かりを反射するその輝きは青く凄愴《せいそう》としていた。コンラートが振りまわす戦斧の起こす風が、緊迫した空気をいや増した。

イヴェットがゴクリと唾を飲み込んだ時。

ガン！　コンラートが振り下ろした戦斧をエンツォが剣で受ける。青い火花が散り、二人の顔を照らした。

次の瞬間、同時に後ずさって離れ、互いに間合いを取る。

広間は沈黙が支配し、張りつめた空気に誰も、咳《しわぶ》き一つ漏らさない。

ジャリ、ジャリ……と二人がゆっくりと歩く足音だけが響く。

コンラートはギラギラした瞳で敵愾心《てきがいしん》を露わにし、一方のエンツォは涼やかな表情のままで、半円を描いて位置を変える。

ついでエンツォが流れるような動作で一歩前に踏み出し、コンラートの肩口を狙う。

コンラートは大きな身体に似合わない素早い動きで軽々と避けると、逆にエンツォの足元を狙って戦斧を叩きつける。

ガキーンッ！

エンツォが剣を下げて防ぎ、青白い火花が散る。

並みの剣ならば折れているかもしれない、激烈な攻撃だった。

「チッ」

コンラートが舌打ちし、ブンッと戦斧を旋回させ、巻き起こった風がエンツォの長い金髪をそよがせる。エンツォは形のよい唇の口角を上げると、一歩踏み込んで突きを入れると見せかけ、くるりと身体を回転させ、その遠心力をも利用してコンラートの首筋、ネックガードのすぐ上を正確に狙う。コンラートがギリギリで避けるが、わずかに頬を掠める。エンツォは攻撃の手を緩めず、ふらついたコンラートの足元を狙って剣を打ち込んだ。

カンッ、カンッ、キンッ……

金属音が鳴り響く広間では、誰もが息を呑み、固唾を飲んで見守っている。

金属がぶつかる音と、刃物が風を切り裂く音、タイルを踏みしめる足音だけが響く。

技量は互角にも思われたが、イヴェットはエンツォの頬を伝う汗を見て、思い出していた。

——エンツォ、いえ、ハインリヒ様は怪我をしている！

あの傷は相当深かった。何事もないように見えても、昨夜の今日で決闘に耐えうるとは思えない。

そういう目で見れば、微妙に左肩を庇っているようにも見える。

コンラートも、彼の怪我を憶えているだろう。攻撃は左肩に集中している。

――エンツォ……！

心臓がバクバクと激しく打ち、とても見ていられない気分だったが、目を瞑ってはいけないと、イヴェットは両手を組んで口元に当て、祈りながら目を凝らした。

――神よ！　エンツォをお守りください！

二人の熱闘は続く。コンラートの赤い髪とエンツォの金髪が交錯し、白刃がぶつかる音が絶え間なく響きわたる。

ガンッ
コンラートの戦斧がエンツォの肩甲を叩き、彼はふらついて数歩下がる。

その隙を逃さずコンラートがさらに戦斧を打ち込み、エンツォのむき出しの金髪を狙う。

今にも金髪の頭がメロンのように割られ、秀麗な顔が血塗れになるのでは、とイヴェットが耐え切れず目を瞑った。だが、エンツォは屈んで片膝をつき、コンラートの戦斧が空を切る。エンツォの金髪が数本散り、篝火の明かりにキラキラと煌めく。

「クソッ……！　ちょこまかと……ッ！」

コンラートは勢いに乗り、膝をついているエンツォに上段から振りかぶる。やや無理な体勢でさらにもう一歩前に出て攻撃する。だが踏み込んだ場所は、さっき彼自身がフェレットを狙って戦斧を叩きつけてタイルを割った箇所だった。少し抉れたタイルに足を取られ、わずかにコンラートの身体がぐらつく。エンツォはその瞬間を冷静に狙っていたのだろう。戦斧を軽く弾いて手首を返し、斜め下から正確に、首元のネックガードの隙間をついて、喉笛に剣を突きつけた。

「!!」

あと数寸、コンラートが踏み込んでいたら喉を突き破っていた。

「お館様！　そこまででございます！」

周囲で見ていたコンラートの配下が悲鳴のような声を上げ、決闘を止めた。

凍りついたように動かない二人に、コンラートの配下数人が膝をつき、エンツォに主君の助命を嘆願する。

「ハインリヒ陛下！　どうかそれまでに！　我が主はフロランシアにおいては慈悲深く、大過なく統治を進めて参りました。イヴェット姫の件はあくまで一時の暴走でございます……」

エンツォはぴたりと剣を当て、碧色の目をまっすぐにコンラートに向けたまま言った。

「イヴェットは俺のものだ。それで承知なら剣を引く」

コンラートはぐっと眉を顰めてから、戦斧を手放した。カランと音を立てて戦斧が床に落ちる。

エンツォがすっと剣を引き、コンラートはようやく身体を起こした。

そうして片膝をつき、頭を下げる。

「決闘の結果を受け入れる。イヴェット姫はそちらのものだ」

　エンツォは立ち上がり、剣を掲げて宣言した。

「我、皇帝ハインリヒは宣言する。アルノーのイヴェット王女をわが妃とし、帝国とフロランシアの友好の礎とならんことを！」

　黒羊騎士団が立ち上がり、ドッと歓呼の声を上げる。

《我らがハインリヒ！　黄金の獅子!!》

　歓呼に応えてエンツォが片手を挙げ、玉座のイヴェットを見て微笑む。広間の隅にいたフェレットが騎士たちの足元をすり抜けて駆け寄り、エンツォの肩にするすると上った。

　白いフェレットを肩に乗せ金色の髪をなびかせて、エンツォはイヴェットの方に歩いていく。

　座るイヴェットの前に跪くと、エメラルドの瞳でまっすぐに見上げた。

　そしてイヴェットの前で剣をまっすぐに立てる。それが騎士が誓う時の作法だと、イヴェットは気づいた。

「イヴェット姫。皇帝ハインリヒがこの聖剣ティルヴィングにかけて誓う。生涯、あなたの騎士となり、あなただけを愛する。俺の妻になって欲しい」

　騎士の誓いと求婚を受けて、イヴェットは息を呑んだ。

「エンツォ……じゃなくて、ハインリヒ、様。……わたしで、よろしいのなら……」

　エンツォは蕩けるような笑顔で微笑んだ。

「あなたがいい。イヴェット。俺にはあなただけだ」

エンツォはイヴェットに向けて剣の柄《つか》を差し出す。黄金の蔓《つる》があしらわれた聖剣の名にふさわしい、美しい造りの剣だった。

イヴェットは彼の意図を察し、剣の柄を掴むと抜き身の剣をエンツォの肩に乗せ、厳かに宣言した。

「わたくし、イヴェット・フォン・アルノーはハインリヒ陛下をわたくしのただ一人の騎士と認めます。神の御加護があらんことを！」

エンツォはイヴェットの手を取り、その甲に口づけ、婚約の証の指輪をもう一度、その白い指に嵌めた。

広間には、黒羊騎士団の割れんばかりの歓声が響き渡った。

第十四章　取り戻した真珠

エンツォ――ハインリヒが初めてエルブルスの山を越えて、フロランシアに入ったのは十四歳の時。暗く神韻たる北の森とは違う光に溢れた風景に、ハインリヒは目を瞠った。

煌めく湖となだらかな緑の丘、そして豊かな畑が広がる美しい土地には、家々の白い漆喰の壁が眩しく輝き、窓には色とりどりの花が飾られていた。

古代からの文明が息づく花の都であり、南の海から外国ともつながるフロランシアは、エルブルスの北の人間にとって、古代の華々しい大帝国の歴史と文明の花開く憧れの土地だった。

いずれ、北の帝国が南へと進出する足掛かりとして、皇帝は甥のハインリヒをエルブルスの南の王位に即《つ》けるべく、アルノーの王女にして王位継承者であるイヴェットと婚約させた。

純然たる政略結婚だが、ハインリヒは対面した王女イヴェットの、無垢な愛らしさに瞬く間に魅了された。

桃色がかった不思議な金色の髪は甘い香りがして、青い瞳は晴れ渡った南国の夏空のように澄んで、一点の曇りもなかった。雪花石膏《アラバスター》のごとく白い肌は内面から輝き、ふっくらした頬は果実のようにみずみずしかった。まさに、南国の真珠。神の恩寵《おんちょう》が滴り落ちて凝《こご》ったような、すべてを捨てても手に入れるべき、一粒のよき真珠――

もともとフロランシアに憧れを抱いていたハインリヒにとって、イヴェットは理想に描いた春の女神の娘そのものだった。

アルノー王宮の庭園はちょうど薔薇の盛りで、甘い香りでむせ返るほど。ミツバチや蝶が飛び交い、遠く青空の彼方では雲雀《ひばり》が春の歌を囀っている。華やかで解放的な美しい庭で、ハインリヒはイヴェットと婚約の誓いを交わした。

婚約の証としてハインリヒが持参した指輪は、北の森の賢者アンブローズの祝福を施し、大粒の魔除《まよ》けのルビーが嵌まっていかにも古色蒼然としていた。イヴェットの幼い指にはあまりにも大きくて、ハインリヒは自分の気の利かなさに泣きたくなったけれど、でも幼い彼女は大きな指輪を掌に載せてニッコリと微笑んでくれた。

『大切にします、ハインリヒ様』

この愛らしい少女を妻として、この楽園のような土地の王となる。

幸福で美しい夢のような未来が、約束されているはずだった。

婚約から四年間、折に触れて手紙のやり取りは欠かさなかった。

子供らしい拙さを残していたイヴェットの文字は、しだいに美しく洗練され、成長の著しさを感じさせた。美しい南方風の図案が刺繍された絹のハンカチは、彼女が刺したのかと想像するだけで胸が轟いた。毎年贈られてくる肖像画を並べて朝晩眺め、話しかける執着ぶり。

それはもはや、崇拝の域に達していた。

十八歳になったらすぐにも正式に婚姻したいと、父親にも皇帝にもせっつき、その日を指折り数えて待っていた。だが、ハインリヒが十八歳を迎える直前、彼の幸福な未来は突如消えた。

父子の仲違《なかたが》いから、皇帝オットーは息子に殺害された。父親を殺して帝位に即いたアルヌルフを帝国諸侯は認めず、皇弟ハインリヒ——つまりハインリヒの父——が推戴される。継承争いから内乱が勃発、当然、ハインリヒも父を助けて帝国内を転戦することになる。

時を同じくして、エルブルスの南ではイヴェットの父アルノー王ロタールが殺害された。

王を失ったアルノーからは、エルブルスを越えて救援の要請があった。ロタール王との約束で、王女イヴェットの婿としてハインリヒこそが、次代のアルノー王を継ぐべきだからである。

だが当時のハインリヒに、戦線を離脱してフロランシアに向かう余裕などなかった。

アルノーの方でも、帝国の助けは期待していなかったのだろう。ハインリヒとの婚約を反故にし、パラヴィア王の息子カルロと王女イヴェットを結婚させ、パラヴィア王の保護下でアルノーを存続させることを選択した。

ハインリヒはこの時、婚約者と継ぐべき王国を為す術なく失ったのである。

一兵たりとも動かすことができなかったハインリヒに、アルノー側の不誠実を責める資格はない。

ハインリヒの初恋は、内乱と政争と、そして大陸を隔てる峻険なエルブルス山脈によって潰えた。

真珠は、ハインリヒの掌より零れ落ち、失われた。その事実は、ハインリヒを大いに打ちのめした。

初恋の喪失の痛みを忘れるために、ハインリヒは内乱鎮圧に没頭した。

もともと体格に恵まれ、軍事的才能もあったらしい。それこそ失恋の傷を忘れたくて、ひたすらに馬を駆り、戦場にその身をさらした。凄惨な戦いを幾度もくぐり抜け、勝利をもぎ取り、多くの屍《しかばね》を踏み越える。その勇壮な戦績と知略により、いつしかハインリヒは《黄金の獅子》の異名を得る。輝く金の髪にエメラルドの瞳。美貌のみならず赫々《かっかく》たる武勲に彩られた彼は、内乱終結の後に父の後を継ぎ、二十歳の若さで皇帝に即位する。

圧倒的な戦果は諸侯からの絶大な支持につながり、皇帝としてのハインリヒの権力は盤石である。おそらくはこのまま、ザイフェルト帝国の黄金期を現出するであろう。

だが、一人の青年としての彼は、婚約者を奪われた傷から立ち直れないままでいた。


六年の時が過ぎた、この四月、パラヴィア王カルロが暗殺された。

帝国の都アイラクアの宮廷にその報せがもたらされた時、ハインリヒはちょうど、宮宰に捕まって見合い用の姿絵を見せられていた。

世襲君主に世継ぎの誕生が切望されるのは当然のことで、妻も婚約者もいない若き皇帝のもとには、雨あられと縁談が持ち込まれた。しかし、帝国内の名門出身の美貌を謳われた姫であっても、ハインリヒの心が動くことはなかった。彼はかつての婚約者にいまだに恋々とし、降るような縁談をすべて断ってしまう。宮宰が口酸っぱくして結婚の必要性を説いても、ただ首を横に振るばかり。

そこへ突然知らされた、パラヴィア王カルロの死。

ハインリヒは思わず立ち上がり、その勢いで積み上げられた肖像画が床に散らばる。

「陛下!?」

驚いて肖像画を拾い集める宮宰の話も、ハインリヒの耳にはまったく入ってこなかった。

――カルロが死んだ。つまり、イヴェットは……

イヴェットは未亡人になった。まだ、子供もいないはず。

しかしハインリヒは六年前、イヴェットを見捨てている。救えなかった自分にまだ、チャンスはあるのだろうか？

ハインリヒとイヴェットの間には、罪の意識と険しいエルブルスの峰が立ちはだかっていた。

今や皇帝になったハインリヒにとって、フロランシアはかつてよりもさらに遠い――

だがその逡巡《しゅんじゅん》も吹き飛ぶような出来事が起きる。

およそひと月の後、一人の若者がエルブルスを越え、ハインリヒに助けを求めたのだ。

怪我した脚を引きずりながらアイラクアの宮廷に辿りついた彼の手には、ハインリヒがイヴェットに贈った、婚約の証のルビーの指輪があった。若者はイヴェットの従者トーニオと名乗り、指輪をハインリヒに差し出して告げた。

『イヴェット・フォン・アルノーが助けを求めている』

イヴェットと同じ青い瞳。十年前、同じ目をした従者の少年がいたことを、ハインリヒは憶えていた。

トーニオはこの六年間、イヴェットが置かれた苦境を語る。

パラヴィア王との結婚は、不幸なものだった。ほとんど幽閉に近い状況に置かれ、夫には愛人までいた。そして、彼女は王位のために再び結婚を強いられている。

ベルーナ王コンラートは、彼女の父を殺しただけでなく、さらに夫を殺し、王位目当てにイヴェットに求婚した。その結婚から逃れるために、イヴェットはパラヴィアの王宮を脱出し、帝国への逃亡を目論んだのだと。

『俺が至らないばかりに、今頃はコンラートの手に落ちているかと思います。ですが、姫は諦めないと約束してくれました』

ハインリヒの前で跪き、肩を落とすトーニオの言葉に、ハインリヒは衝撃を受ける。

深窓育ちの彼女が、女の脚でエルブルスを越えようとした。

その無謀さと烈《はげ》しさに、ハインリヒは言葉もない。

——ああ、俺はなんと意気地のない男だったのだ！

大陸最強の軍隊を擁し、常勝将軍と呼ばれながら、ハインリヒはエルブルス越えをためらった。

それに比べてイヴェットは！

――俺は何としてもイヴェットを救わねばならぬ！

それは天啓とも言うべき、恋慕の激情であった。

やはりイヴェットこそ、ハインリヒの唯一の人であり、すべてを捨てても手に入れるべき高貴なる一粒の真珠なのだ。

《フロランシアの化身》にして花の女神の申し子。どうあっても、俺は彼女を救い出す――

《黄金の獅子》皇帝ハインリヒは王女イヴェット奪還を決意した。


ハインリヒは大陸全土に間者を放っていた。

特にエルブルスの南の諜報《ちょうほう》を任せている男を呼び出す。エルブルス山脈の峠道を、わずか数日で往復する脚力を持ち、どんな場所にも潜伏でき、フロランシアの隅々まで情報網を持った男、ヨナス。流浪の民であるラーナ人の社会とつながり、裏社会にも精通している。

イヴェットの従者トーニオから聞いた話によれば、パラヴィアにおける彼女の生活は、けして幸せではなかった。ヨナスの諜報からも、その証言は裏付けられた。

カルロは彼女を愛さなかった。何人もの愛人を囲い、イヴェットは愛されない惨めな妻として、王宮内の高貴な囚人のような暮らしだったと。

ハインリヒは胸を掻きむしりたい気分だった。彼からイヴェットを奪っておきながら、許せない。

何もかも、ハインリヒが未熟で、不甲斐《ふがい》ないせいだ。

六年前、すべてを顧みずにエルブルスを越えていたら、そんな惨めな思いはさせなかったのに。

時を戻すことはできない。ならばせめて、今度こそは自らの手で彼女を救い出したい。

自ら精鋭を率いてエルブルス山脈を越え、大軍の圧力をもって彼女を取り戻すことを考えた。

しかし、ヨナスは言う。

『それでは間に合わないでしょう』

イヴェットはすでにコンラートの手中にある。婚礼は八月の末と決められた。

『前夫との死別後、百日間は寡婦の結婚は認められない。ですが、その期間を過ぎれば、コンラートは実質的な婚姻を強いる可能性が高い』

大軍をもって城を包囲したところで、イヴェットの身柄があちらにある限り、結婚が成立していると強弁されてしまう。

『結婚式の前に、モリーニ湖畔の城からイヴェット姫を脱出させるしかありません。間者を潜入させ、密かに姫を救い出すべきです。問題は、脱出に姫君が同意してくれるか、です』

ヨナスの言葉に、閃《ひらめ》いたのだ。

『俺が！　自分で行く！』

『はぁ？』

『俺が間者になる！　身分を隠して！』

『正気ですか？』

当然、大反対されたが、ハインリヒは一歩も引かなかった。

モリーニ湖畔の城からパラヴィアまで、彼女を秘密裡《ひみつり》に連れ出すのを他の男の手にゆだねるなんて、絶対に嫌だった。

『あなたは皇帝なんですよ？　それを──』

『そうだ、彼女は俺のものだ。皇帝《カイザー》のものは皇帝《カイザー》に。だから俺が自分で彼女を救い出す！』

ハインリヒの強い決意に、とうとう、周囲が折れた。大軍でのエルブルス越えとその後のフロランシア行軍において、特段に皇帝ハインリヒの采配は必要ない。

ハインリヒの出番は、フロランシアについてイヴェット姫を確保してからだ。

教皇からの戴冠と、アルノー王女イヴェット姫との結婚という名目を掲げ、皇帝は軍を率いて南下を決定する。背格好のよく似た影武者を仕立て──これは内乱中から作戦の都合でしばしば使っている手でもある──絶対に、誰にも正体を悟られないことを条件に、ハインリヒは微行を勝ち取ったのだ。


ハインリヒが正体を隠すためには、ただでさえ目立つ黄金の長い髪をごまかす必要があった。普通の染め粉では、すぐに色が落ちて露見してしまう。

ハインリヒは、エルブルスの北に広がる黒い森に棲む、賢者アンブローズに相談した。

エルブルスの北では、教会の教えよりも古い神秘主義的な信仰を伝える森の賢者が尊崇を集めていた。魔法や秘術、秘薬――そんな神秘の力を持った賢者アンブローズは、ハインリヒの守護聖人であり、また名づけ親でもある。

ハインリヒの無茶な相談に対し、だが賢者アンブローズは白い髭《ひげ》を揺すって笑っただけだった。

そうして、決して誰にも――もちろん、救うべきイヴェットにも――正体を明かさないことを契約条件として、髪色を変える秘薬をくれた。

『名前を明かすと髪色は戻ってしまうぞ？』

『わかった。だいじょうぶだ』

『他にはいらんか？　例えば、飲むと互いに恋して離れられなくなる媚薬《びやく》なんてどうだ？　……三年しか効果はもたないがな』

アンブローズがいかにも怪し気な小瓶を寄越そうとするが、断った。

『それは必要ない。ちゃんと自力で口説く。万が一の時のよく効く傷薬とか、そういうのならもらう』

『それならこれじゃな、どんな刀傷も一晩でバッチリ塞がる……はず。たぶん』

『たぶん、ってなんだよ。本当に効くのか？』

『ふぉふぉふぉ……わしはそんな大怪我をしたことがないからのぉ……物は試しじゃ』

とりあえず、髪色を変える秘薬と、よく効くという触れ込みの傷薬だけをもらった。傷薬は万一に備えて懐に忍ばせ、金髪を秘薬で黒髪に変える。伴《とも》はフェレットのインノケンティウス七世のみ。

一人と一匹でエルブルスを越えた。

もちろん、ヨナスとその部下たちの周到な目があったけれど。

ハインリヒは托鉢修道士エンツォと名乗り、市に群がる芸人に紛れ、モリーニ湖畔の城に潜入した。そしてようやく、イヴェットその人の姿を目にしたのだった。


祝いの市が開かれた湖畔の城の中庭。夕暮れの淡い光の中、一人の貴婦人の姿にエンツォは目を奪われた。

ヴェールで髪を覆い、時祷書を手にした凛とした立ち姿は、地上に舞い降りた一羽の白鳥のようだった。涼やかな美貌と湖のような青い瞳は幼い日の面影を残しながら、大人の女性としてあでやかな成長を遂げたイヴェット。

ああ、まさに《フロランシアの化身》にして、花の女神の申し子――

瞳には理知の輝きがあり、花びらのような可憐な唇は鉄の意志を秘めて固く結ばれていた。

美しい容姿の内面に清らかで強靭《きょうじん》な魂を宿しているのは、気品溢れる立ち居振る舞いからも明らかだった。

説教をしながら、エンツォは心のうちでイヴェットに語り掛ける。

『神の国は一粒の真珠、すべてを捨てて我が救いの手に縋れ』

その言葉に応えるかのように、イヴェットは真珠の耳飾りを寄進した。

彼女は、脱出の希望をまだ捨てていない！

その意志を受け取り、エンツォはイヴェットの囚われている部屋を探り出し、城からの救出に成功した。二人で続ける逃避行。過酷な旅にも、一言も不平を漏らさないイヴェットの、折れない強い心にエンツォはますます惹かれていく。

しなやかでまっすぐで、そして自由で——

星月夜の下で、ラーナ人の少年のなりで短い髪を揺らして走るイヴェットは、そのままどこかに飛び去ってしまうのでは、と不安になるほど美しかった。

——どうしても、彼女が欲しい。

アルノーの王女イヴェットではなく、今、目の前にいる彼女が。

北の皇帝ハインリヒとしてではなく、今ここにいる偽の遍歴修道士《ゴリアール》、生身の男エンツォとして。

富も権力もいらない。すべてを捨てても彼女が欲しい。

イヴェットこそ、ただ一粒の真珠だから——

命懸けの逃避行と決闘の末に、彼はついに取り戻した。

すべてを捨てても手に入れるべき、一粒のよき真珠を。

第十五章　婚姻の秘蹟

モンテミッシアの山城での決闘から、およそ二か月。

十月十八日の聖ルカの祝日。その日はよく晴れ、秋の青空が広がっていた。

王族の結婚式としては異例の早さで、皇帝ハインリヒとアルノーの王女にしてパラヴィア王の末亡人であるイヴェットとの、結婚式および戴冠式が挙行される。

結婚式を急いだのは二つの理由がある。

表向きは政治的な理由だ。皇帝であるハインリヒは長くエルブルスの北を放置できない。結婚式を終え、教皇からの戴冠も済ませ、エルブルスの峠道が雪に埋もれる前に山を越えたいから。

だが、本当のところはもっと単純に、彼が一刻も早く新妻との蜜月に入りたいと願った、個人的な理由の方が大きかった。

この結婚により、皇帝ハインリヒはエルブルスの南にあるアルノーとパラヴィアの王位を手にする。エルブルスの南北の王位を持つ者は、教会の守護者となる。数百年ぶりに、皇帝ハインリヒは時の教皇インノケンティウス七世より戴冠されるのだ。

カラン、カラン……

フロランシアの南方、海沿いの教皇領に聳える聖アウグスタ大聖堂は、朝から祝福の鐘が鳴り響いている。

世紀の結婚式を一目見ようと、あちこちから民衆が詰めかけた。

真珠と宝石で飾られた黄金に輝く八角形の帝冠は、もともと、戴冠を目指していたハインリヒの祖父オットーによって製作され、長く帝国の宝物庫に眠っていたものである。

皇帝直属の黒羊騎士団に守られ、皇帝ハインリヒが白馬に跨って大聖堂の前に乗りつける。

輝く金色の髪、白皙《はくせき》の美貌にエメラルドの瞳を持つ若い皇帝の姿に、聖堂前の広場に詰めかけた老いも若きも感嘆の声を上げる。

動きにつれて翻る鮮やかな緋色《ひいろ》のマントには、金糸の精緻な縁飾りが施されている。地紋には帝国の紋章が織り込まれて、光の加減によって双頭の鷲の文様が浮き上がる。

マントの留め金の装飾も金。赤い大粒のルビーがついた豪華なもの。

マントの下の衣装は黒地に金糸刺繍が施され、さらに華やぎを添えるように、首元の襟巻は高貴な身分の象徴でもある白鼬《オコジョ》の毛皮——と見せかけて実はペットのフェレットだとは、遠目には誰も気づかないのであった。

聖堂の前で馬を降りた皇帝ハインリヒは、取り囲む群衆を一瞥してちょっとだけ片手を挙げて歓呼に応えてから、着実な足取りで聖堂の内部へと消えた。

入れ替わりのように、四頭立ての馬車が現れ、花嫁が到着する。

こちらは白いレースのヴェールを被って顔は見えない。ただ希少な貝紫《ティリアン・パープル》色のドレスは、皇帝の花嫁への深い愛情を表して、深みのある美しい色をしていた。

花嫁には介添えの令嬢が四人、長い引き裾《トレーン》を捧げ持ち、護衛の騎士の先導で静かに聖堂の奥へと消えていく。

広場の上空には鳩の群れが円を描いて旋回を続ける。

カラン、カラン……

その日は祝福の鐘が一日中途切れることなく鳴り響いていた。


朝から続く結婚式と戴冠式、そして祝宴を終えて、イヴェットが解放された時には、すっかり夜になっていた。

皇帝の滞在用に接収した教皇領内の宮殿、その奥の最も華麗な寝室は婚礼用にさらに飾りつけられていた。

その部屋のベッドの端に腰掛けて、イヴェットは一人、夫となった皇帝の訪れを待っていた。

今夜は初夜だ。それに備え、豪華な浴室で頭からつま先までピカピカに磨き上げられ、希少な薔薇の香油をたっぷりと擦り込まれている。

寝室には秋の薔薇。ほんのり甘い香りが漂い、官能を呼び起こす香木も焚かれている。

信じられない話なのだが、モンテミッシアの山城で求婚を受け入れてから、皇帝とは逢えていないのだ。もちろん、手紙や贈り物は山と届いているが、すべてヨナスが仲介して彼は来なかった。

モンテミッシアの山城での求婚の後、イヴェットは数年ぶりにアルノーに帰郷した。

家族の想い出の残る懐かしい宮殿で、スピノザ伯の後見を受けながらハインリヒとの正式な婚約を結んだ。だが、その儀式には皇帝の親族が代理人として派遣されたのみだった。

王族同士の婚姻で、本人同士は結婚式で初めて対面が叶う、などということは珍しくない。ひどい場合は結婚式すら代理人だったりもするので、逢えないことに文句を言うべきではない。

それはわかっているのだけれど――

エンツォの正体がハインリヒだと知らされてから、二人で話す時間のないことが、イヴェットの不安を煽っていた。

イヴェットはエンツォを愛している。

だから、エンツォであるハインリヒとの結婚を受け入れた。でも――

婚約が調ったら逢いにも来ない皇帝は、結局はイヴェットの王位だけが目当てだったのか――

贈り物を届けにきたヨナスによれば、皇帝の正式な結婚ともなれば、正統性を示すためにも、敢えて花嫁との間を厳密に分かつ必要があるのだと。

『お二人の婚姻は、エルブルスの北と南を結ぶ歴史的なものとなります。どこからも文句の出ない、瑕疵《かし》のない完璧なものとするために、陛下もじっと我慢しておられるのです』

とヨナスは言う。

ちなみに、コンラートとの決闘も、イヴェットとの婚姻に後から口を挟ませないためだったとか。

『あの状況でしたら、戦力的にもベルーナ軍を壊滅させることも可能でしたが、それではベルーナやパラヴィアあたりから不満が出たかもしれない。ベルーナ王に婚姻を認めさせることが重要だったのです』

ヨナスの説明に、イヴェットは不安を打ち消そうと努力した。

――少なくとも、わたしは彼を愛している。愛のない結婚じゃない。だから……

イヴェットは一人、豪華な寝台の上で手持ち無沙汰にため息をついた。

結婚式では二か月ぶりに姿を見たけれど、まともな会話すらできなかった。

その後の祝宴でも目を合わせるぐらい。隣に座るエンツォとの距離はかなり離れていたし、言葉を交わせる雰囲気ではなかったのだ。

ただ結婚の誓いで彼の声を聴き、彼の顔を見た。

黒髪の遍歴修道士《ゴリアール》エンツォとは違う、黄金の輝く髪の皇帝ハインリヒ。

あの七日間の逃避行はまるで夢のように遠く思えて――

その時、ノックの音がして、イヴェットは姿勢を正す。

キイ、と静かに扉が開き、護衛騎士のトーニオが戸口で深く一礼する。

「ハインリヒ陛下のおなりです」

「は、はい！　どう、どうぞ……」

トーニオの先導で、ハインリヒが寝室に入ってくる。

部屋のあちこちに灯された蝋燭の明かりに金髪が煌めいて、豪華な金糸の模様入りのガウンを纏い、足元は革の室内履き。首元にはいつもの通り、白いフェレットが巻きついているし、やや面長で端整な顔立ちも緑色の瞳も間違いなくエンツォであるのに、髪色と服装が違うだけで醸し出す雰囲気がずいぶん、異なっている。

それでも、少し緊張した面持ちでイヴェットの前に進むと、見慣れた優しい笑顔を作る。

——ああ、やはりエンツォだ。

イヴェットもまた笑顔を返した。

エンツォは毛織のガウンを脱ぎ捨て、夜着一枚になってイヴェットの隣に腰を下ろした。

ギシリ、と重みでベッドが軋み、イヴェットはドキドキして顔を伏せる。

久しぶりに会った彼と、これから夫婦のことをするのだと思うと、恥ずかしくて顔を上げられなかった。すると、膝に温かくて柔らかい感触を感じる。

「キュピ！」

彼の首元に巻きついていたフェレットがイヴェットの膝の上に降り立ち、夜着越しに細長い身体を擦りつけてくる。

「ケンティー！　元気だった？」

久しぶりに滑らかな白い毛皮を撫でてやると、嬉しそうに目を細めている。

「イヴェット……しばらく、逢えなくてすまなかった。変わりはない？」

「ええ。エンツォ……じゃなくてハインリヒ様も」

「エンツォでいい」

それから、エンツォは少しばかり肩を落とした。

「本当はもっと、結婚式までに会って話をしたかったのに、ザイフェルトの伝統だかなんだか、小うるさいことを言う奴が多くて。結婚式までは花嫁と会ったらだめだとか、何とか……。やっと、イヴェットが正式に俺の妻になって、皇后としての戴冠もした。もう文句は言わせない」

エンツォに詫びられて、その真剣な表情にイヴェットは気圧《けお》されながらも頷いた。

「は、はい……これから末永くよろしくお願いします」

エンツォはほっとしたように微笑んで、そして脱ぎ捨てたガウンを拾っているトーニオを目で追い、複雑そうな表情になる。

「その……彼は、イヴェットの特別な従者なんだよな？」

トーニオが姿勢を正し、頭を下げる。トーニオはエルブルスを単身越える時に足を怪我して、帝国で療養していた。彼は遅れてフロランシアに戻り、アルノーでイヴェットに合流したのだ。

「ええ。トーニオはわたしの腹違いの兄なの。たった一人の大切な兄よ？」

「えっ……？」

ぽかんとしたエンツォに、イヴェットが首を傾げる。

「トーニオからは説明していないの？」

「俺は、ロタール陛下に認知されていませんので……」

トーニオが首を振るのを、イヴェットが咎める。

「トーニオ！　そんな風に卑下するのはやめて」

二人のやり取りを見て、エンツォが呟いた。

「兄妹だったのか……俺はてっきり……」

トーニオが、エンツォに尋ねる。

「まさかとは思いますが……俺と姫様の仲を疑っていたのですか？」

エンツォが図星を指されて返答に窮する。

「だって、イヴェットが最初は、口を開けばトーニオ、トーニオだったから……」

気まずそうに肩を竦めるエンツォのようすに、イヴェットは呆れてしまった。イヴェットの腕の中で、フェレットがくねくねと動いて盛んに匂いを嗅いでいる。落ち着きなく動くフェレットの毛皮を撫でて宥めながら、イヴェットが言った。

「まさかそんな誤解をするなんて！　聞いてくれれば普通に説明したのに！」

「不安だったんだ。俺は、六年前にイヴェットを助けられなかった。その間トーニオはずっとイヴェットを護っていたんだから。頼りにならない元婚約者より、側にいる従者の方がいいって言われるかもしれないと……」

華やかで自信に満ちた見た目からは想像できないエンツォの弱気さに、イヴェットは驚く。

「そんな心配をなさっていたなんて……」

「ごめん……」

情けなさそうに身を縮めているエンツォに、イヴェットは緊張も忘れて笑ってしまう。

「危険も顧みず、自分で助けに来てくれた勇気あるあなたが、そんな弱気なことを考えていたなんて、思いもよらなかった」

「自信がなかったから、自分で助けないといけないと思って……必死だったんだ」

イヴェットはエンツォをじっと見つめ、微笑んだ。

「ありがとう。エンツォがハインリヒ様だったなんて、今でも少し信じられない。わたしを救い出してくれて、本当に感謝しています」

「……感謝だけ？」

エンツォの言葉の意味が理解できずに首を傾げる。フェレットがイヴェットの肩に上り、とんと軽く飛んでエンツォの肩に戻る。

エンツォはイヴェットの手を取り、やや身体を丸めるようにして、手の甲に口づけた。

「以前誓ったとおり、俺はイヴェットの騎士として、生涯、イヴェットだけを護る。愛してる、イヴェット」

エンツォの告白にイヴェットはカッと顔が熱くなる。エンツォの肩の上から、フェレットがじっと、つぶらな黒い瞳で見つめてくる。その視線に耐えられなくなって顔を背ければ、今度はくすぐったそうな表情で二人を見ているトーニオと目が合う。

——え、今こんな、人の目のあるところで誓わなくてよくない？　恥ずかしいんだけど！

羞恥心で耐えがたいのに、エンツォはさらに愛の言葉を紡いでくる。

「……俺は、エルブルスの北に帰らないといけない。イヴェットを故郷から連れ出すことになるけど、許して欲しい。慣れない土地で苦労させるかもしれないけれど、全力で護るから」

「あ、あ、ありがとう……」

「だから、イヴェットにも俺を愛してほしい。イヴェット？」

至近距離から顔を覗き込まれ、カーッと顔が熱くて火が出そうだ。

「そ、そ、その……」

「きゅぴっ、きゅっ？」

「ケン、ティー？」

細長い身体をくねらせて顔を覗き込んでくるフェレットに、イヴェットは思わずのけぞる。黒い瞳をキラキラさせ、白く長いしっぽをブンブン振って、まるで二人の誓いの証人にでもなったかのようなフェレットの態度に、イヴェットは戸惑って声が出なくなってしまった。

「あ、わ……」

「こら、インノケンティウス七世！　邪魔するな！　イヴェットが困ってる！」

「ぴっ！　くー！」

エンツォに追い払われて、フェレットが身を翻して逃げる。そこに、扉が開いて聖職者と貴族の男性が入ってきた。

「今、教皇猊下《げいか》のお名前が……？」

聖職者は聖エミーリア小修道院長ベルナルドで、教皇の名にキョロキョロしている。

「インノケンティウス七世！　寝床に帰れ！」

「キュッ、ピー！」

ベッドの上で飛び跳ねていた白いフェレットが、エンツォに叱られて部屋の隅の籐籠《とうかご》に追い払われる。フェレットは少しだけ抵抗していたが、おとなしく籠の中で丸くなった。イン、ノ、ケ、ン、テ、ィ、ウス七世の正体を知ったベルナルドが、眉を顰めた。

「教皇猊下と同じお名前なのは……」

「偶然だ。俺の飼うフェレットの、七代目なんだ」

「……左様でございますか」

エンツォの答えに納得いかない表情ながら、ベルナルドは引き下がる。

もう一人の貴族男性、スピノザ伯が言った。

「我々は床入りの見届け人でございます。聖職者代表と、俗人代表です」

「見届け……？」

イヴェットが身を固くすると、エンツォが安心させるようにイヴェットの手を握った。

「結婚が正式に行われるかを確認に参りました」

俗人代表のスピノザ伯が、ベッドの上をざっと改めて、二人に尋ねる。

「この婚姻は両者の合意のもと、正統なものであると認めますね？」

「もちろん」

「認めます」

二人が同意すれば、今度は聖職者のベルナルド院長が祝祷を唱えながら、金の椀《わん》に入った聖水を二人と寝台にふりかける。

「父と子と精霊の御名において、二人の神聖なる結婚を祝福する……」

イヴェットとハインリヒは降りかかる聖水を神妙に浴び、ベルナルド院長の祝福を受けた。

「ではよい夜を」

二人は寝室を出て行き、トーニオもまた、部屋を下がる。

パタンと扉が閉ざされて、ようやく二人きりになり、イヴェットがほっとため息をついた。

初夜に見届け人とはいえ、他人がやってくるのは勘弁して欲しい。

「すまない、見届け人を頑張って二人に抑えたが、それで精いっぱいだった」

エンツォに申し訳なさそうに言われ、イヴェットはえっと思う。

「もしかして、本来はもっと多かった……？」

「うん、正式な作法では天蓋の外に寝ずの番が……」

「無理！」

イヴェットは以前にパラヴィアで結婚しているが、あの時は司祭が一人ついてきて、ベッドに入るのを確認して終わりだった。――カルロはその後すぐに出て行ってしまったし。

エルブルスの北で、さらに皇帝家ともなれば、より厳密で古い伝統が残っているのだろう。

「ここはフロランシアだから、ってなんとか説得したんだが……」

「そうですか、お心遣いありがとうございます……」

「その……」

エンツォがじっとイヴェットを見つめる。

「さっきの続きだけど……」

エンツォが改めてイヴェットに言う。

「愛してる。エンツォ……いえ、ハインリヒ様。わたしも、愛しています」

「ええ。エンツォ……いえ、ハインリヒ様。わたしも、愛しています」

エンツォがイヴェットの頬を愛おしそうに撫でる。まなざしには蕩けるほどの熱が籠もっていた。

「その……抱いても？」

イヴェットは水車小屋の一夜を思い出し、カッと羞恥で頬を染める。

「はい……あなたの、お望みのままに」

「イヴェット……逢いたかった」

エンツォは感極まったように呟くと、イヴェットを抱き寄せ、唇を重ねた。

† ‡ †

エンツォの唇が、イヴェットの顔じゅうを這う。

初夜のベッドの上に細い身体を押し倒し、エンツォの大きな身体で覆いかぶさって、腕を顔の横についてイヴェットを閉じ込める。エンツォの髪がカーテンのようにイヴェットの周囲を囲んで、金色の檻のようだ。唇が伏せた金色の長い睫毛に触れ、閉じた瞼を辿り、頬を滑り、柔らかな唇を啄むように口づけていく。

焦がれ続け、ようやく手に入れた花嫁。その小さな耳元で熱い息とともに愛を告げる。

「イヴェット……ずっと逢いたかった……」

「エンツォ……わたしも……」

幾度もキスを落としながら、エンツォが切なげに囁いた。

「……顔を見たら、きっと我慢できなくなってしまうから……」

水車小屋で初めてイヴェットを抱き、処女であったことにエンツォは狂喜乱舞した。

イヴェットはまだ、誰のものにもなっていなかった。彼女の肌に触れたのは自分だけ。

六年前に奪われたと思っていた純潔は、まだ守られていたのだ。

だが、その喜びを噛み締める暇もなく、翌日には、イヴェットは再びコンラートの手に落ちてしまった。

あとほんの少し、数歩だけ進めば聖域《アジール》に逃げ込めたのに。

傷や出血の痛みよりも何よりも、エンツォは自身の不甲斐なさが許せなかった。

コンラートに囚われてしまったイヴェットが、今度こそ貞操を奪われてしまうのではないか。

万が一にも彼女が汚されてしまったら――

イヴェットの純潔を得た喜びは、エンツォにとって今や奪われる恐怖に変わった。

一刻も早く、イヴェットを取り戻さなければならない。

焦るエンツォは賢者アンブローズの秘薬を一気飲みし、ヨナスらの制止も振り切って、翌日にはモンテミッシアの山城に突入を命じた。秘薬の効き目は確かで、傷は本当に即座に塞がった。

しかし――

コンラートとの決闘という無茶をしでかしたおかげで、あの後、傷口が再び開いて、数日寝込む羽目になったのだ。その隙に口うるさい親族の介入を許してしまった。

結婚式まで二か月、イヴェットに会えなくなった一因はそこにもある。

ただ、それはイヴェットには内緒だ。格好悪い姿は見せたくない。

「エンツォ……？」

真下から、イヴェットの青い瞳にまっすぐに見つめられ、エンツォも動きを止める。

イヴェットの手がエンツォの頬にかかり、輪郭を辿る。存在を確かめるように優しくゆっくりと。

「本当に、エンツォがハインリヒ様だったのね？　わたし……」

イヴェットが金色の睫毛を伏せた。

「ハインリヒ様と結婚しなければいけないのに、エンツォとあんなことになって、どうしたらいいのかって……」

「イヴェット……」

エンツォはイヴェットの額に口づけ、詫びた。

「ごめん、正体を明かせない以上、抱くべきじゃないのはわかっていた。でも、どうしても我慢できなくて……全部、俺が悪い。ごめん……」

エンツォはイヴェットの唇を塞ぐ。熱い舌で催促するように唇をノックすれば、イヴェットが応えて唇をそっと開き、彼の舌を迎え入れる。柔らかな唇の感触を味わいつつ、深く舌を差し入れる。舌先と舌先が触れ合い、絡め取る。歯列の裏を舐め、口蓋の奥に舌を這わせる。溢れてくる唾液の甘さに、脳が溶けるような興奮が湧き上がる。

——イヴェットのキスは、それだけで媚薬のよう。

星月夜の下、積み藁の中で奪ってから、イヴェットのキスの甘さがエンツォの心を甘い官能で占めて、ひと時も忘れられなかった。

「んっ……」

長い口づけに、イヴェットが息苦しそうに首を振るので、エンツォは仕方なく唇を離した。微かな水音と、唾液の橋がかかる。口づけに酔ったイヴェットは青い瞳を潤ませ、とろんとした表情でエンツォを見上げている。その淫靡さに、エンツォの欲が一層、煽られる。

「本当にイヴェットのキスは、甘い……」

もう一度口づけ、さらに深く貪る。手探りでイヴェットの夜着のリボンを探り当て、するりと解いた。襟元を寛《くつろ》げ、細い胸元の肌に掌を這わせる。

まろび出た二つの白い丘。柔らかな膨らみを掴み、吸いつくような感触を確かめながら、優しく揉み込む。枕元のランプに照らされたそれが、面白いように形を変えていく。

イヴェットが、明かりに気づいて、恥ずかしそうに首を振った。

「ねえ、明かりを、消して。恥ずかしい……」

「いやだ、消したくない。見たいんだ……」

エンツォは少し身を起こし、イヴェットの真っ白で美しい身体を舐めるように観察する。二つの丘の頂点には、目を凝らさないとわからないほどの薄紅色の蕾が揺れる。

そっと、壊れ物のように交互に指先で撫でていると、それが膨れて硬く勃ち上がってくる。片方を指で摘んで弄びつつ、もう片方に顔を寄せてパクリと咥える。強く吸い上げれば、イヴェットが小さな叫び声を上げた。

「あっ……」

初心な反応にエンツォが唇を離し笑う。

「可愛いね。これから俺が毎日弄《いじ》って、舐めて可愛がってあげる」

片方の乳首を指で摘み、クリクリと弄びながら、もう片方の乳首を舌で転がすように舐めしゃぶる。イヴェットの息遣いが荒くなり、白い身体を悩まし気に捩って、艶めかしい声を上げる。

「ん、んんっ……やっ……エン、ツォ……」

硬くしこった乳首を舌で圧し潰すように舐め、吸い上げ、甘噛みして執拗《しつよう》に愛撫すれば、イヴェットはさらに身悶え、快感に耐えるように首を振る。

「あっ……んっ……ん……」

「胸だけじゃ、物足りない？　……下も、触れて欲しい？」

「そんな、ことッ……」

エンツォはイヴェットの脚を開かせ、秘処を覗き込んだ。

「やだ、見ないで……」

エンツォの身体を押しやろうとするイヴェットの両手を捕まえ、片手でひとまとめにすると、頭上で押さえつけた。

「待って、恥ずかしい……」

羞恥で涙目になっているイヴェットを見下ろし、エンツォは何とも言い難い征服欲に支配され、あえて意地悪に言った。

「どうして。妻の秘密の場所は夫だけの特権だろ？　もう、俺のものだよ」

膝を少し曲げ、さらに大きく開かせると、早くも潤いはじめた花びらに指で触れる。金色の薄い恥毛を撫で、慎ましやかな秘裂を指でそっと広げた。敏感な秘芽を探りだすようにまさぐれば、そこが強烈に感じるのか、イヴェットが大きく喘ぎ、白い胸を反らして身を捩る。

「あああっ……」

「ここ、気持ちいい？　ああ、すごく濡れてきた……」

溢れてきた蜜を塗り込めるようにして秘芽を繰り返し愛撫し、同時に蜜口の浅い部分に指を入れて探れば、イヴェットの腰が大きく揺れた。とぷりと中指を蜜洞に埋める。そこは狭くて熱くて、指に絡みついてきた。

「あっ……それ、だめっ……」

ゆっくりと丁寧に内側をまさぐり、親指で秘芽への刺激を続ける。指を二本に増やして蜜を掻き出すようにかき回せば、ぐじゅぐじゅといやらしい水音とともに、溢れた蜜が零れ落ちていく。

「すごい、溢れてきた……美味しそうで、我慢できないな……」

エンツォはイヴェットの脚の付け根に顔を埋め、溢れる蜜をすすった。

「ひっ……ひあっ……」

イヴェットが強すぎる刺激に悲鳴を上げてしまう。逃げようとする腰を両手でがっちりと抱え込み、陰核に蜜を纏わせるように舌で転がし、時に唇で吸う。ぴちゃぴちゃと獣が水を飲むような音を立てて、イヴェットの花園を貪った。同時に指で蜜口をかき回せば、ぐぷぐぷと溢れる愛液が泡立ち、太ももへと流れ落ちていく。そのありさまも淫靡で、エンツォは興奮のままに獰猛に蜜を舐めとっていく。蜜壺は彼の指を三本も飲み込んでしまい、イヴェットは与えられる快楽に我を忘れていく。

「あ、ああっ……あああっ……ああっ、それっだめぇっ……あーーーっ」

快楽から逃れようと、イヴェットは白い脚をばたつかせていたが、内部の敏感な場所を引っかくように刺激されて、白い脚の爪先までぴんと反らして絶頂した。ガクガクと震える腰を押さえつけ、陰核に軽く歯を立てる。イヴェットが過ぎた快楽に甲高い悲鳴を上げた。

「ああっ……もう、許して、あああっ……」

息も絶え絶えになったイヴェットのようすに、エンツォが顔を上げ、口元をぬぐう。

「イヴェット。そろそろ、一つになりたい。あなたが欲しい」

「エン、ツォ……」

快楽に潤んだ瞳でイヴェットがエンツォを見上げ、こくりと頷く。エンツォも夜着を脱ぎ捨てて素裸になり、すでに限界まで昂った肉楔《にくけい》をイヴェットの秘処に宛がった。

「イヴェット……挿れるよ……」

イヴェットの両腕がエンツォへ差し伸べられ、汗ばんだ彼の肩に抱き着く。まっすぐに見つめてくる青い瞳に灯る、焦がれるような色彩に、エンツォの楔《くさび》がドクリと膨れ上がった。

「来て……エンツォ……早く……」

「ああもう、そんな顔で煽られると……。優しく、しようと思っていたのにっ……」

エンツォの辛抱が切れてしまって、一気に腰を進めた。

「あっ……ああっ……」

「くっ……きつ、い……」

執拗な愛撫に蜜口はすっかり潤ってはいたものの、まだ交接に慣れないため、イヴェットは痛みに顔を歪めた。その表情にさらにエンツォの興奮が煽られて、隘路《あいろ》を切り拓《ひら》くように最奥まで穿つ。

奥までつながり、エンツォが深いため息をついた。

――熱い。そして、なんて狭い。

見下ろすイヴェットの身体は汗ばんで、ランプの光に淡く輝いていた。大きく不自然に広げられた脚のはざまに、エンツォの分身を深々と受け入れ、苦し気に身をくねらせている。

――ああ、俺は今、彼女の中に入って、彼女を犯している。

《フロランシアの化身》、花の女神の申し子。

十年間焦がれ続けた女神を、ようやく、名実ともに手に入れたのだ。

「イヴェット、愛してる……」

そっと頬に手を添え、身体を倒して唇を塞ぎ、舌を差し入れて咥内をまさぐる。

二か所で深くつながっていることに、エンツォの脳が興奮で痺れる。

結合部からじんわり立ち上る快感に耐えがたくなり、エンツォは唇を離すと荒い息を吐きながら宣言した。

「イヴェット、動くよ……加減、できない、くっ……」

ギリギリまで引き抜いて一気に奥まで突き入れ、激しい動きでイヴェットの最奥を穿つ。

最奥を突き上げられるたびに、イヴェットの唇からはこらえきれない喜悦の声が零れ落ちる。エンツォも息を荒げ、狂おしい律動を繰り返す。

「あっ、あああっ……ああっ……」

「はあっ……イヴェット……イヴェット、イヴェット……悦い、悦いよ……」

何度も名を呼びながら、隘路を振り切るように腰をぶつければ、膣壁がうねって彼を奥へ奥へと導くように搾り上げてくる。

肩口に縋りつくイヴェットの両手をそれぞれ握り、指を絡めて顔の横で縫い留め、なおも最奥に叩きつける。装飾された四本柱の豪華な寝台が激しい行為に軋み、天蓋布に区切られた狭い空間に甘い空気が満ちていく。

快感に汗が吹き出し、こめかみから頬を伝って顎に蟠《わだかま》る。雫がイヴェットの胸元に滴り、胸の谷間へと流れ落ち、汗にまみれた肌がランプの光に煌めいた。動くにつれて金色の髪が揺れ、イヴェットの顔の周囲を覆って檻のように閉じ込めてしまう。イヴェットの表情が悦楽に歪む。汗が飛び散り、淫らな喘ぎ声と水音が絡まり合う。

「あ、ああっ……またっ……ああっ、あーーーーっ」

「くっ……俺も、もう、出るっ……」

イヴェットが絶頂し、その搾り取るような膣壁の収縮に逆らわず、エンツォも彼女の中で果てた。

「はあっ……はあっ……イヴェット……」

すべてを出し切ってイヴェットの上に崩れ落ち、そのまま抱きしめる。ぐったりと荒い息を吐いて身を投げ出すイヴェットの、汗ばんだ肌のあちこちにハインリヒは口づけを落とし、息を整えた。

しばらく抱き合ったままでいたが、エンツォは名残惜し気にイヴェットの中から抜けだし、ごろりと身を横たえる。

まだ息の整わないイヴェットの汗ばんだ髪を撫で、額にキスを落とす。イヴェットが腕を伸ばし、エンツォの首筋に抱き着いてくる。

「……イヴェット……愛してる。すごく悦かった」

イヴェットが、ランプの明かりに照らされた金色の髪に手を伸ばし、指を滑らせた。

「綺麗ね……」

細く白い指に金髪を巻きつける仕草に、エンツォが尋ねる。

「イヴェット、俺の金髪が好き？」

イヴェットは微笑んだ。

「ええ。でも、黒髪も好きだったの……どちらも捨てがたいわ……」

「よかった。黒い方が好きだったと言われたら困るなって」

金の糸のような髪を白い指に巻き取って滑らせながら、イヴェットが尋ねた。

「本当に、皇帝ともあろうあなたが、自分で助けに来るなんて。信じられないわ。変装までして」

エンツォがイヴェットの顔を覗き込む。

「だって、他の男が助けて一緒に旅をしたら、イヴェットはそいつのことを好きになってしまうかもしれない。そんなの、耐えられない。俺が自分で助けたかった」

「危険だって反対されなかったの？」

「されたけど押し切った。そのくらいのわがままが許されないなら、皇帝なんてやめてやるって脅した」

「わがままにもほどがあるのでは……」

皇帝の迷惑すぎるわがままに呆れているのか、それでもイヴェットはエンツォの髪を撫でている。

優しい仕草に甘えたくなって、イヴェットの額に額をくっつけてささやいた。

「そう。俺はわがままだから。わがままついでに、俺は、まだし足りないんだけど」

「え？」

戸惑うイヴェットをくるりとうつ伏せに反転させ、背後から一気に奥まで貫いた。

「ああっ……や、まっ……」

強引な挿入だったが、放ったものと蜜とで十分に潤っていた膣は、やすやすと太竿を受け入れてくれる。みちみちに埋め込まれて、うねるように締めつけてくる、そのあまりの快感にうっとりと目を閉じる。

「ああ、さっきよりほぐれてる……」

背中から覆いかぶさって体重をかけ、身動きを封じる。両手をイヴェットの両手に上から重ね、指を絡める。華奢な背中に硬い胸を押しつけて密着し、肩越しに耳朶を食《は》み、耳の穴に熱い息を吹きかければ、イヴェットがくすぐったそうに身を捩った。

「あっ……あぁっ……」

「ああ、やっぱり、この角度もいいな……」

ぴったり隙間なく身体を密着させ、ゆるやかに抜き差しを開始する。やさしく揺さぶるたびに結合部からジンジンした疼きが立ち上って全身に広がっていく。敏感な耳を舌で嬲ってやれば、イヴェットがいやいやという風に首を振る。

「あ、だめ、それっ……おかしくなるっ……」

「イヴェット……イヴェット……ああ、あなたも気持ちいいんだ……もっと、感じて……」

指と指、肌と肌、そして最も深い場所でつながりあい、愛する人と一つになる幸福感に酔い痴《し》れる。

イヴェットにはもっと感じて欲しい。

もっと気持ちよくなって、自分の与える快楽に溺れて欲しい。

今度はもっと長く愛しあいたい――

エンツォはゆったりとした抽挿を続け、静かで深い快楽を追い求める。快感の波が次第に高まって、やがて大きなうねりとなっていく。イヴェットの全身もエンツォの快感に呼応するように小刻みに震え始める。内部が収縮し、深く埋め込まれた彼の楔を甘く締めつけていく。

「イヴェット、気持ち、いい？　どんな感じか、教えて……」

「そん、な、……無理っ……」

「気持ちいいんだよね？　イヴェット……どんな風に感じてるの？」

ゆっくりと甚振るような抜き差しを続けながら、エンツォが囁く。

「ああ、あつくてっ……、からだが、とけそうっ……あ、あああっ……」

じゅぽ、じゅぽ、と淫靡な水音が響き、イヴェットが羞恥と快感に身をくねらせる。うつ伏せになって両手で敷布を握りしめ、顔を枕に押し当てたままぶんぶんと首を振る。肩を過ぎるくらいまで伸びたストロベリー・ブロンドが、ふさふさとシーツに散らばる。

体重をかけて身体を押さえつけ、互いの肌と肌を隙間なく密着させたまま、エンツォはイヴェットの身体とシーツの隙間に手を差し入れ、薄い腹を撫でる。

「ああ、ここ、俺が入っているね、わかる？」

「あっ……それ、だめぇっ……」

エンツォの存在を否応《いやおう》なく意識させれば、それがまた快感を煽るのか、イヴェットが狂おし気に身体を反らし、白い身体を捩る。次第に高まる官能の波に抗うように、必死にシーツを掴み、全身を震わせる。

「イヴェット……そろそろ、イくのか……すごい、締まり……」

「あっ、あっ……あああっ……」

絶頂のうねりにさらわれてイヴェットが達する。全身を細かく痙攣《けいれん》させるイヴェットを貫いたまま、エンツォは奥歯を噛み締めてその収縮をやり過ごした。

「くっ……ううっ……可愛い、イヴェット」

「あ、あああっ……はーっ、はーっ……」

荒い息をつきながらイヴェットが絶頂の高みから降りて弛緩《しかん》する、そのタイミングを計ったようにエンツォが再び動き始める。突然の激しい律動にイヴェットは悲鳴を上げた。

「やああっ……いま、だめ、やめっ……」

エンツォは上半身を起こし、両手でイヴェットの細腰を掴んで持ち上げると、自身の快楽を追求するために腰を使い始める。達したばかりのイヴェットは抵抗する力もなく、ただ揺さぶられるに任せるしかない。激しい抽挿に寝台が軋み、肌と肌がぶつかる音と、イヴェットのこらえ切れない嬌声が響く。

エンツォが腕を背後から回して乳房を掬《すく》い上げるように掴み、上半身を抱き起こす。自重でさらに深い場所を抉られて、イヴェットが喘いだ。

「あああっ……」

柔らかな双丘を揉み込みながら、頂点の尖りを摘んで弄べば、イヴェットは快感に翻弄され膣壁がうねり、彼の楔をさらに締めつける。

「やっ……エンツォ、それ……ああっ……また、イっちゃう……」

「ああ、締まる……イヴェット、イヴェット……」

もう一度イヴェットが達しても、エンツォはまだ終わりたくなかった。

ぜんぶ、ぜんぶ、手に入れたい。快楽の淵の底まで堕として二度と離さない――

「イヴェット……可愛いっ……何度でもイって……」

果てしなく続く責めに、イヴェットは数えきれないほど絶頂を極める。明け方近くまでイヴェットを悦楽の海に溺れさせてから、エンツォもようやく、イヴェットの最奥で欲望を解放した。

快楽に疲れ果てた愛しい人を抱きしめて、エンツォは密かに神に祈った。

この愛と快楽こそ、婚姻の秘蹟。これこそが、神の恩寵――

終章

エルブルスの白い峰に初雪が降るころ、峠道が雪に閉ざされる前にと、皇帝ハインリヒは北への帰還の途に就く。

来る時は灰褐色の僧衣に、白いフェレットだけを伴に越えた山道を、帰りは豪華な馬車に美しい花嫁を乗せ、煌びやかな行列を仕立てて堂々と凱旋《がいせん》するのだ。

皇帝夫妻の乗る馬車の前後にはお付きの者の馬車が並び、黒羊騎士団が道中の警備にあたる。双頭の鷲の旌旗《せいき》が青空に翻り、皇帝の出発を待っていた。だが――

「インノケンティウス七世！　どこ行ったんだ！　もう出発するぞ！」

「ケンティー！　出ていらっしゃい！　干し肉をあげるわよー！」

数か月過ごした宮殿を出発する直前になって、フェレットがどこかに行ったまま出てこない。

出発の刻限も迫っている。

「どうしますか、あまり遅くなりましては……」

皇后イヴェットの護衛騎士であるトーニオが出発を急き立てていると、ひょっこり、馬車の脇に白いフェレットが顔を出した。

「インノケンティウス七世！　お前、何やってるんだ！」

普段けして迷惑をかけることのない利口なフェレットなのに、とエンツォが慌てて抱き上げようとすると――

なんとその背後からもう一匹、こちらは背中側の毛が黒っぽいフェレットがそろそろと出てきた。

「ケンティー？　まあ、お友達なの？」

イヴェットが首を傾げると、白いフェレットはもの言いたげにキュ、キューと鳴いた。

「おいで、こっちにいらっしゃい？　わたしたちはもう出発するのよ。お前も来る？」

黒いフェレットにイヴェットが干し肉を振って呼びかければ、警戒心を持ちながらも近づいてきて、干し肉に齧りつく。

イヴェットが優しく抱き上げると、白い腹毛がポッコリと盛り上がっていて、エンツォが叫んだ。

「ああ！　インノケンティウス七世！　お前！　いつの間にか孕ませていやがる！」

「まあ、じゃあ、この子はケンティーのお友達じゃなくて、奥さん!?」

「キュウウウウウ」

「まったくもう、人騒がせな！」

インノケンティウス七世は定位置であるエンツォの首元に、もう一匹の雌はイヴェットの膝の上に抱き上げられて、皇帝夫妻は馬車に乗り込み、一行はようやく出発した。

「まさか、インノケンティウス七世に子供の順番で負けるとは」

豪華な馬車に並んで座って、エンツォはイヴェットの手を取って呟いた。

「フェレットと競うようなことじゃないでしょう」

呆れるイヴェットに、エンツォがふてくされたように頬を膨らます。

「なんか悔しいじゃないか。……うーん、まあでも、二人きりで過ごす時間も惜しいとは言えるな」

「ふふ……子供は授かりものですもの。わたしは焦ってはいません」

微笑んだイヴェットに、エンツォが口づけようと身体を傾ける。すると――

「キュピ！」

エンツォの首に巻きついていた白いフェレットが抜け出して、イヴェットの膝の上の黒いフェレットにちょっかいを出す。

「おいおい、妊娠中の奥さんを困らすなよ！」

二匹がイヴェットの膝の上でじゃれ合い始めるのを、エンツォが摘み上げて馬車の床に置かれた籠の中に下ろす。

黒と白の毛皮はしばらく絡み合ってじゃれていたが、やがて二匹、抱き合うように丸まって眠りに落ちたらしい。

そのようすを見て、エンツォがやれやれと肩を竦める。

「やっぱり、俺たちにも早く子供が欲しいな。男も女も、たくさん」

イヴェットが微笑んでエンツォの金色の髪に指を絡め頷いた。

「ええ、もちろん。……あなたのお望みのままに」

二人の顔が近づき、唇が合わさる。
車窓からは、雪を戴く雄大なエルブルスの山並みが見渡せた。
――南と北を隔てる壮大な山並みを越え、二人の愛の日々は長く語り継がれていく。

〔紙書籍限定ショートストーリー〕

湯けむりと星の雫に濡れて

針葉樹の林を抜ける山道の半ば、ガタン、という馬車の揺れでイヴェットは目を覚ます。

ハッとして凭《もた》れていたエンツォの肩から身を起こせば、イヴェットのお腹《なか》の上で丸まって眠っていたフェレットもムクリと頭をもたげる。艶やかな黒っぽい背中側の毛並みを反射的に撫《な》でると、しっぽがふるふると揺れた。

身を起こした拍子に肩から滑り落ちた毛皮のマントを、隣に座るエンツォがさっと着せ掛け、微笑《ほほえ》みかける。

「起きた？」

寝起きでぼーっとした頭をはっきりさせようと、イヴェットが頭を振る。その顔を覗《のぞ》き込むように、エンツォの美麗な顔が間近に現れる。金色の髪がうねって、窓から射《さ》す光に煌《きら》めいた。

「もう少しで温泉《テルメ》に着くよ」

「温泉？」

「そう。皇帝《カイザー》の温泉《テルメ》。我が皇家が所有する離宮なんだけど、古代からの温泉施設があって」

予想もしない発言にイヴェットはただパチパチと瞬《まばた》きする。

「その街が、皇家の領地の最南端でもある。離宮まで、諸侯が迎えに来ることになっている」

エンツォがイヴェットの肩を抱き寄せ、耳元で囁《ささや》いた。

「皆、興味津々らしくてね。……今まで頑《かたく》なに結婚を拒否していた俺が、南から連れてきた花嫁に」

イヴェットはなんとなく窓の外を見る。峠道は数日前に降った雪がまだ路傍に残って、空気は冬の始まりの冷たさを感じさせ、針葉樹の清新な香りが爽やかだ。

——そう、エルブルスの山を越えたら帝国領に入る。

温泉《テルメ》の離宮がある街は、街道の宿場町でもある。この街は豊富に温泉が湧き出して、古代から公共の温泉施設がいくつも作られた。その一つが、ザイフェルト皇家専用の浴場となっているのだ。

古代に作られた街の城壁には皇家の旗がはためき、馬車は城門を厳かに通り過ぎる。何日もかけていくつもの宿場町を過ぎてきたイヴェットの目は、ようやく尖《とが》った切妻屋根の家々に慣れてきた。煙突からは白い煙が上がり、どんよりと曇った空の西側が、わずかに黄昏《たそがれ》色に染まっている。

温泉——かつての大帝国では庶民から王侯まで楽しんだ娯楽だったようだが、フロランシアではすでに廃れて数百年経《た》つ。しかし、エルブルスの北では、いまだに命脈を保っているのだ。

しかも皇家専用の浴場とは——

（街の人々は入れないということ？　そもそも公共の温泉というのがよくわからないわ。知らない人と一緒に入浴なんて、絶対に無理）

そんなことを思いながらイヴェットは窓の外の、街の風景を眺める。

家々の窓には冬季にも咲く赤い花が飾られ、皇帝の行列を見送る人々の表情は活気に満ちている。

（綺麗《きれい》な街だわ。……やっぱり大国なのね）

エンツォの統治する帝国の国力に、イヴェットはただ感嘆するばかり。今さらながら、自分のような者に、こんな大国の皇后が務まるのかと不安になる。だが、イヴェットはその不安をふっきるように頭を振った。

（務まるか、じゃないわ。務めるのよ！　わたしはアルノーの王女イヴェット。フロランシアの誇りを忘れないで！）

温泉《テルメ》の街を行きながら、イヴェットは改めて決意を固めるのだった。


離宮の玄関では、アイラクアの宮殿から詰めかけた女官たちがずらりと並んで待ち受けていた。白髪を結い上げた上品な初老の女性が威厳たっぷりに頭を下げ、イヴェットの専属侍女だと告げる。

「皇后イヴェット様。お初にお目にかかります。女官長を務めるヨランダと申します」

小国アルノーやパラヴィアの小規模な宮廷と異なり、帝国の宮廷では皇后の側仕えともなれば数十人規模だ。さすがに離宮まで全員が押し掛けることはなかったが、それでもイヴェットはその数に気圧《けお》されてしまった。だがエンツォは余裕たっぷりに応じた。

「ああ、出迎えご苦労。早速だが食事を。その後にひと風呂浴びる」

「仰せのとおりに」

豪奢《ごうしゃ》な深紅のマントをさばき、黄金の髪をなびかせたエンツォは王者の威厳を振りまいていた。

「イヴェットは俺にとって最愛の女性。俺のために故郷を離れてくれた。けして、イヴェットの心を労せることがないよう、心して仕えてくれ」

女官長は口元に微笑を浮かべ頷《うなず》いた。

「もちろんでございます。本日の晩餐《ばんさん》は軽食をとのことで、お二人の居間にご用意いたします。お二人だけでどうぞ。明日の昼餐《ちゅうさん》を大広間にて、主だった者と共にすると伺っております」

「ああ。離宮には三夜滞在し、その後にアイラクアに向かう」

「万事、陛下の仰せのとおりに」

女官長らの先導で夫婦の居間に案内される。石造りの離宮は天井も高く、山の冷たい空気にさらされ、吐く息が白い。長い廊下の床には分厚い絨毯《じゅうたん》が敷き詰められ、壁には篝火《かがりび》が焚《た》かれている。太い柱の並ぶ回廊を通り過ぎ、重厚な木造のドアを開けると、そこは大きな窓の向こうにバルコニーのついた広い居間であった。やはり天井は高く、窓から夕暮れの光が差し込み、暖炉には火が明々と燃えて熱と光を提供していた。

従者を務めるトーニオが籐《とう》の籠を持って入り、暖炉の脇に置くと、蓋を開ける。白い三角形の顔が覗き、するりと籠から滑り出る。そして周囲の匂いを嗅いで安全を確かめてから、籠の中にキュウ！　と鳴いてみせた。今度は頭が黒いもう一匹が顔を覗かせ、こちらは慎重に籠を出た。そして二匹は連れ立って、部屋の中の探検を始める。

寄木造りの床の上には分厚い、東方風の植物の文様を織りなした絨毯が敷かれ、壁という壁にはつづれ織りのタペストリーが掛けられて、石壁からの冷気を遮っている。

植物文様を彫り込んだ木製の長椅子には絹の柔らかなクッションがいくつも置かれ、テーブルを兼ねる木櫃《きひつ》にも精巧な彫刻が彫り込まれていた。クッション性の高そうな布張りのひじ掛け椅子が二つ、共布で張られた脚置き《オットマン》。暖炉の上には銀の枝付き燭台《しょくだい》が左右対称に置かれ、中央には数代前の皇帝らしい、威厳に満ちた初老の男性の肖像画が飾られていた。

全体に装飾性の高い、豪華で居心地のいい部屋だった。

南の、夏を涼しく過ごすことに力点を置いた部屋とは異なる、寒さに耐えるための部屋。

イヴェットは周囲を見回し、感心したようにため息を零《こぼ》した。

「気に入った？　イヴェット」

エンツォが横から長身を折り曲げるようにして耳元に口を寄せて囁く。

「え、ええ……」

「ここは冬用の部屋だ。この離宮は我が皇家の一番のお気に入りの保養地で、夏冬問わず訪れる。夏は避暑も兼ねるから、もう少し夏向きの涼しい部屋がある。俺はそっちの方がお気に入りだけど、この部屋も悪くないだろう？」

――夏と冬で部屋が違うですって？

イヴェットは皇家の豪勢な暮らしに内心仰天しつつ、動揺を悟られないように引きつった笑みを浮かべてみせた。

夕食はザイフェルトではよくある、ワインとパン、チーズとハムの冷たい食事で済ませ、イヴェットは離宮の奥にある温泉《テルメ》に導かれる。

「わたし、温泉は初めてで……」

戸惑うイヴェットに、女官長が優しく説明した。

「この温泉は特別ですわ。皇家と特に許された者しか入ることができません。先にお身体《からだ》をお清めいたしますから、後はゆっくりとお過ごしください」

もうもうと白い湯気の上がるサウナで熱気を浴び、柔らかなリネンで身体を洗ってもらう。石造りの建物は古代の大帝国時代に造られたもので、床は色鮮やかなモザイクタイルが草花の模様を描き出している。それからサウナを出て、大浴場に向かう。

そこはやや開放的な空間で、列柱に囲まれた円形の浴槽はモザイクタイルで飾られ、満々とお湯が湛《たた》えられて白い湯気が覆い、列柱の上は天井が円形に開いて、夜空と月が見えた。

奥の壁には獅子《しし》のレリーフが口を開き、そこから絶え間なくお湯を吐き出している。

「これ、全部お湯なの？」

どうやって沸かしているのかと尋ねれば、地中から自然に湧いてくるのだと言う。

「ああ、だから、温泉！」

納得するイヴェットに、女官長が補足した。

「源泉そのままだとやや熱いので、少し水を足しております」

浴槽の内側は鮮やかな青いタイルで幾何学文様が描かれていて、そのせいでお湯も青く見える。周囲を囲む篝火に照らされて、水面が幻想的にゆらめいた。

勧められるままに浴槽の内部に作られた階段に腰を下ろす。

温かな湯の感触に思わずため息をついた。

髪を洗い、薔薇《ばら》の香りのするお湯で濯《すす》いで、綺麗に梳《す》いてねじって櫛《くし》でまとめると、侍女たちは一礼して下がっていく。無人になった浴槽でホッとして空を仰ぐ。

(確かにこれは、皇帝が独占して入り浸るのもわかる……!)

そんな風に思っていると、背後からざわめきがして振り向けば薄い絹の湯浴《ゆあ》み着を纏《まと》ったエンツォが入ってきた。彼もサウナと洗髪は終えてきたのか、金の髪は濡《ぬ》れて普段と違いまっすぐになっていた。

「エンツォ!?」

イヴェットが反射的に両手で胸を覆うと、エンツォが苦笑した。

「今さらだよ、イヴェット」

エンツォはまっすぐにイヴェットの側までやってくると、湯浴み着を脱いで浴槽に足を踏み入れ、イヴェットの隣に座る。侍女が一人、脚付きの盆に柑橘《かんきつ》の入った水差しとグラスを二つ載せて、二人の近くに置き、エンツォの脱ぎ捨てた湯浴み着を拾って、一礼して下がっていく。

「水を飲んだ方がいい」

エンツォはグラスに柑橘水を注ぎ、イヴェットに手渡した。

受け取って口をつけたものの、互いに全裸なことが気まずくて、イヴェットは視線を泳がせる。

そんなイヴェットの恥じらうようすに頬《ほお》を緩め、エンツォが言った。

「ここ、いいだろう？　フロランシアでは天然の温泉が少ないせいか、浴場自体が廃れてしまったらしいね」

「こんなにたくさんのお湯、信じられない」

「勝手に湧いてくるから、浸《つ》かり放題だ」

エンツォは自分も水を飲んでから笑う。

「のぼせに気をつけて。熱くなったら冷たい空気を浴びたりして」

天井が開いているのは、明かり取りだけでなく、熱くなりすぎないようにという配慮なのだ。

「でもすごく気持ちがいい……」

温かいお湯にうっとりしているイヴェットの肩を、エンツォがそっと抱き寄せた。

「イヴェット……ここ数日、峠の難所越えでお預けだったたから……」

エンツォの碧《あお》色の瞳が欲を孕《はら》んで煌めき、イヴェットの心臓がドキンと跳ねる。

たしかに、エルブルス越えの最後の難所で、急峻《きゅうしゅん》な峠越の街道は狭く、大軍が宿泊できる場所が限られた。雑魚寝《ざこね》まではいかなかったが、すぐ隣にお付きの騎士たちが控えている気配がして、夫婦の営みをするような雰囲気ではなかった。イヴェット自身は連日の旅に疲れ、寝台に横たわれば即、眠りの国に旅立っていた。その隣でエンツォは悶々《もんもん》と過ごしていたらしい。

「エンツォ……でも……」

――こんなところで……？

その疑問を紡ぐ前にエンツォの顔が近づき、唇を封じられた。啄《ついば》むように食《は》まれて、やがて舌が差し入れられる。うなじを支えられ、逃げ道を塞がれて、舌が咥内《こうない》を這《は》いまわるに任せてイヴェットは長い口づけを受け入れた。かなり長いこと貪られて、イヴェットの息が絶え絶えになったころ、ポチャンと天井から滴が落ちる。イヴェットがハッとして、エンツォの裸の肩を押した。素直に唇を解放されて、イヴェットがすーはーと息を吸う。その頬を撫でてエンツォが首筋にキスを落とす。

「イヴェット……我慢できそうもない。……しても？」

「で、でも……」

イヴェットは天井から覗く夜空を見上げて焦る。

（ここ、ほとんど外では……）

イヴェットの動揺を無視して、エンツォの手が素肌を撫で上げ、お湯の中の白い胸に触れる。

「あ、あの……ここでは、ちょっと……」

婚姻以来、毎夜のように肌を重ねていたが、こんな開放的な場所では恥じらいが勝る。

エンツォが顔を上げ、イヴェットを見た。完璧な美貌に浮かぶ蕩《とろ》けるような笑みに、イヴェットの胸が轟《とどろ》く。

「だいじょうぶ。ここは、皇帝の温泉《カイザーテルメ》だから。他の者に邪魔されない」

戸惑うイヴェットをからかうように笑みを深めると、エンツォは胸の頂点をきゅっと摘んだ。

「あん！」

びくりと身を捩《よじ》り、お湯の表面がさざ波だつ。くりくりと頂点を弄《いじ》られて、イヴェットの身体を甘い疼《うず》きがかけめぐる。

「ふふ……少しの間にずいぶん、感じやすくなったね、イヴェット」

エンツォが耳元で熱い息とともに囁きながら、手を動かす。硬く立ち上がってきた尖りを弄ばれ、首筋から鎖骨をねっとりと舐《な》め上げられて、イヴェットは耐え切れず甘い喘《あえ》ぎ声を上げた。

「ああっ……エンツォ……それっ……だめっ……」

エンツォは身を捩るイヴェットを膝の上に向かい合わせに座らせ、もう一つの乳首に唇を寄せて吸った。強烈な刺激にイヴェットが白い身体を反らし、パシャンと湯が跳ねた。

尖ってきた乳首を舌で転がし、押し潰し、吸い上げ……執拗《しつよう》な愛撫《あいぶ》にイヴェットが白い身体をくねらせ、パシャパシャとお湯が揺れる。

「んっ……あっ、エン、ツォ……待って、だめっ……ああっ……」

エンツォがちゅぽんと口から乳首を抜いて、喉の奥で微《かす》かに笑った。

「イヴェットの『だめ』は、『悦い』って意味でしょ？」

エンツォの意地悪な言葉に、イヴェットが潤んだ青い瞳で睨《にら》みつける。

「ちがっ……ああんっ！」

エンツォは掌《てのひら》を滑らせ、イヴェットの背中をつたって丸い尻を撫で、長い指を挿し入れて、秘裂をたどる。そっと花びらをかき分け、すでに潤んだ蜜口の周囲をなぞる。ゾクゾクした感覚がせり上がり、イヴェットの腰が自然に動き、二人の周囲のお湯がちゃぷちゃぷと揺れる。

「イヴェット……これは、お湯？　それとも……」

長い指がやがて二本に増やされ、いたぶるように出し入れされる。花弁の端の敏感な尖りと、内部の感じる場所を同時に刺激され、イヴェットは喜悦の声をこらえきれず、甘い喘ぎを浴室に響かせて、とうとう、白い身体をのけぞらせて達した。

「ああっ……あっ……あ――――ッ」

ビク、ビクと震える身体を抱きしめて、エンツォが切羽詰まった声で囁く。

「ああ、可愛《かわい》い、イヴェット……挿れても？」

涙目でコクコクと頷《うなず》くイヴェットの頬に軽く口づけ、エンツォは昂《たかぶ》った雄茎を蜜口に宛《あて》がい、ゆっくりと分け入っていく。

「あっ……んんッ……」

隘路《あいろ》を切り拓《ひら》くように侵入する熱量に、イヴェットが苦し気に首を振った。

「はあっ……イヴェット……なか、熱くて……」

みちみちと最奥まで満たされて、イヴェットが圧迫感を逃すように息を吐く。

「は……ふぅ……んんっ……」

「奥まで入った……愛してる、イヴェット……」

一つになり至近距離で見つめ合って、エンツォが上気した美しい顔で微笑んだ。そして大きな手で頬を覆い、口づける。舌を絡め合い、角度を変えて深くつながりあう。二か所から湧き起こる甘い疼きと快楽に耐えられなくなったイヴェットがもどかし気に身体を揺らして、エンツォが笑った。

「ふふっ……あなたも、我慢できなくなってきた？　そろそろ、動いても？」

「ちが、うのぉ、……ただ、ああん……」

ゆっくり、ゆっくり、エンツォが身体を揺すり始める。ざぶ、ざぶ、と水面が揺れ、波が起こる。タイル張りの浴槽から溢《あふ》れたお湯が、バシャバシャと水音を立てる。

しだいに激しくなる動きと、こらえきれずに上がる嬌声《きょうせい》が、白い湯気に交じって充満していく。

「エン、ツォ……ああっ、ああっ、だめ、きちゃう……」

「気持ち、いい？　イヴェット……そろそろ、イく？」

さらに激しく突き上げられ、そのたびに白い双丘が揺れ、イヴェットは悦楽の波に身を任せる。

エンツォもまた凛々《りり》しい眉を顰《ひそ》め、息遣いを荒げていく。

「イヴェット……一緒に……」

イヴェットからねだるように唇を合わせ、そのままひと際深く突き上げられて、それを合図にイヴェットが全身を震わせて絶頂した。そして、エンツォもまた自身の欲を解放する。

「ああぁっ……あっ……」

「くっ……イヴェット！」

お湯の中できつく抱きしめ合い、イヴェットが白い喉をさらして天を仰ぐ。

開いた天井から、冬の星座が二人を見下ろしていた。


パシャン……

「ひえっ……！」

エンツォが叫び声を上げ、温かなお湯の中、快楽の余韻にフワフワと漂っていたイヴェットは、ハッと我に返る。イヴェットを抱き込み、ピッタリ身体を寄せ合っていたエンツォが、夢から覚めたようにブルブルッと金髪を振った。

「エンツォ？」

「滴が落ちてきて……冷たくてびっくりした」

見上げれば、モザイクタイルの美しい天井には水滴がたくさんついていた。

「そろそろ上がる？　ふやけてしまうな」

エンツォがイヴェットに口づけ言った。

「気に入った？」

「ええ……もちろん」

「じゃあ、夏もまた来よう。……これから、何度でも」

未来への尽きない約束を繰り返して、二人はもう一度、星空の下で永遠の愛を誓い合った。